Les Pianos de la victoire

Du même auteur

Aux éditions De Borée

La Couleur oubliée de l'arc-en-ciel
La Page arrachée
Le Pays de l'impossible hiver
Le Voyage du fleuve
Les Roses sauvages du maquis
Les Soleils de sable
Trois femmes dans la tourmente

Autres éditeurs

L'Œuvre des frères Bec
La Fabuleuse Histoire de la pétanque
La Passion selon cinq matous
La Promesse des jours heureux
Le Fils volé
Les Cigales en héritage
Rumeurs dans la cour d'école

TERRE DE POCHE
45, rue du Clos-Four – 63056 Clermont-Ferrand cedex 2

Martine Pilate

Les Pianos de la victoire

de Borée
TERRE DE POCHE

I

FACE À LUCILE S'ÉTALAIT la salle de restaurant du *Spotted Cat*. En cette fin d'après-midi, les tables étaient déjà dressées pour le dîner. De la cuisine s'échappaient des effluves gourmands, ceux des recettes que le chef Mathieu concoctait avec amour et imagination. Il était allé à bonne école, sous les directives de Louise, la grand-mère de Lucile. Celle-ci s'était toujours montrée intraitable et, l'âge venu, elle lui avait difficilement laissé les rênes, lui un jeune Blanc et elle une Noire autrefois esclave. Elle ne pouvait s'empêcher de glisser un œil critique sur ses préparations. Pourtant, il avait réussi à la séduire, surtout depuis qu'il avait donné son nom à un soufflé d'écrevisses qui avait assis sa réputation ; et, tout en maugréant, elle reconnaissait ses qualités. Ils entretenaient une relation devenue un jeu régi par une certaine affection et un respect mutuel.

D'ordinaire, c'était sa mère, Rosa-Lynn, qui avait à cœur d'effectuer cette inspection, avant que les clients ne poussent la porte du *Spotted Cat*. Elle n'avait jamais pu se défaire de cette habitude malgré la confiance qu'elle portait à Martha, la gouvernante, dont l'efficacité ne s'était jamais démentie depuis son arrivée parmi eux. Sa démarche n'avait rien d'une surveillance, mais elle l'avait assumé pendant tant d'années avant l'embauche de Martha que ce rituel lui était devenu incontournable. Lorsqu'elle s'absentait, instinctivement sa fille Lucile endossait le rôle que sa mère s'était imparti. Cela lui permettait de mieux se nourrir de l'âme des lieux, de se retrouver face à elle-même, de se replonger dans le livre de sa vie.

Satisfaite de l'agencement, elle porta son regard vers la scène. À La Nouvelle-Orléans, la musique s'infiltrait dans tous les établissements, et le *Spotted Cat* était non seulement renommé pour la qualité de ses mets, mais également pour celle des artistes qui s'y produisaient, dont la plupart étaient devenus célèbres. Ils avaient jalonné et parfois même, pour certains d'entre eux, partagé la vie de la jeune femme.

Le piano trônait en bonne place, sur le côté, au premier rang de la formation orchestrale. Elle tenait à ce qu'il soit bien en vue de toute l'assistance. Elle n'avait pas cherché à faire restaurer son apparence lorsqu'on le lui avait livré et l'avait préservé, respectant les meurtrissures que son bois avait endurées. Ces coups reflétaient son vécu, alors ce n'étaient pas quelques égratignures qui allaient le défigurer ! Jusqu'à sa couleur qu'elle avait gardée : un vert olive défraîchi qui marquait son appartenance à l'armée de terre. Un petit piano, un petit soldat qui avait connu les campements de guerre sur le sol français, apportant l'espace de quelques heures oubli et joie à ceux dont le destin était suspendu aux armes de l'ennemi.

Il lui avait été livré tout désaccordé. Elle avait sollicité un homme de l'art pour lui redonner sa plénitude et sa puissance. Après de longs mois, il venait finalement d'intégrer le *Spotted Cat*, pour animer les soirées de La Nouvelle-Orléans. Si loin de la souffrance des GI au creux des combats, qu'il avait divertis quelques brèves heures durant, il était dorénavant destiné à rompre une certaine monotonie du quotidien, à les distraire tandis qu'ils dégustaient un repas concocté pour émoustiller leurs papilles gourmandes ! Il avait pris la place de l'habituel piano que l'on avait installé au petit salon. Dans la famille du Plaissant, il était impensable de se séparer d'un instrument de musique !

Les yeux fermés, elle imaginait les doigts lestes du pianiste se jouant du blanc et du noir des touches pour en sortir des accords qui soulèveraient l'assistance et qui, au fil des notes, exprimaient l'histoire des gens de couleur, son histoire et celle des siens.

Un Victory piano, un piano de la victoire, un survivant qui l'entraînait sur les chemins de sa mémoire et lui faisait remonter le temps. Face à lui, les souvenirs arrivaient en flots et s'imposaient. Elle ne cherchait pas à les repousser et se laissa transporter bien des années auparavant, à cet été 1921, à sa découverte d'un monde impensable, celui libre d'une France où son frère avait choisi de s'établir, à son émancipation et à ce destin qu'elle s'apprêtait alors à assumer.

II

« Là où s'arrête l'horizon commence le silence. » La voix de Peter lui arriva adoucie, toujours grave et profonde, juste assez élevée pour couvrir le bruit incessant des moteurs du paquebot qui, depuis Le Havre, les ramenait à New York. Son grand-père venait de s'accouder à ses côtés au bastingage.

Les paupières mi-closes, Lucile scrutait l'impalpable frontière du ciel qui butait sur la ligne plus foncée de l'océan. Elle se noyait dans l'infini, espérant oublier toute notion de temps et de distance. Pourtant, elle ne parvenait pas à la plénitude que lui offrait l'immensité du spectacle.

Elle émergea de sa semi-léthargie et tourna son regard vers Peter. Il était beau avec sa chevelure blanchie qui tranchait avec l'ébène de sa peau. Appuyé contre le garde-corps, il lui parut jeune, presque aussi jeune que son père. Elle oubliait que moins d'une dizaine d'années séparait les deux hommes. Il savait si bien la rassurer avec l'une de ses maximes puisées dans le florilège d'une philosophie tout africaine, le continent de ses ancêtres auquel les siens avaient été arrachés pour les réduire en servitude dans les champs de coton ou de canne à sucre !

Elle avait grandi à La Nouvelle-Orléans, au sein d'un foyer aimant que réprouvaient ceux qui se prétendaient des gens de qualité. Toutefois, la plupart d'entre eux fréquentaient sans scrupule, et pour leur plus grand plaisir, le *Spotted Cat*, l'établissement de ses parents, où l'on jouait de cette musique naissante qu'était le jazz. Elle ne gardait que très peu de souvenirs de sa prime enfance passée à Deodat, le domaine qui avait appartenu à son père, Philippe du Plaissant, un planteur blanc de Napoleonville, dans le sud de la Louisiane. Elle n'avait que quatre ans lorsque sa famille l'avait quitté et s'était installée rue Kerlerec, toute proche du Vieux Carré, au cœur de l'élégant et bourgeois quartier Marigny à La Nouvelle-Orléans, où ils avaient ouvert ce *Spotted Cat*, « le chat tigré », un restaurant-cabaret.

Si elle tenait ses traits fins de son père, son teint de négrillonne et sa chevelure crépue lui venaient de sa mère Rosa-Lynn, la fille de Peter et de Louise. Alors que son frère aîné, Antoine, s'il présentait des traits aux caractéristiques plus négroïdes que les siens, affichait une carnation bien plus claire. Tous deux élevés dans une culture musicale avaient évolué différemment : elle possédait une voix chaude et puissante qui envoûtait son auditoire, tandis qu'Antoine s'était consacré à la clarinette, ce qui lui avait permis d'intégrer l'orchestre militaire dirigé par James Reese Europe. Cette formation avait débarqué à Brest avec les troupes américaines, le 31 décembre 1917, et avait fait découvrir le jazz aux Français.

Ses pensées se bousculaient, lui refusant le silence intérieur. Les deux semaines qui venaient de s'écouler l'avaient transportée dans un monde inimaginable, celui de la fraternité, de l'acceptation de l'autre, quelles que soient ses origines. Là-bas en Louisiane, malgré l'abolition de l'esclavage en décembre 1865, la violence des traditions perdurait, les mentalités n'avaient guère évolué. Elle avait toujours dû passer sous les fourches caudines de la ségrégation.

Or, dans cette France où son frère résidait désormais aux côtés de celle qu'il venait d'épouser, elle avait vécu libre, d'une liberté inconcevable : ne pas redouter un affront ou une brimade en poussant la porte d'un magasin, ces embrassades sans réticence, le respect de sa personne, sans parler du cavalier qui l'avait gentiment courtisée, après le repas de noce. Oui, elle comprenait les raisons de son frère Antoine d'avoir choisi de s'installer en Bretagne, à Brest d'où était originaire sa femme ! Elle se marierait un jour avec un étranger blanc de peau, surtout pas un Américain dont elle ne pourrait être qu'une concubine puisque la loi n'autorisait pas les unions mixtes, au grand désespoir de ses parents auxquels l'officialisation de leur amour était refusée.

— À quoi penses-tu ? On serait bien volontiers restés plus longtemps, n'est-ce pas ? Bientôt, il va falloir réapprendre à nous méfier. On oublie vite !

Peter semblait vouloir entamer une discussion. Ce n'était guère son habitude, il était plutôt d'un naturel taiseux. Elle opina de la tête sans lui répondre. À ses rêveries s'ajoutait l'excitation de son voyage à Chicago où elle accompagnait ses grands-parents. Ils regagnaient la famille de leur fils aîné qui avait quitté le Sud pour s'installer là-bas, où la vie était moins dure pour le peuple noir et les offres de travail plus nombreuses. Mais au-delà de cette visite, c'était surtout le rendez-vous qu'elle y avait qui entretenait sa fébrilité.

Ce rendez-vous, elle l'avait rêvé, idéalisé, persuadée qu'il lui ouvrirait les portes du succès. Elle l'avait obtenu grâce à l'un de ses amis musiciens, Louis Armstrong, qui bien que très jeune avait déjà acquis une certaine notoriété alors qu'elle n'était qu'une petite débutante. Il l'avait entendue chanter à La Nouvelle-Orléans, avec l'orchestre de Kid Ory. Séduit par la modulation de ses interprétations et sa puissance vocale, il l'avait mise en rapport avec King Oliver. Celui-ci recherchait des artistes pour la comédie musicale qu'il avait l'intention de créer au *Chicago Theatre*. Dans sa correspondance, il lui avait proposé de passer une audition. Mais pour cela, elle devait se rendre dans la Ville des vents.

Se confier à sa mère ne lui avait pas été trop difficile, en revanche révéler ses projets à son père prenait une tout autre ampleur ; elle ne serait majeure que d'ici quelques mois et avait donc besoin de son consentement. Elle redoutait ses foudres, et plus encore son refus. Elle s'y était déjà trouvée confrontée quand elle avait dû lui avouer être admise à accompagner l'orchestre de Kid Ory qui se produisait à l'*Economy Hall*, une salle de bal en plein cœur du quartier Tremé, symbole d'une culture afro-américaine et créole, où autrefois étaient venues s'installer les personnes de couleur libres. Même s'il suffisait d'un bon quart d'heure d'un pas rapide pour regagner le *Spotted Cat*, redoutant une mauvaise rencontre, son père s'était imposé en chaperon. Alors partir à Chicago, si loin de la Louisiane, équivalait à se retrouver à l'autre bout du monde !

Pourtant, son frère avait bien franchi l'océan. Il avait rejoint le 15e régiment de la Garde nationale de New York pour venir se battre en France, dans les tranchées de l'Argonne, où lui et ses compagnons de couleur, sous l'uniforme français, avaient fait preuve d'une rare bravoure pour laquelle ils se virent décerner les plus hautes distinctions. Les troupes américaines, dont il dépendait, étaient basées tout à proximité de Brest. Ce fut lors d'une permission qu'il avait rencontré Maëlle, celle qui était devenue son épouse, après avoir acquis la nationalité française. Vivre son amour à La Nouvelle-Orléans lui était interdit : une union d'abord impossible dans son propre pays, et une relation qui lui aurait très probablement valu d'être lynché.

Mais ce que l'on accordait à un homme, on le refusait à une femme, d'autant plus lorsqu'elle était jolie et jeune. Elle ne pouvait qu'attiser la concupiscence de certains Blancs sans scrupule qui ne voyaient dans les gens de couleur que des marchandises, sans compter les séducteurs noirs attirés par sa beauté et son rayonnement. Une injustice supplémentaire de la vie qui l'incitait plus que jamais à s'affirmer dans un univers ségrégationniste et machiste.

— Tu ne m'écoutes pas ! protesta Peter devant son air absent.

Elle lui sourit, rajusta le foulard qui protégeait ses cheveux d'une brise porteuse d'embruns humides et salés, et du plat de sa main lissa sa jupe.

— Pardonne-moi, j'étais dans mes pensées.

Elle revivait la scène où sa mère, avec moult précautions, avait révélé à son père que leur fille avait l'intention de rester à Chicago après le départ de Louise et de Peter. Elle l'avait laissé parler, gardant les yeux baissés, tremblante de l'orage qui ne manquerait pas d'éclater. Elle était bien décidée à ne pas céder. D'ailleurs, ne l'avait-elle jamais été ? Elle avait préféré s'en remettre à sa mère, un peu par lâcheté certes, mais surtout parque que, subtile et perspicace, Rosa-Lynn possédait l'art de la persuasion, alors qu'elle n'était pas encore débarrassée de la brusquerie innée à l'adolescence. Bien sûr, la discussion avait été rude. À plusieurs reprises, son père s'était emporté, exhorté au calme par Rosa-Lynn :

— Tu ne devrais pas te mettre dans ces états, c'est mauvais pour ta santé. Le docteur l'a dit !

— Parce que toi tu acceptes tout, comme ça ?

— Non ! Mais nous savons, toi comme moi, que chanter est sa vocation. Tu es le premier à être fier de son talent…

Les arguments s'enchaînaient, et il devenait de plus en plus difficile pour Philippe du Plaissant de les contrer. De guerre lasse, tout en maugréant, il finit par lâcher un « soit » du bout des lèvres. Il se reprit aussitôt, ne désirant pas voir son autorité remise en cause :

— Ne déçois jamais ma confiance ! Et si ça ne marche pas ou si tu rencontres un problème sérieux, tu rentres au *Spotted Cat* ! Et je ne veux pas apprendre que tu entretiens de mauvaises fréquentations ou que tu te conduis mal !

Assommée de joie, elle ne savait pas quelle attitude adopter et s'était maîtrisée pour ne pas sauter d'enthousiasme. La voix cassée par l'émotion, le menton tremblant, les yeux pétillants, elle balbutiait des « Je vous promets, je vous promets... ».

À son départ de Brest, elle n'avait pas pu contenir ses larmes. Quitter son frère pour certainement de longs mois et peut-être même des années, et l'univers dans lequel il évoluait dorénavant lui était une véritable déchirure accentuée par ses appréhensions.

Là, sur le géant des mers qu'était le *Rochambeau*, isolée dans son monde, une fois de plus, elle n'avait pas entendu son grand-père qui s'adressait à elle. Elle sursauta quand il haussa légèrement la voix pour lui rappeler sa présence.

— Bon, je crois que je vais te laisser. Je vais aller rejoindre ta grand-mère Louise au petit salon, elle voulait prendre un café. Elle sera certainement plus bavarde que toi. Il faut bien qu'on en profite encore un peu... Ici, à bord, c'est le prolongement de la France. Dès que nous débarquerons à New York, il va nous falloir retrouver nos habitudes et surtout notre réserve pour éviter tout problème avec les Blancs.

Elle se contenta de lui sourire et le suivit des yeux tandis qu'il regagnait la passerelle. Il ne se retourna pas. Il n'avait pas pu lire dans son regard l'étincelle farouche en réponse à sa réflexion, sa conclusion sur leur inéluctable soumission. Oui ! Elle s'imposerait et leur prouverait à tous qu'elle pouvait devenir une égérie que Blancs comme Noirs admireraient.

III

Après plusieurs jours d'une traversée un peu trop reposante au goût de Peter qui n'appréciait guère l'oisiveté, le *Rochambeau* croisa la statue de la Liberté puis s'engagea sur l'Hudson River. Dans l'effervescence de l'arrivée, les passagers avaient regroupé leurs bagages. Accoudés au bastingage, ils profitaient du spectacle grandiose que Manhattan, baignée de lumière, leur offrait.

En cette fin de matinée de mi-août, la douceur des premières heures avait été chassée par une chaleur plutôt pesante. Le débarquement s'était fait lentement, assez péniblement. Surpris par le brouhaha ambiant et celui qui montait de la ville, encombrés de leur valise respective qui s'alourdissait à chacun de leurs pas, ils avaient hélé un taxi. Durant le trajet assez bref vers Grand Central Terminal, ils ne parlèrent guère. Ils n'avaient pas prévu de s'attarder à New York. Le dernier train de la journée pour Chicago partait à 15 h 40. Ils avaient largement le temps de gagner la gare et de s'y restaurer.

— On a intérêt à faire le plein de journaux, le voyage va être long, presque vingt-quatre heures à rester enfermés dans un compartiment, maugréa Peter.

— Allons, tais-toi ! Les trains sont confortables. On va pouvoir dormir. On dit même que dans les *pullmans*, on dispose d'un cabinet de toilette avec l'eau courante.

— N'empêche que ça fait bien long, poursuivit-il, désabusé.

Ils avaient fait provision de lecture : du *New York Daily News* jusqu'aux *Ladies'Home Journal*, *Cosmopolitan* ou encore *The Parisienne*.

— Ça nous fera toujours passer un moment, soupira Peter, impatient d'arriver.

Ils s'étaient avancés vers les voitures réservées aux gens de couleur et furent parmi les premiers passagers à monter à bord pour échapper à la foule qui envahissait le quai.

Le train s'enfonçait dans des paysages inconnus qui filaient sans qu'ils puissent les retenir. Le temps n'était plus réel. La succession incessante des images les étourdissait un peu et les poussait à la somnolence. Le voyage leur parut interminable.

Lorsque enfin le convoi s'engouffra dans la ville entre de hauts murs salis de la fumée des locomotives, Lucile scrutait le décor peu engageant des faubourgs. Elle en ressentit de la déception, oubliant qu'elle avait éprouvé la même chose à son arrivée à New York. Une angoisse montait en elle : l'échéance était là. À présent, elle allait devoir prendre son destin en main et l'affronter sans l'assistance de ses parents. Une fois ses grands-parents de retour à La Nouvelle-Orléans, elle n'aurait personne pour la réconforter et la guider. Elle n'avait pas le droit à l'échec. Alors elle releva la tête, durcit son regard et son cœur comme pour défier sa peur.

Ils s'étaient retrouvés sur le quai, les jambes quelque peu engourdies d'une trop longue immobilité et tremblotantes de toutes les vibrations subies durant le trajet. Lentement, ils se frayèrent un chemin vers la sortie, lorsque résonna la voix forte de Benjamin qui s'avançait vers eux, les bras grands ouverts. À la vue de son fils aîné, Louise lui répondit d'un cri de joie.

— Benji, mon petit ! répétait-elle de cette voix propre aux mères qui ne réalisent pas que les années ont fait de leurs enfants des adultes souvent eux-mêmes devenus des parents.

Arrivés sur le parvis, ils plongèrent dans une bousculade urbaine qui les étourdit un peu plus. Heureusement, le temps était clair, chaud sans excès, et une faible brise courait entre les immeubles. Ils n'eurent guère le loisir d'observer les alentours. Déjà, Benji les entraînait vers la file de *yellow cabs* en attente de clients, ces taxis que John Daniel Hertz, fondateur de la compagnie en 1907 à Chicago, avait voulu jaunes, la couleur, estimait-il, la plus visible de loin.

— Ils acceptent jusqu'à quatre passagers, déclara Benji qui avait organisé leur arrivée.

Le chauffeur avait pris la direction de l'est, celle qui conduisait au lac. Il se frayait une route entre tramways, voitures et piétons imprudents qui envahissaient la chaussée. Lake Street s'étalait rectiligne, bordée de bâtiments massifs à la base desquels s'ouvraient toutes sortes de commerces : un quartier cosmopolite qui regroupait de nombreux émigrés d'Europe et très peu de gens de couleur.

— Ralentissez, intima Benji au chauffeur, tandis qu'il pointait son doigt vers une devanture vitrée encadrée de rideaux. Regardez la blanchisserie là-bas, la façade claire, c'est mon affaire ! C'est là que je travaille !

Devant l'étonnement de ses parents, il leur précisa qu'il souhaitait depuis longtemps quitter le district de Bronzeville, cette « *Black Belt* », où se concentrait la population de gens de couleur, une « ceinture noire » où les Blancs avaient dorénavant de moins en moins leur place. Il envisageait sérieusement de venir vivre sur Lake Street. Il était d'ailleurs en pourparlers avec un vendeur, et il espérait bien que l'affaire se conclurait rapidement.

On bifurqua sur la droite, le décor changea : les maisons étaient plus exiguës, les immeubles beaucoup plus ordinaires défigurés par les nombreux escaliers de fer des issues de secours. Là, on y rencontrait plus qu'une population noire.

Peter s'exclama, sidéré :

— Le policier, là-bas, c'est un nègre !

Dans le Sud, il aurait été impensable de trouver même un mulâtre ou un métis dans les rangs de la police !

— Ici, dans ce district, les Blancs ne viennent plus. Et il faut bien maintenir l'ordre. Alors ils ont compris : tout ce qui touche à la sécurité, pompiers, médecins, etc., ils laissent tout assurer par nos frères. Mais c'est uniquement dans notre secteur. Au-delà, nous ne valons plus grand-chose pour eux. Vous n'êtes peut-être pas au courant, mais c'est ici qu'on compte le plus grand nombre de ces diables encagoulés qui adhèrent au Ku Klux Klan et qu'on autorise à défiler dans les rues de la ville.

Devant la mine soudain soucieuse de ses parents, il tint à leur préciser :

— Du moment que tu ne cherches pas à venir dans le Loop, le quartier où ils traitent leurs affaires, que tu te tiens tranquille et que tu respectes les limites qu'ils t'imposent, leurs interdictions, les risques sont minimes. Malgré tout, il vaut mieux rester sur nos gardes, et ça, c'est valable qu'on soit noir ou émigrant blanc récemment arrivé. Eux aussi ne sont guère aimés, pourtant ils sont de la même couleur de peau qu'eux.

Il se garda bien de leur évoquer l'émeute qui s'était produite à peine deux ans auparavant au sein même de Chicago. La noyade d'un jeune Noir avait déclenché une vague de crimes racistes perpétrés par des extrémistes blancs qui pendant treize jours avaient pillé et tué des Noirs, entraînant près de quarante morts, plus de cinq cents blessés et des centaines de sans-abri. Une violence attisée et menée par des membres de clubs sportifs irlandais déclarant défendre leur territoire contre les Afro-Américains.

Il préféra taire également ces premières installations de gens de couleur qui, fuyant le confinement éprouvant d'une Black Belt surpeuplée, cherchaient à gagner Lake Street. Il avait été choqué par la brutalité dont avait été victime l'un de ses amis qui avait réussi à persuader un agent immobilier de lui vendre une maison appartenant à un propriétaire de race blanche. Les voisins avaient réagi violemment à son emménagement, se regroupant, hurlant, menaçant, insultant. Leurs jets de pierres avaient endommagé la façade. Malgré tout, le nouveau venu avait tenu bon et, petit à petit, les choses s'étaient tassées. Aujourd'hui, la rue était majoritairement habitée par des familles de couleur, tandis que les Blancs migraient vers d'autres secteurs, principalement au nord de la ville. Chaque communauté tolérait dorénavant cette proximité même si la méfiance prédominait.

À quoi servait donc de les alarmer ? Tant qu'ils se limitaient à évoluer dans le quartier, ils échappaient aux pancartes répressives du style *Les nègres et les chiens ne sont pas admis*, ils pouvaient pénétrer dans un bâtiment sans se demander si une entrée leur était réservée, boire librement à une fontaine publique, et tant d'autres restrictions qui les confinaient dans une classe inférieure. L'important était qu'ils prennent pleine conscience que, hors de ces frontières, le racisme s'exerçait dans toute sa virulence.

Benji et les siens les avaient accueillis avec cette expansivité propre aux gens de couleur. Dans l'ivresse des retrouvailles, l'émotion était intense. Ils ne s'étaient pas revus depuis tant d'années ! Pressés par la curiosité, ils s'interrompaient les uns les autres, tandis que Louise gardait sur son fils un regard mouillé. Peter se départait un peu de sa retenue habituelle. Quant à Lucile, elle se perdait dans les méandres d'une famille qu'elle connaissait à peine.

— Donc toi, tu viens pour te lancer dans une carrière de chanteuse, lui adressa Benji. Pourquoi pas, si tu as du talent, comme on m'a dit ? Je sais que tu as déjà chanté en public. Ce n'est pas facile, mais je pense que tu es consciente des difficultés que tu vas rencontrer. Le tout, c'est de connaître les bonnes personnes.

— Je dois passer une audition avec King Oliver pour jouer dans une comédie musicale au *Chicago Theatre.*

— Où ça ? hurla presque Benji.

La gorge nouée, elle lui répéta ce qui venait de le faire réagir si vivement, la surprise ayant remplacé la fierté.

— Au *Chicago Theatre,* tu dis ? Tu dois te tromper. Si c'est celui auquel je pense, il n'est pas encore fini de construire. Sans compter qu'il va se trouver dans le North Side, c'est-à-dire en plein quartier blanc, et en plus c'est plutôt loin de chez nous, ne put-il contenir.

Lucile crut d'abord à une plaisanterie, mais, devant l'air sérieux de son oncle, l'angoisse s'installait. Médusée, elle se sentit défaillir. À la vue du tremblement de ses lèvres, il reprit :

— Écoute, ne t'affole pas ! Tu n'auras pas bien compris. Ici, nous sommes dans le South Side, à Bronzeville. En venant, tu as bien dû remarquer toutes les salles de spectacle qui bordent The Stroll, c'est notre quartier. Demain, on ira se renseigner et on va bien trouver.

Malgré l'entrain collectif, elle eut du mal à se mettre au diapason. Pourtant, cela lui faisait chaud au cœur de se retrouver entourée, surtout par cet oncle dont elle ne gardait que peu de souvenirs. Elle percevait d'emblée en lui un homme sûr, sur lequel elle pourrait compter. S'il avait la stature de Peter, et déjà quelques cheveux blancs, il était le portrait craché de sa mère à laquelle il ne se privait pas de manifester son affection par des gestes enveloppants. Alors, devant cette attitude, il la rassurait malgré les tourments qui l'avaient envahie.

— Tu ne vas pas avoir de problème avec ton patron si tu t'absentes ? interrogea Louise.

— Maman, tu n'as pas compris que c'est moi le patron ?

Devant son étonnement, il entreprit de remonter le temps. Il évoqua les premières années de son installation à Chicago, son travail infernal aux abattoirs pour un salaire insignifiant, le logement minable qu'il partageait avec un gars tout comme lui arrivé du Sud. Au fur et à mesure de son récit, il voyait la peine de sa mère marquer son visage jusqu'à la souffrance.

— Tu ne nous l'avais jamais écrit.

— Mais je n'avais pas fait un tel voyage pour vivre dans la misère. Alors je me suis mis en quête d'un autre emploi. Comme je savais lire et écrire, j'ai réussi à me faire embaucher chez un courtier en assurance, lança-t-il d'un ton joyeux.

Une lueur de contentement brilla dans les yeux de Peter : lui qui avait toujours été persuadé que c'était par l'instruction que les Noirs parviendraient à se libérer de leur condition…

— Ça marchait bien. Il me fallait être impeccable. Donc, un jour, j'ai poussé la porte d'une petite blanchisserie, juste à côté de la chambre que je louais. Mahalia était derrière le comptoir, jeune, belle et souriante. J'ai fini par l'inviter. Nous nous sommes plu et nous nous sommes mariés.

La félicité était revenue sur le visage de Louise. Elle glissa un regard content sur sa belle-fille. Elle lui plaisait bien : son « petit » était heureux et elle lui avait donné trois beaux enfants.

Il expliquait, elle buvait ses paroles. La boutique appartenait à la mère de Mahalia, veuve très jeune. Elle n'avait eu que deux enfants qu'elle avait élevés seule : l'aîné, aux fréquentations douteuses qui lui avaient valu d'être victime d'une rixe, et Mahalia pour laquelle elle avait toujours souhaité la voir épouser un garçon sérieux, respectueux et vaillant, des notions qu'elle avait décelées en Benji. Puis, quand elle fut trop usée par les ans et les travaux, elle leur avait laissé son magasin et s'était installée chez eux.

Ils n'avaient pas compté leurs heures, et leur volonté avait porté ses fruits. L'affaire s'était révélée florissante, au point que Benji avait réussi à ouvrir un second établissement. Mahalia dirigeait la blanchisserie de Bronzeville, et son mari celle de Lake Street. Il ne s'occupait plus guère de contrats d'assurance, si ce n'était occasionnellement pour rendre service ou pour réaliser une belle opération.

— Ne t'inquiète pas, maman ! Un patron, ça peut disposer de son temps, la rassura-t-il avec un large sourire.

Alors que la soirée se prolongeait, Peter ne cachait plus des signes évidents de fatigue. Ce fut Benji qui prit les devants :

— Je crois qu'il va être temps d'aller dormir.

L'appartement n'était pas vaste, mais au vu des différentes portes qui donnaient sur le couloir, il devait comporter plusieurs chambres.

— Les enfants sont grands. Nous avons de la place depuis que notre Joy s'est mariée l'an dernier. Quant à notre fils, il a débuté aux ateliers McCormick. C'était pratique, l'usine n'est pas très loin de chez nous, au bord de la rivière Chicago. Comme ses patrons appréciaient son travail, ils l'ont affecté à la mécanique. Ça lui plaisait et il était bon. Si bien qu'il a fini par se voir attribuer un poste de contremaître. On espérait bien qu'il poursuivrait sa carrière là. Seulement, McCormick s'est associée avec d'autres firmes et c'est devenu une grosse maison, International Harvester Company, IHC, comme on l'appelle maintenant. Et lorsqu'ils ont ouvert une usine à Canton, il y a deux ans, on lui a proposé un emploi de chef de secteur des ouvriers de couleur. C'était une belle promotion en bien peu de temps. Il était un peu jeune, mais il ne pouvait pas refuser d'autant plus que sa direction lui assurait un logement là-bas. Ça fait loin pour nous, c'est à près de deux cents miles. On le voit beaucoup moins souvent, termina-t-il dans un souffle de regret.

Restait auprès de ses parents leur benjamine, Emy, tout juste âgée de dix-sept ans. Tout comme l'avait autrefois souhaité Peter pour ses enfants, il espérait qu'elle intègre une grande école. Elle était intelligente, apprenait vite. Toutefois, l'adolescence était venue perturber ses efforts scolaires. Alors qu'il essayait de l'orienter vers le Kent College of Law, une université de droit renommée pour la qualité de ses formations, ouverte aux jeunes femmes, dont les premières diplômées s'imposaient dans le tissu juridique de la ville, les ambitions d'Emy étaient beaucoup plus prosaïques. Elle se nourrissait d'une littérature de plus en plus romantique, rêvait de mode et déclarait, au grand dam de ses parents, vouloir devenir coiffeuse, maquilleuse ou modiste.

Peter regarda Louise : après tout, l'histoire n'était qu'un perpétuel recommencement. Ce qu'ils vivaient avec Lucile était en tout point comparable.

IV

BIEN QUE FATIGUÉE, Lucile connut une nuit perturbée, entrecoupée de peurs qui la réveillaient pour la plonger ensuite dans une sorte de léthargie. Avec le jour, l'espoir revenu les chassa, ne lui laissant qu'une vague impatience.

Dans l'appartement, on s'agitait. Elle se prépara en hâte et rejoignit les siens dans la cuisine. Sa tante avait déjà quitté le domicile pour se rendre à son travail. Elle tenait à assurer l'ouverture de sa blanchisserie, veillant ainsi à l'exactitude de son personnel dont elle planifiait scrupuleusement les journées. Quant à ses grands-parents, ils envisageaient de se reposer avant de visiter tranquillement les alentours. Benji se tourna vers elle :

— Tu te fais belle et on va essayer de trouver ton King Oliver. J'en ai entendu parler. Il est connu. On arrivera bien à le dénicher puisqu'il t'a écrit qu'il était à Chicago.

Lucile avançait aux côtés de son oncle, d'un pas qu'elle s'efforçait régulier alors que ses enjambées étaient un peu trop rapides pour elle. Mais elle ne voulait rien en laisser paraître. Ils s'étaient enfoncés dans un dédale de rues qui lui semblèrent inhospitalières. Elle s'étonnait de l'étroitesse de certaines d'entre elles, de la saleté qui ternissait les murs, du manque d'entretien des trottoirs.

— Ce n'est pas le meilleur coin. Le soir, il vaut mieux éviter de s'y aventurer seul, surtout quand on est une jeune femme.

Le décor s'élargissait. Ils avaient contourné le Mecca Flats, un imposant bâtiment construit pour l'Exposition universelle de 1893, et débouchèrent sur State Street, une vaste avenue rectiligne, dont la partie située entre les 26e et 39e rues constituait le Stroll, la Promenade. Quartier constamment en mouvement, dans la journée, on y flânait, on s'attardait, on s'y retrouvait. Dès la tombée du soir, les lumières brillaient et les trottoirs étaient bondés de clients en quête de distraction, se répandant dans les nombreux clubs de jazz ou guinchant dans les salles de bal.

Elle ne cacha pas sa surprise tant l'animation contrastait avec ce qu'ils venaient de traverser. Son regard s'affolait sur les enseignes toutes aussi aguichantes les unes que les autres. Son oncle s'en amusait. Il s'arrêta devant un immeuble impersonnel aux multiples fenêtres et à la porte largement ouverte sur la rue. Le panneau précisait : *Dine and Dance*, « on dîne, on danse », tout un programme !

— Le *Sunset Cafe* ! On va se renseigner.

Contrairement à son apparence, l'établissement était l'un des endroits les plus en vogue où se succédaient ceux dont les noms écrivaient déjà l'histoire de cette musique aux accents de souffrance ou de joie, une musique qui était l'âme des Noirs, qui racontait leurs destins, leur déracinement dans l'univers hostile qu'on leur avait imposé. Là, le racisme n'avait pas sa place : dans un *black and tan* club, un club pour « Noirs et clairs de peau », les différentes ethnies pouvaient se mêler librement aux Américains blancs.

De par ses proportions et le symbole qu'il représentait, une sorte de timidité gagna Lucile dès qu'elle en franchit l'entrée.

Ancien garage automobile récemment rénové, la salle s'étirait en longueur entre un alignement de colonnes qui la rendait encore plus vaste. Une bonne centaine de tables occupaient l'espace pour s'arrêter en bordure d'une piste de danse. L'estrade se trouvait tout au fond : une scène suffisamment large pour accueillir d'importantes formations. Depuis sa réouverture, sous la direction du violoniste Carroll Dickerson, l'orchestre était composé de dix-sept musiciens sans distinction de races. L'établissement faisait salle comble.

Malheureusement, ils n'apprirent rien. King Oliver, apparemment, n'était pas en ville.

— Vous devriez aller voir au *Royal Lincoln Gardens*. J'ai entendu dire qu'il devrait s'y produire prochainement.

L'espoir jaillit dans le cœur de Lucile et lui ramena son sourire. Ils reprirent leur marche, c'était elle qui à présent hâtait le pas sous les indications de son guide. Là, parvenue devant le *Royal Lincoln Gardens,* elle s'arrêta, la poitrine oppressée, face à la façade maçonnée, encadrée de deux grandes arches surmontées d'oriels sous un toit semblable à une pointe de flèche défiant le ciel. Une gageure qu'elle fit instinctivement sienne.

— King ? Non, il n'est pas là.

La réponse la glaça. Son oncle insistait :

— On nous a dit qu'il devait se produire chez vous.

L'employé, quelque peu amusé devant la mine dépitée de la jeune visiteuse à laquelle il prêtait des sentiments amoureux, leur proposa d'appeler son responsable. Ce dernier confirma ses dires et alla jusqu'à lui révéler que le chef d'orchestre se trouvait en fait en Californie, tout en ajoutant, goguenard :

— Il vous manque tant ?

Devant les raisons de la venue de Lucile à Chicago, il lui précisa d'un ton redevenu sérieux :

— Il démarre chez nous le mois prochain. Par contre, il n'a pas de chanteuse, ce sont tous des instrumentistes. La seule femme de son groupe, Bertha Gonsoulin, c'est la pianiste. Et je n'ai jamais entendu parler d'une comédie musicale qu'il pourrait monter.

Lucile restait muette.

— Si je comprends bien, vous êtes chanteuse et vous cherchez une embauche. Je suppose que, s'il vous a contactée, c'est que vous avez du talent. Est-ce que vous avez une petite formation avec vous ou au moins un pianiste pour vous accompagner ?

Elle ignorait tout de ce qui conduisait à la réussite dans ce monde musical dont paradoxalement elle connaissait assez bien les protagonistes au travers du *Spotted Cat*. Mais ici, on était bien loin de La Nouvelle-Orléans, dans une ville anonyme où sa famille et elle n'étaient que des inconnus. Elle ne savait que chanter, tous les arcanes du métier lui étaient étrangers.

— Vous devriez regarder du côté du *Sunset Cafe* ou de *La Plantation*. Et puis, vous verrez, il y a de nombreuses salles de bal dans le quartier. Au pis aller, essayez les *loyer-parties* !

Benji s'insurgea. Il n'était pas question que sa nièce se produise dans ces endroits à la réputation sulfureuse, ces sortes de boîtes de nuit improvisées ouvertes au-delà des heures réglementaires, dont le faible droit d'entrée contribuait au paiement du loyer. Ce n'était pas ainsi qu'elle parviendrait à se faire une belle renommée. Puisqu'elle n'avait pas d'orchestre, il ne lui restait qu'à en intégrer un.

L'accablement de Lucile s'estompa devant la détermination de son oncle :

— Les salles de concert sont pléthore.

Tandis qu'ils progressaient, prêts à solliciter tous les établissements qui leur paraîtraient convenables, Lucile se figea devant une affichette.

— Bessie Smith ! Elle est à Chicago !

— Tu la connais ?

Elle lui raconta leur amitié naissante, ses prestations au *Spotted Cat*, les encouragements de la jeune chanteuse, mais elle tut les récriminations de ses parents à son encontre.

— On va la voir ! décidèrent-ils d'un commun accord.

Ils avaient dû attendre la toute fin de l'après-midi, alors qu'elle arrivait pour son spectacle. Après une brève hésitation, les retrouvailles avaient été cordiales, à la hauteur des souvenirs de Lucile. Bessie se montrait plus que jamais volubile et enjouée. Elle avait près de sept ans de plus que Lucile et leur milieu familial respectif les avait conduites sur des chemins bien différents. À présent, leur route les rapprochait à nouveau sous une bannière commune, celle du chant, de ce blues né des chants de travail, ce cri des transplantés dans un pays qu'ils étaient décidés à adopter et où ils voulaient trouver leur place.

— Pousse-nous quelques notes ! l'incita-t-elle tout en l'entraînant sur la scène.

Elle sollicita le pianiste ainsi que le directeur de se joindre à elles.

— C'est le boss ! Tu pourrais prendre la relève quand je partirai d'ici une semaine. Charme-le ! lui glissa-t-elle à l'oreille.

Le premier chant qui vint à l'esprit de Lucile fut celui que Peter et elle avaient entonné à la fin de la cérémonie nuptiale de son frère : *Nobody knows the trouble I've seen*, incontournable negro spiritual, héritage typique de l'esclavage.

Elle se racla la gorge, gonfla sa poitrine avant de s'abandonner au rythme. Sa voix montait pure, claire, vibrante, couvrant de son intensité les notes qui s'échappaient sous les doigts du pianiste. Le regard tantôt suppliant, tantôt levé vers la voûte, la foi sur son visage, tout son corps exprimait l'espoir contenu dans la chanson.

Le morceau terminé, elle se tourna anxieuse vers le directeur qui lui décrocha un bref applaudissement. Elle crut à un désaveu.

— Tu ne connais rien d'autre ? C'est dépassé, trop répétitif. Ce n'est pas ce qu'on vient écouter ici. On veut du *hot*, quelque chose qui balance, qui remue.

Frileusement, elle proposa d'interpréter *Crazy Blues*, de Mamie Smith, qui n'avait de commun avec

Bessie que le nom. Encouragée d'un signe de tête, elle entonna cette ballade romantique, un morceau plein de douleur, énergique, désespéré. Elle poussait sa voix avec violence sur des accords majeurs.

Cette fois-ci, les applaudissements retentirent. La timidité la gagna. Les mains croisées dans le dos, elle se tenait droite, face à ce public restreint, mais important. Elle redoutait tant la déception ! Elle glissa un coup d'œil en direction de son oncle : il paraissait ravi.

— Si Bessie est d'accord, j'accepte de te prendre juste avant qu'elle ne commence son tour de chant. Deux ou trois chansons, pas plus, c'est elle la vedette. Par contre, ton répertoire me semble bien limité. Il faut voir ça avec l'orchestre. Si tu apprends rapidement et que tu t'intègres bien, ça fera l'affaire. Dix dollars, c'est tout ce que je peux faire. Ça te va ?

Les mains plaquées contre ses joues, Lucile n'en revenait pas. La chance lui souriait dès ses premières recherches. C'était à peine si elle entendait les commentaires flatteurs qu'on lui adressait : « Belle plante, beaucoup de séduction, elle va plaire... » La trivialité dont elle faisait l'objet ne la choquait pas. Dans sa tête résonnait cet accord de principe qui lui ouvrait la porte de ses aspirations, ce « Demain à 17 heures, pour répéter ».

De retour à l'appartement, Benji ne tarissait pas d'éloges. Elle n'en éprouvait ni fierté ni gêne, elle était simplement heureuse. Une fois de plus, elle dormit mal. Mais ses rêves étaient d'un tout autre ordre que ceux de la nuit précédente, ils étaient faits d'exaltation, d'impatience et malgré tout d'un soupçon de crainte. Elle s'apprêtait à franchir le seuil d'un milieu dans lequel elle avait bien l'intention de s'imposer. Elle se voyait déjà sur la scène du *Sunset Cafe*, enflammant son auditoire. L'étape suivante serait le *Royal*, elle se le promettait.

Comme elle l'espérait, elle obtint un franc succès. Bessie, aussi fantasque que généreuse, ne connaissait pas la jalousie et lui prodiguait moult conseils qu'elle prenait en considération même si parfois elle les trouvait quelque peu excessifs. Mais Bessie ne pratiquait guère la modération ni dans ses paroles ni dans ses actes. À la fin de son contrat, elle lui proposa de rejoindre avec elle la troupe de Ma Rainey, celle que l'on surnommait « la Mère du blues », qui l'avait placée sous sa protection depuis ses débuts. Le groupe se déplaçait de ville en ville et sa prochaine destination était New York.

S'appuyant sur différentes raisons, Lucile avait refusé : les courtes escales ne l'intéressaient pas, ce n'était pas en se dispersant, estimait-elle, qu'elle réussirait. Elle entendait voler de ses propres ailes. Ensuite, elle savait pertinemment que ses parents n'apprécieraient guère de la voir évoluer dans son sillon. Bessie jouissait d'une réputation douteuse. Elle jouait sans complexe de sa séduction tant auprès des femmes que des hommes. Et la main qu'elle lui passait dans le dos avec une certaine volupté faisait comprendre à Lucile qu'elle ne lui était pas indifférente. Ce qui la rebutait d'autant plus que Bessie n'avait pas hésité à l'embrasser franchement sur la bouche.

V

Là-bas, dans la Cité des vents, Lucile avait d'abord cherché des repères qui lui rappelleraient La Nouvelle-Orléans. En vain ! Les deux agglomérations se révélaient si dissemblables ! Elle eut du mal à s'acclimater à la démesure de la ville, balayée par un blizzard qui en arrivait à geler les eaux du lac Michigan. Alors que l'hiver se prolongeait de longs mois durant, elle songeait à la douceur des printemps de Louisiane, à celle de l'automne aux mille couleurs, à la légèreté de l'air chargé des senteurs d'épices. Jusqu'aux orages violents et aux trombes d'eau tiédies, qui s'abattaient en fin d'été, qui lui manquaient !

En contrepartie, elle y avait trouvé un tremplin à ses ambitions et y avait noué de solides amitiés. Comme un leitmotiv lui revenaient les déclarations que, d'un inhabituel ton sérieux, lui avait adressées Bessie avant de la quitter :

— Tu sauras que tu es devenue célèbre le jour où on écrira des chansons pour toi, ou quand quelqu'un d'autre reprendra tes chansons. En attendant, écris ! C'est moi qui compose mes textes, comme toutes les autres chanteuses d'ailleurs. Les hommes, eux, se contentent de jouer de leur instrument. Remarque, c'est tout ce qu'on leur demande de faire, avait-elle conclu dans un rire étouffé de sous-entendus, comme à son habitude.

Le cornettiste et compositeur Joseph Nathan Oliver, devenu pour tous King Oliver, était rentré de Californie et avait pris possession de la scène du *Lincoln Gardens* pour y diriger les diverses formations qui s'y produiraient. Il avait accepté d'écouter chanter Lucile et, ayant décelé en elle un véritable talent, il lui avait proposé de mettre des paroles sur l'une de ses dernières créations.

— Mon orchestre n'est qu'instrumental. Mais si ton texte et ta manière de le porter me plaisent, tu viendras le présenter avec nous.

Grâce aux introductions de King Oliver et d'un bel article qu'il lui avait fait avoir dans le *Defender*, devenu dès ses débuts en mai 1905, grâce à Robert Abbott, le journal hebdomadaire afro-américain le plus influent des États-Unis, les portes s'ouvraient devant elle. Mais la partie n'était pas gagnée. Elle avait conscience qu'elle devrait se remettre en question à chacune de ses prestations.

Elle passa les premiers mois chez Benji et Mahalia, qui refusèrent qu'elle leur règle le moindre loyer. Elle compensait par quelques courses ou menus services. Bien qu'à présent légalement majeure, elle attendait pour s'échapper du nid. Elle ne se sentait pas prête pour prendre son envol. Entre sa cousine Emy et elle, rapidement s'installa une amitié sincère. Chacune confiait à l'autre ses espoirs et ses rébellions, surtout Emy qui rêvait de marcher dans les pas de la toute fraîche renommée de Lucile, alors qu'elle devait se cantonner dans des études qui ne la motivaient pas.

Lucile était finalement très entourée aussi bien dans son milieu familial que professionnel. King Oliver l'intégrait souvent à son cercle d'amis. Elle paraissait si fragile, surtout à ses côtés, lui dont l'épais tour de taille attestait de sa gourmandise qui confinait à la gloutonnerie ! Ni buveur ni fumeur, il abusait de plantureux repas et surtout de friandises, sans tenir compte d'une santé qui commençait à se détériorer.

Toujours vêtue d'une robe d'un bleu couleur de nuit, certes un peu plus décolletée qu'à ses débuts à La Nouvelle-Orléans, et soucieuse de sa silhouette, elle entendait ainsi se démarquer des autres chanteuses aux tenues plus fantaisistes et aux formes généralement plus généreuses. Sa cousine Emy, en veine d'inspiration, trouvait en elle le mannequin idéal pour exposer ses créations en inventant bijoux et écharpes qui égayaient le sombre du tissu.

Elle s'était promis que sa prochaine étape serait d'intégrer un orchestre blanc, surtout depuis qu'elle avait fait la connaissance de Bix Beiderbecke, un jeune prodige blanc, inhibé et constamment insatisfait de sa musique au point de s'adonner exagérément à la boisson. C'était peut-être la fragilité que décelait en lui Lucile qui l'attirait, ce romantisme allemand, héritage des origines de ses parents, qui le lui rendait attachant. Ce fut lui qui lui présenta Bryan Gartner, un pianiste dont la carrière était déjà bien assise. Il venait de se joindre à sa formation.

La répétition commençait à peine. Il était là sur un côté de la scène. L'éclairage n'était pas le meilleur. Elle avait remarqué son teint couleur d'un bronze tout aussi clair que celui de son frère. Elle ne le voyait que de profil, il attendait que Bix lui fasse signe pour entamer sa partition. Le moment allait arriver, il avait relevé la tête pour prendre sa respiration puis s'était penché vers le clavier. La musique avait jailli. Lucile était subjuguée par le jeu de ses longs doigts fins qui faisait tantôt gémir de mélancolie, tantôt hurler de joie les touches du piano.

Le morceau terminé, elle s'étonna des remarques de Bix : pour elle, l'interprétation avait été excellente. Connaissant la constante quête de perfection du chef d'orchestre, elle se mit à redouter de travailler avec lui. Elle se ressaisit rapidement, se persuadant qu'après tout elle ne pourrait trouver meilleur guide.

Tandis que Bix parlait d'arrangements, d'improvisation, de solos, elle s'attachait à détailler le nouveau venu. Elle était sous le charme de ses yeux aux reflets vert d'eau, regard mystérieux et magnétique à la fois, elle admirait sa peau tellement moins foncée que la sienne, et surtout ses mains effilées et soignées. Elle ne comprenait rien à son trouble, elle découvrait une sensation étrange et forte qui s'emparait d'elle.

Entre Lucile et Bryan, l'attirance fut réciproque. À chacune de leurs rencontres, les sentiments s'invitaient un peu plus. Le cœur de la jeune femme vibrait au son de sa voix, à ses mains magiques quand elles se posaient sur elle. Elle ne s'appartenait plus et souffrait de repousser des avances beaucoup plus intimes, alors qu'elle en mourait d'envie.

Son éducation, la promesse faite à ses parents, sa proximité avec Benji et les siens, autant d'arguments qui l'incitaient à résister à ses demandes de plus en plus pressantes. Le soir, blottie au fond de son lit, elle le regrettait lorsque son corps se faisait dur et tendait vers le plaisir. Elle s'apaisait en se prodiguant les caresses espérées et parvenait ainsi à s'endormir plus paisiblement.

Désormais, ils se produisaient ensemble, se joignant volontiers à un orchestre. Les contrats tombaient et leur agenda se remplissait sans problème. Leurs cachets s'amélioraient sensiblement. Auprès de lui, elle en oubliait son souhait d'épouser un jour un Blanc. Les choix s'imposaient à elle. Elle voulait vivre au grand jour son amour et décida de prendre son indépendance par rapport à sa famille.

Sa déception fut grande quand il lui révéla qu'il était marié, alors qu'elle venait de lui annoncer qu'elle avait loué un petit meublé indépendant, tout à proximité de South Michigan Avenue.

— Comment as-tu fait pour me mentir de la sorte ?

— Je ne t'ai pas menti, je ne t'en ai jamais parlé.

— Parce que pour toi, ça fait une différence ? Et tu me l'aurais dit quand ? l'interrogea-t-elle, furieuse.

Elle acceptait difficilement ses explications, ne retenant toutefois que ce divorce qu'il lui assurait être en cours.

— Ce n'est qu'une question de semaines, tout au plus deux ou trois mois, arguait-il, plaintif. Cela ne change rien pour nous, pour ce que nous éprouvons l'un pour l'autre.

— Alors on attendra que tu sois libre, lui avait-elle rétorqué.

À la colère succédèrent la rancœur, puis le doute, un doute qu'elle repoussait par crainte d'une rupture, d'une solitude qu'elle n'était pas prête à affronter. À force de séduction, elle s'était perdue dans son regard clair, dans ses bras qui se refermaient sur elle, sous sa bouche qui s'oubliait dans son cou. À ces jeux de l'amour, elle était novice, mais ressentait la violence du désir, d'autant moins supportable qu'il restait inassouvi. Alors elle s'était laissé convaincre et lui avait ouvert son lit qu'il quittait au petit matin pour rejoindre un domaine dont elle était exclue.

— Je ne peux pas emménager ici, c'est trop petit ! J'ai besoin de place, déjà pour mon piano... Ne t'inquiète pas ! Dès que mon divorce sera prononcé, nous serons libres de nous aimer. Tu comprends, je suis aussi obligé de respecter certaines règles sinon je perdrais le procès que m'intente ma femme, prétextait-il.

Elle passait de l'exaspération à la tempérance et se libérait en exprimant ses sentiments à travers ses chansons, d'une voix encore plus poignante et vigoureuse qui lui valut de figurer au palmarès des grandes artistes noires se produisant à Chicago.

— Pourquoi ne cherches-tu pas à faire comme Mamie Smith que tu admires tant ? Grâce à ses disques, la firme Okeh a fait d'elle une vedette nationale, tout comme Paramount Records avec Ma Rainey, lui avait suggéré Bix alors que certaines de ses œuvres musicales avaient déjà été gravées dans la cire des soixante-dix-huit tours.

Bien sûr qu'elle y songeait ! Mais elle doutait encore tellement d'elle... Mamie Smith avait été la première chanteuse noire enregistrée par la firme Okeh en 1920, ouvrant ainsi la porte à des artistes de couleur : *That Thing called love, Crazy Blues...* des textes que Lucile incluait à ses récitals, avec une émotion toute particulière pour ce dernier titre qu'elle estimait lui avoir porté bonheur. Elle rêvait des pochettes de la Paramount au fond bleu nuit, une couleur dont elle avait fait son symbole, où se détachait un aigle aux ailes déployées, s'appuyant sur le globe terrestre. Elle y voyait déjà son nom en toutes lettres, ce nom qu'elle tenait à garder malgré l'insistance de son partenaire qui s'érigeait en un imprésario très directif. Sans qu'elle le réalisât, Bryan abusait de son indéniable charme pour se mettre en valeur et avait tendance à la reléguer au second rôle.

— C'est trop long ! Comment veux-tu qu'on le retienne comme il faut ? Pourquoi ne pas associer nos prénoms, je ne sais pas, moi... jouer avec nos initiales ?

Quelque chose venue du plus profond d'elle freinait Lucile pour accéder à sa demande.

— Du Plaissant, c'est français et c'est le nom d'une grande famille de Louisiane ! J'y tiens ! Je veux lui faire honneur, leur prouver qu'une sang-mêlé est digne de leur lignée.

Les disputes se faisaient de plus en plus fréquentes. Il partait en claquant la porte. Elle s'effondrait en pleurs, doutant d'elle plus que jamais. Sur scène, elle évitait de le regarder et se prenait à penser que leur collaboration ne se poursuivrait plus. Alors ses accents étaient plus pathétiques que jamais. Elle extirpait du plus profond d'elle-même sa douleur, comme si ce qu'elle chantait la lui rendait plus supportable.

Depuis quelque temps, elle s'essayait à l'écriture. Le premier texte qui lui vint fut cette chanson que son frère et elle avaient composée, alors que, la guerre terminée, il était rentré convalescent à La Nouvelle-Orléans. Meurtri autant dans son corps que dans son cœur, lorsqu'elle lui avait demandé ce qui était le plus important pour lui, il lui avait spontanément répondu : « Vivre. » Ils avaient bâti une mélodie autour de ce verbe à la fois simple et immense. Elle se souvenait de l'air qu'ils avaient créé, mais elle ne savait pas travailler les arrangements et avait sollicité Bryan pour en obtenir une œuvre aboutie.

— Tu ne vas pas chanter en français ? Personne ici ne le parle. Il faut traduire, lui avait-il déclaré.

Après réflexion, elle n'avait gardé que le deuxième vers : « Est-ce un drame ou plutôt une comédie ? »

La première fois, son public fut surpris. Puis, bien vite, il se montra conquis. Elle s'appliqua dans la rédaction de chansons et alla jusqu'à écrire à son frère pour qu'il lui compose quelques lignes ou lui apporte des idées. Elle tenait à se démarquer des autres chanteuses, se rappelant les consignes données par Bessie Smith avant son départ de Chicago.

Un peu plus d'une année s'était écoulée, et son nom se retrouvait à l'affiche des salles de bal et de spectacle du Stroll, suivi de celui de son partenaire. Bryan prenait ombrage de sa popularité qui dépassait la sienne. D'un naturel affable, elle agrandissait un cercle d'amitié formé d'abord avec les artistes qu'elle avait connus lorsqu'ils se produisaient au *Spotted Cat*, et ensuite avec les relations auprès desquelles ils l'introduisaient.

Ce fut ainsi que sa route croisa celle d'Alberta Hunter qui, grâce à sa persévérance, était devenue la vedette du *Dreamland Cafe*, une immense salle située South State Street, qui accueillait jusqu'à huit cents danseurs. En pleine gloire et n'oubliant pas ses origines fort modestes, elle permettait à de jeunes chanteuses dont elle appréciait le talent et le caractère de débuter à ses côtés sur cette scène mythique. À plusieurs reprises, Lucile l'avait accompagnée. Au début déstabilisée par son impressionnant don d'improvisation des paroles, au gré du public présent, elle s'était vite adaptée.

Bien entendu, de tels établissements possédaient un orchestre attitré et la prestation de Lucile n'incluait pas Bryan, qui ressentait de la jalousie même s'il ne voulait pas le montrer. À force de remarques de la part de ses amis, dont Bix en tête et King Oliver qui connaissait bien le personnage, elle se mit à intégrer que la situation de son couple n'évoluerait jamais comme elle le souhaitait. En effet, rien ne se passait, et Bryan menait en toute bonne conscience une double vie, l'écrasant de sa désobligeance lorsqu'elle se rebellait, la consolant ensuite d'un ton magnanime, s'assurant ainsi sa soumission à une existence qui lui convenait et qu'il lui imposait.

À ce jeu dangereux, les sentiments de Lucile commencèrent à s'émousser. Petit à petit, sa personnalité reprit le dessus, elle redevenait cette jeune fille pétrie de l'ambition toute légitime de triompher dans le monde de la musique. Son regard s'attarda sur les autres hommes. Au début, elle comparait son amant à ceux qu'elle croisait et qui retenaient son attention. C'était généralement à leur défaveur. Puis l'apparence physique s'estompa pour laisser place aux vraies valeurs.

VI

Lucile n'avait jamais été habituée à un logement d'une telle exiguïté. Les premiers temps, il avait eu le parfum de l'émancipation. Puis, au fil des mois, il avait perdu sa fonctionnalité malgré les quelques touches personnelles qu'elle lui avait apportées. Dès qu'elle franchissait le seuil de son meublé, elle ressentait le besoin profond de s'échapper de ces murs qui à présent l'étouffaient. Qu'ils étaient loin les oiseaux de Kerlerec Street et la végétation luxuriante du jardin familial ! Heureusement qu'il y avait le chant, le jazz et ses amis ! Un monde qui n'attendait qu'elle !

Aux beaux jours, elle flânait dans les parcs et poussait jusqu'en bordure du lac, à la plage réservée aux gens de couleur. Généralement, le dimanche midi, elle rejoignait Benji et les siens. Sa cousine Emy avait finalement intégré le Kent College of Law, à la grande satisfaction de ses parents. Elle s'appliquait à apprendre pour répondre aux attentes de ses professeurs. Toutefois, d'un naturel très effacé, elle ne se voyait pas embrasser une carrière d'avocate. Conseiller lui convenait mieux que plaider. Durant les vacances d'été, elle avait trouvé un emploi au

Chicago Conservator, l'un des plus vieux journaux afro-américains de la ville. Elle n'avait plus guère de temps à consacrer à sa passion créatrice et le déplorait. Les deux jeunes filles étaient devenues très proches. Auprès d'Emy, Lucile récupérait la confiance que petit à petit s'ingéniait à lui saper Bryan.

— Tu as tout pour toi ! Tu es belle, ta voix est superbe ! Tu ne peux que séduire ! martelait Emy.

— Tu me vois avec les yeux de l'amitié, lui répliquait Lucile qui, hors de la scène et le trac des premiers instants passé, manquait toujours d'assurance.

Lucile aurait tant souhaité se retrouver pour quelques jours seulement à La Nouvelle-Orléans ! Or c'était précisément à ces périodes que le public envahissait les rues, en quête de distraction, et qu'il se montrait le plus exigeant et le plus nombreux. Elle divertissait donc les autres, alors que son amant la délaissait bien souvent dès potron-minet. Si, les premiers temps, son absence lui avait été particulièrement douloureuse, elle finit par se caler sur son mode de vie. Mais les déceptions érodaient les sentiments, si profonds fussent-ils.

À Pâques 1923, ses parents étaient venus à Chicago. Depuis que Martha avait pris en main l'intendance du *Spotted Cat* et que son fils Abraham en assurait la gestion, Rosa-Lynn et Philippe s'échappaient au gré de leurs envies. Elle aurait aimé que ses grands-parents se joignent à eux, mais Peter était fatigué, ses jambes le lâchaient. Un tel voyage se révélait impensable pour lui malgré le désir de revoir enfants et petits-enfants.

Quand elle avait appris leur venue, la joie de la jeune femme avait été immense. Jusqu'à leur arrivée, ne tenant plus en place, elle se soucia moins de la conduite de Bryan. Sur scène, elle donna libre cours à son euphorie, poussant des notes qui s'assimilaient à des rires, bousculant les portées d'une interprétation qui reflétait à la fois son impatience et son bonheur, surprenant son partenaire qui avait parfois du mal à suivre ses élans vocaux.

Enfin, ils étaient là ! Le regard mouillé, elle les observait à loisir. Cette rupture de deux ans les lui rendait encore plus beaux. Son amour filial était aussi fort pour l'un que pour l'autre, mais les sentiments qu'elle leur portait étaient différents. Si elle admirait son père et le redoutait, elle se sentait en communion avec sa mère. Le temps de la rivalité était échu entre elles.

En attendant, dans le souci de sa promesse de ne pas les décevoir, elle voulait taire sa liaison. Elle avait fait disparaître tout ce qui aurait pu témoigner de la présence de Bryan à son domicile et lui avait enjoint de s'abstenir de toute visite durant leur séjour.

Ses parents entendaient bien aller la voir se produire sur scène. À cette époque, elle avait décroché un double contrat qui la conduisait en semaine au *Sunset Cafe*, cet ancien garage automobile plutôt impersonnel reconverti en un *black and tan*, au public multiracial. Elle y était accompagnée au piano par Bryan. Quant à la fin de semaine, elle intégrait un cadre plus huppé, celui du *Dreamland Cafe*, où cette fois-ci son compagnon n'avait pas sa place.

Avec tout ce qu'elle leur avait raconté, ils se montrèrent quelque peu déçus devant la façade banale du *Sunset Cafe.* Mais le tour de chant de leur fille les séduisit tout comme elle ravissait son auditoire. Une fois sa prestation terminée, elle les avait rejoints, suivie malgré elle par Bryan qui s'imposait sans scrupule. Avec un fort sentiment de gêne, elle fit les présentations :

— Mon pianiste ! Ici, il est bon d'être accompagné par un musicien pour se faire engager. À moins, bien sûr, d'être retenu par un grand établissement, ajouta-t-elle d'une voix qui se voulait discrète afin de ne pas ulcérer son compagnon.

Elle se tenait écartée de lui et repoussa vivement la main qu'il posa sur son épaule au moment de prendre congé. Elle se sentit soulagée lorsqu'il s'éloigna. Un manège qui n'avait pas échappé à l'œil maternel acéré de Rosa-Lynn.

Lorsque ses parents s'étaient retrouvés devant le *Dreamland Cafe,* un bâtiment majestueux à la façade rococo qui n'avait plus rien à voir avec le *Sunset Cafe,* ils n'avaient pu cacher leur surprise en constatant le chemin parcouru. Ils avaient laissé libre cours à leur fierté pendant son tour de chant, si bref fût-il, ainsi qu'à l'écoute des applaudissements nourris que le public lui adressait. Elle rayonnait du bonheur de les avoir séduits par son talent ; ils étaient convaincus que son nom figurerait un jour au palmarès des meilleures chanteuses de jazz. Elle ne faisait que débuter.

Si elle avait pensé que l'épisode de la rencontre de ses parents avec Bryan était clos, elle se trompait lourdement. C'était sans compter la perspicacité de sa mère. Alors que leur séjour touchait à sa fin et qu'elles s'étaient retrouvées seules, Rosa-Lynn n'avait pas pu contenir ses sentiments :

— Ce Bryan, il y a quelque chose entre toi et lui ?

Le ton de la question permettait difficilement la dérobade. Lucile, oppressée, opina affirmativement de la tête, sans proférer la moindre parole.

— C'est un bel homme, mais trop charmant pour être honnête avec ses yeux de miel. Il me paraît veule et trop imbu de lui-même. Il ne te rendra pas heureuse. Avec ton talent, tu n'as pas besoin de lui. En fait, c'est lui qui a besoin de toi.

Combien de fois par la suite avait-elle ressassé le jugement de sa mère !

Après leur départ, son meublé lui sembla si étriqué et triste qu'elle se décida à déménager pour un appartement un peu plus grand. Dorénavant, elle pouvait se le permettre. Renommée aidant, elle ne fut pas longue à trouver un logement décent tout proche du Washington Park, haut lieu prisé par la bourgeoisie de Bronzeville. Véritable poumon dans la ville, il avait été inauguré en décembre 1879 par le président de l'époque, Ulysses Grant, qui à cette occasion avait participé à une cérémonie de plantation d'arbres. Vaste prairie à l'herbe douce où paissaient des moutons, c'était le rendez-vous des flâneurs le long des rives de son étang ou des lagons envahis par les nénuphars, mais également celui des sportifs qui venaient s'entraîner et s'affronter sur les terrains de base-ball, de tennis ou encore de cricket.

Quelque part, au plus profond d'elle-même, elle espérait que ce nouveau havre attirerait Bryan, dont elle ne parvenait pas à se détacher. Quand elle lui avait évoqué le quartier où elle comptait s'installer, il avait argué de son éloignement du Stroll. Puis il s'était laissé convaincre facilement. Ce qui ne manqua pas d'interpeller Lucile. À sa plus grande surprise, elle ne tarda pas à le voir d'ailleurs transporter des affaires, ce qui sans équivoque lui annonçait une vie commune.

Elle ignorait que celle qu'il qualifiait d'épouse n'avait jamais été légitime. Femme aisée et plus âgée que lui, elle l'entretenait et lui passait ses caprices, certaine de le tenir par la satisfaction de ses besoins financiers. Pourtant, il n'était pas totalement vénal et éprouvait pour elle une profonde tendresse. Il était sincère, jusqu'à sa rencontre avec Lucile. Équivoque des sentiments, il n'envisageait pas de rupture, redoutant de la faire trop souffrir, et d'un autre côté, bien moins honorable, il ne se sentait pas prêt à quitter une vie confortable pour s'engager aveuglément sur le chemin parfois épineux de l'aventure. En outre, il appréciait l'admiration qu'elle lui portait, alors qu'il percevait que Lucile ne tarderait pas à le supplanter. Ce fut elle, cette maîtresse, qui le renvoya, lasse de ses infidélités, se rendant compte que ce qu'elle avait estimé n'être qu'une passade se révélait une liaison solide où elle ne jouait plus qu'un rôle subsidiaire.

Bien entendu, il n'avoua jamais rien à Lucile qui crut en un engagement profondément amoureux de sa part. Pour lui, elle renonça à un contrat pour lequel l'avait sollicitée Noble Sissle, chanteur et violoniste, ami de son frère qui, tout comme lui, avait appartenu à l'orchestre de James Reese Europe du 369e régiment d'infanterie et qui s'était distingué dans les tranchées aux côtés des Français en 1918. Noble Sissle et Eubie Blake avaient composé la musique de la première comédie musicale exclusivement noire donnée à Broadway.

Outre le fait que la jeune femme n'avait jamais vraiment abordé un spectacle qui conjuguait jeu d'acteur et chant et malgré l'intérêt de cette proposition, elle l'avait déclinée. Elle ne se sentait pas suffisamment sûre d'elle pour affronter le public new-yorkais, dans un domaine et des lieux inconnus. Sans compter qu'elle devrait alors partir loin de Bryan, quitter Chicago dont elle commençait à apprécier la vie, surtout depuis que, autour de King Oliver, gravitait un groupe d'amis parmi lesquels Louis Armstrong. Avec son Creole Jazz Band, King Oliver régnait sur les soirées de musique *hot* de Bronzeville, témoignage de ce jazz louisianais dont ils s'émancipaient tout en restant fidèles à la polyphonie originale.

Si Lucile avait peu connu Louis Armstrong à La Nouvelle-Orléans, bien des souvenirs leur étaient communs. Ils avaient toujours quelque chose à se remémorer, à partager. Quelquefois la nostalgie perçait, et le ton se faisait plus traînant. D'un éclat de rire tonitruant, Louis la chassait et de nouveau les projets et les espérances s'imposaient.

— Si tu veux devenir une vedette, il faut que tu enregistres, lui affirmait-il alors qu'avec le Creole Jazz Band il multipliait les disques.

— Je ne sais pas comment m'y prendre, avouait lamentablement Lucile.

— Va frapper chez Columbia ! Pourquoi ne vas-tu pas passer une audition chez Black Swan ? Eux, ils en recherchent des voix comme la tienne, je peux te l'assurer ! Tu vois le succès que remportent les disques d'Ethel Waters ? Elle n'a débuté que depuis deux ans à peu près.

Ethel Waters, la Reine noire, un nom qui la faisait rêver ! Une comédienne complète au vibrato inimitable et au ton toujours juste, qui interprétait ses mélodies, les ornementait selon son inspiration, pour souligner le sens des paroles, parvenant parfois à dérouter les musiciens qui l'accompagnaient. Les succès s'enchaînaient, les tournées également. Mais aller frapper à la porte de Black Swan impliquait qu'elle devait se rendre à New York.

Bryan ne voyait pas d'un très bon œil la complicité entre sa compagne et Louis Armstrong qui n'était pourtant que purement amicale. D'autant plus que le cornettiste semblait fort épris de Lil Hardin, la pianiste de l'orchestre. Une certaine impatience le gagnait quand tous les deux se replongeaient dans un vécu où ils avaient bien des choses en commun, talonné par la jalousie d'un passé où il ne trouverait jamais sa place.

Alors que son projet prenait forme dans son esprit, elle n'osait pas s'en ouvrir à Bryan. Mais plus les jours s'écoulaient, plus le désir d'une échappée à New York s'emparait d'elle. Il devait cependant percevoir que leur liaison s'étiolait. Il tenait à elle plus qu'il ne l'aurait supposé. Il se décida à la demander pour épouse. La réponse avait tardé, des secondes qui prenaient des allures interminables. Il espérait une explosion de joie, il ne reçut qu'hésitation puis tiédeur.

— Pourquoi se marier ? Nous sommes bien comme nous sommes, avait-elle rétorqué. Ce n'est pas un simple papier qui va renforcer nos sentiments.

Sidéré, il se retrouvait à court d'arguments. Il s'était tellement attendu à ce qu'elle acquiesce !

— Si tu es venu vivre avec moi, c'est parce que tu ne savais pas où aller. Tout finit par se savoir, conclut-elle dans un soupir un peu ironique.

Une vérité qui s'était offerte à elle par l'intermédiaire d'une connaissance qui avait fréquenté le couple que Bryan formait autrefois avec sa riche maîtresse.

Lorsqu'elle avait découvert le pot aux roses, la déception de Lucile avait été forte. Elle en avait d'autant plus souffert qu'elle ne voulait rien laisser paraître. Instinctivement, elle tenait à ne pas lui permettre de voir qu'il pouvait l'atteindre. L'estomac tordu par sa duperie, elle s'était vite reprise, envisageant alors plus sérieusement la perspective d'une carrière orientée différemment.

— On pourrait fonder une famille… l'exhorta-t-il.

Il ne comprenait pas qu'elle n'attendait désormais de lui rien d'autre qu'une compagnie agréable. Elle redoutait la solitude, mais avait bien perçu que viendrait le jour où elle devrait l'intégrer à son histoire.

À peine plus d'un mois plus tard, alors qu'elle s'apprêtait à boucler sa valise, elle ressentit comme un vertige. Le matin, un écœurement irrésistible l'avait saisie au lever. Ses menstrues n'étaient pas revenues. Des signes qui n'avaient pas échappé à Bryan, mais qu'elle se refusait à interpréter.

VII

— Il n'est pas question que tu entreprennes un tel voyage ! Pense à ton état ! martelait Bryan.

— Que tu sois d'accord ou pas, j'ai bien l'intention d'aller à New York ! Tu ne peux pas me l'interdire.

Le ton de Lucile se faisait sifflant, laissant transparaître plus qu'une contrariété, une colère. En fait, elle en voulait à son amant. Lorsque, après une rentrée tardive, elle l'avait repoussé, consciente des risques encourus à cette époque de son cycle, il l'avait forcée, lui jurant : « Je sais m'y prendre, ne t'inquiète pas ! » Mais il s'était oublié en elle ; volontairement, elle en était certaine maintenant, avec le recul.

— Ce n'est pas parce que je suis enceinte que je vais m'arrêter de vivre. Mes ancêtres étaient des esclaves, elles assumaient un travail autrement plus pénible et elles s'en sont sorties !

Quand elle avait découvert son état gravide, elle avait été anéantie. Elle n'avait jamais réellement réalisé que sa relation puisse avoir de telles conséquences.

— Il va falloir arrêter une date pour nous marier, insistait Bryan qui, comblé, ne cachait pas sa joie.

Pour elle, les épousailles étaient inenvisageables : elle le tenait pour responsable de sa grossesse, et ses reproches allaient tout autant à son encontre qu'à elle-même qui s'était laissé berner. Mais à bien y réfléchir, elle avait besoin de lui, car elle ne savait pas comment s'organiser pour les mois à venir. Tout ce dont elle était certaine, c'était qu'elle ne voulait pas officialiser leur union. Ils ne seraient pas le premier couple à demeurer dans le concubinage. Jusqu'à ses parents, mais pour eux, la situation était bien différente : le mariage interracial était formellement interdit, ils devaient vivre leur amour hors des lois. Ce qu'elle éprouvait pour Bryan ne ressemblait plus à la passion qui l'avait autrefois poussée vers lui. Ses sentiments s'étaient érodés pour faire place à une amitié, ou plutôt un besoin d'amitié et de soutien. Comprenant qu'elle ne céderait pas, il s'adoucit :

— Je vais te prendre une réservation sur le Chicagoan. C'est le plus rapide et le plus confortable, lui déclara-t-il, attentionné.

Il savait que le train empruntait la Water Level Route, un parcours qui longeait les grands cours d'eau et s'effectuait sur un réseau pratiquement plat.

Bryan s'érigeait en père de famille, s'inquiétant de la fatigue, de l'hôtel, des multiples dangers que présentait une ville inconnue. Elle parait tous ses arguments :

— Non ! Tu ne m'accompagnes pas ! À New York, je peux compter sur un ami influent : un avocat blanc. Mon père et lui ont fait leurs études ensemble...

Là encore, elle n'était pas décidée à transiger. Désormais, elle entendait diriger sa vie. Cette grossesse, elle ne l'avait pas souhaitée, loin de là ! Pourtant, elle s'était d'emblée refusée à l'interrompre. Lorsqu'elle s'était confiée à Emy, sa cousine l'avait soutenue dans sa résolution :

— Ne prends pas de risques ! Un enfant, ce n'est pas un drame, bien au contraire. Bien sûr, tu vas devoir adapter ton mode de vie, mais tu n'es pas seule, après tout. Et moi, je t'aiderai volontiers. Mais ne sacrifie pas ta carrière ! Tu ne seras pas la première à tout concilier.

Au fil des heures, elle prenait conscience de son état. Cette grossesse, si elle ne l'avait pas souhaitée, petit à petit elle finissait par l'accepter, imaginant déjà le petit être auquel elle offrait la vie. Désormais, elle partagerait son existence avec lui.

Lucile avait bouclé une valise légère. Le trajet lui parut long, ses pensées se bousculaient, éloignant le repos. Entre l'anxiété de l'audition et cette maternité qu'elle devait avouer à ses parents, elle ne savait pas ce qui la tourmentait le plus. Jusqu'à présent, des membres de sa famille, seule Emy était au courant.

À New York, son interlocuteur n'avait pas fixé d'heure pour son rendez-vous :

— De toute façon, je serai au bureau toute la journée. Je vous attendrai.

Tenant précieusement dans une main le plan sommaire et l'adresse, elle contourna Grand Central Station et gagna la 44e Avenue. Elle avançait d'un pas régulier, l'esprit occupé à ne pas s'égarer. Après une dizaine de minutes de marche, elle tourna vers la droite et s'engagea dans la 7e Avenue. De là, elle pouvait déjà apercevoir Times Square, dominé par l'immeuble du *New York Times*. Elle frissonna, elle s'apprêtait à franchir cette porte imaginaire qui ouvrait sur Broadway, lieu mythique des spectacles, un monde fascinant dans lequel elle espérait bien un jour avoir sa place. Hésitante, elle demanda sa rue.

— Tin Pan Alley, s'il vous plaît.

« Tin Pan Alley », l'allée des casseroles en métal, une appellation ironique donnée par un journaliste du *New York Herald*, venu pour écrire une série d'articles sur l'industrie musicale en plein développement dans le quartier. Les sons des pianos droits d'une qualité des plus ordinaires, qui s'échappaient des fenêtres ouvertes, se répandaient dans la rue, dans une cacophonie peu engageante. C'était pourtant là le centre de l'industrie de la musique.

Elle vérifia le numéro, elle était enfin arrivée. Elle s'arrêta devant la façade de grès envahie des enseignes des éditeurs. Black Swan y figurait en bonne place. Tandis qu'elle escaladait les quelques marches qui conduisaient à l'entrée, sa respiration s'accéléra non pas par essoufflement, mais par l'appréhension de l'épreuve qu'elle s'apprêtait à affronter. Puis tout se précipita sans qu'elle n'ait trop le temps de gamberger. Elle se retrouva face à Harry Herbert Pace, le fondateur de la société qu'il avait appelée Black Swan, le « Cygne noir », en référence à Elizabeth Taylor Greenfield, une chanteuse noire de grand talent, connue sous ce pseudonyme.

Elle détaillait discrètement son interlocuteur : un Afro-Américain d'une quarantaine d'années, à la peau très claire. Ses cheveux plaqués et très courts, coiffés d'une raie au milieu, lui conféraient un air sérieux que son regard à la fois rieur et paisible atténuait. Il commença par interroger Lucile sur ses origines, se montrant intéressé par ses attaches louisianaises, les relations qu'elle y avait nouées, son amitié avec Louis Armstrong, ses passages sur scène... Avenant, il s'efforçait de la mettre à l'aise tout en s'informant. Elle se dérida rapidement et les mots lui vinrent sans difficulté. Elle ne dissimulait plus son enthousiasme.

— Nous allons vous écouter. Mon pianiste en titre m'a quitté il y a peu. Donc vous devrez vous contenter de moi pour vous accompagner. Vous m'avez apporté une partition ?

Elle lui tendit un feuillet qui se voulait être la transcription de *Vivre*, mais qui en fait de partition s'apparentait plus à un aide-mémoire visuel. Après quelques tâtonnements, ils parvinrent à s'accorder.

La voix de Lucile se fit claire, s'éleva pure à en donner des frissons. Il s'arrêta de jouer et d'un signe de la main l'incita à poursuivre *a cappella*. Un très court instant déstabilisée, elle se reprit. Lorsqu'elle eut fini, il hocha la tête, d'un air grave qui aussitôt l'angoissa. Et s'il n'avait pas aimé ? Elle ne savait pas comment se tenir, figée dans une attitude empruntée. Les quelques brèves secondes de silence qui s'ensuivirent lui parurent interminables.

Il croisa les jambes et, la regardant droit dans les yeux, il entama ses commentaires :

— Vous avez une voix délicate et puissante à la fois, mais elle manque de brillance. Quant à votre vibrato, il faut l'apprivoiser davantage, il doit devenir un mouvement naturel de votre voix. C'est pour ça que vous avez eu du mal à tenir la note. Il ne doit pas vous demander d'effort. En le maîtrisant, vous garderez une homogénéité tout le long de votre prestation.

Toujours tétanisée, Lucile avait pâli. Elle prenait ces commentaires comme une fin de non-recevoir.

— Bon, mes musiciens seront là demain. On va travailler tout ça. Et puis on verra à étoffer votre répertoire, déclara-t-il en se levant pour regagner son bureau.

Un instant, elle crut avoir mal compris.

— Vous voulez dire que vous m'acceptez ?

— Mais oui, jeune personne ! Il va y avoir du travail, mais votre timbre devrait faire vibrer tous nos amateurs de blues. Il faut faire de vous quelqu'un d'exceptionnel !

De plus en plus nombreux étaient les détenteurs de phonogrammes, et l'industrie du disque se portait au mieux malgré la concurrence récente des récepteurs de radio où la diffusion de musique était gratuite. Depuis une bonne dizaine d'années, les éditeurs recouraient au *plugging*, une technique promotionnelle de marketing qui permettait d'élargir l'auditoire, assurant ainsi un chiffre d'affaires important.

— Cent cinquante dollars, c'est ce que nous proposons pour un premier disque. Par contre, vous vous engagez à nous réserver vos trois prochains enregistrements au moins. Il est bien entendu que votre rémunération sera revue en fonction des résultats.

Les mots résonnaient dans la tête de la jeune femme. Son cœur battait jusque dans ses tempes. Les mains moites, le visage en feu, elle se répétait ce terme prometteur d'« exceptionnel ». Elle ne s'était pas vexée à l'écoute des remarques tandis qu'elle avait cru jusqu'alors, se fiant aux dires de son entourage, qu'elle maîtrisait le chant. Elle ne demandait qu'à se perfectionner ! Après tout, elle ne s'était jamais entendue chanter. Son jugement était celui des autres. Or voilà qu'un professionnel s'érigeait en guide !

— Je suppose que vous ne savez pas où dormir.

Devant sa réponse un peu gênée, il lui écrivit une adresse et lui dessina un plan simplifié pour s'y rendre.

— Allez-y de ma part ! C'est une pension de famille, très calme et bien tenue. Ce n'est pas le grand luxe, mais elle a le mérite d'être à deux pas de nos locaux et surtout peu onéreuse. La logeuse est une amie et prépare le souper pour tous ses locataires.

Une fois qu'elle eut quitté le bureau de Black Swan, elle se sentit légère et heureuse. Elle éprouvait le besoin de partager sa joie avec ses proches. Elle repéra le bureau de poste et fit appeler le *Spotted Cat*. À l'autre bout du fil, ses parents s'amusèrent de son flot de paroles, de ses rires, de son enthousiasme. Elle parla beaucoup de sa future carrière, parfois de manière désordonnée, un peu comme une logorrhée, mais elle se garda bien d'évoquer sa grossesse. Elle avait besoin de réfléchir, elle n'en était pas encore parvenue au désir d'enfant, juste une certaine émotion qui glissait imperceptiblement vers de l'affection et surtout vers l'acceptation, gommant ainsi ses peurs.

VIII

LES SOUVENIRS DE CETTE SEMAINE que la jeune femme passa à New York à travailler avec l'équipe d'Harry Herbert Pace devaient rester à jamais gravés dans sa mémoire. Elle ne subissait plus les malaises d'un début de grossesse et, bien au contraire, ressentait un énorme besoin d'activité. Elle vivait sa passion du chant sans retenue et se conformait aux conseils, voire aux instructions qu'elle recevait. Sa voix pleurait, hurlait, se révoltait, ou à l'opposé s'extasiait ou se faisait rieuse. Elle intégra les nuances au plus profond d'elle-même, les restituant comme si, pour avoir heurté son jeune passé, elles faisaient partie intégrante de son existence. À sa grande fierté, son premier disque fut gravé dans la cire et glissé dans l'une de ces pochettes ornées d'un cygne noir, tandis que son nom s'imposait en lettres sobres.

Avec une promotion efficace, *Vivre* devint très vite un succès non seulement grâce à son interprétation, mais aussi à ce côté un peu exotique et lointain rendu par les deux phrases de français. C'était l'époque où émergèrent, du fait de cette industrie musicale en plein essor, des artistes et des chanteurs, ou plutôt des chanteuses, car cette partie était principalement le fait de femmes, dont le talent allait leur permettre de conquérir le monde outre-Atlantique. Les journaux étaient au rendez-vous et les réputations s'asseyaient rapidement. De plus en plus d'orchestres blancs intégraient des musiciens noirs : une collaboration interraciale qui donnait la primauté à la qualité artistique plutôt qu'à des considérations ethniques.

À son retour à Chicago, elle avait une nouvelle fois repoussé l'éventualité d'un mariage. Bryan, comprenant qu'il n'obtiendrait rien d'elle en insistant, préféra se ranger dans son sillon et bénéficier de son aura d'artiste. La future naissance l'enchantait beaucoup plus qu'il ne l'aurait cru, et il était persuadé que ce bébé souderait leur couple, légitimé ou pas.

Quant à Lucile, le seul point noir qui la perturbait était l'aveu de sa grossesse à ses parents. Elle aurait pu leur téléphoner, mais elle se réfugia derrière l'écriture d'une lettre. Elle pouvait ainsi à sa guise en mesurer les termes, les modifier ou leur faire exprimer le plus précisément possible le message qu'elle souhaitait transmettre. Sa peur de les décevoir ou de s'attirer leur désapprobation et leurs éventuels reproches provoquait en elle un sentiment qui s'apparentait à une certaine lâcheté dont elle était consciente, au demeurant. Elle ne redoutait pas d'affronter les épreuves du quotidien, mais, face à eux, elle restait une adolescente en proie à la crainte d'être tancée.

Combien de pages entreprit-elle de noircir avant de les déchirer et de recommencer ? Pourtant, à chaque nouvelle rédaction, ses idées s'affirmaient tandis que la perspective du bébé lui apportait un émouvant pressentiment de renouveau au travers de ses lignes. Et lorsque, enfin, elle termina sa lettre rédigée cette fois-ci d'un seul trait de plume, elle la glissa aussitôt dans l'enveloppe sans la relire. Elle ne voulait pas s'exposer à la refaire une fois de plus. Tout ce qu'elle avait écrit lui venait du cœur, après moult réflexions.

À La Nouvelle-Orléans, après une surprise bien naturelle, Rosa-Lynn conclut :

— Après tout, elle est en âge d'avoir un enfant. Par contre, ce qui me gêne c'est cet homme qui partage sa vie. Je peux me tromper, mais ils ne vont pas ensemble.

Philippe acquiesça d'un signe de tête. Ils avaient déjà évoqué le problème : aucun des deux n'appréciait Bryan, si brièvement l'eussent-ils rencontré. Il leur avait paru suffisant et velléitaire. Toutefois, la perspective d'un enfant de leur fille l'emporta sur toute autre considération.

— Le voyage sera plus court pour aller les voir que pour nous rendre à Brest, se consolèrent-ils.

Là-bas, en Bretagne, leur belle-fille avait donné naissance à un bambin qui approchait des deux ans. Un beau petit métis à la peau claire, aux traits fins de sa mère. Ils avaient tout naturellement retraversé l'océan ; une bien longue équipée dont la fatigue se dissipa aussitôt devant le sourire et les rondeurs du bébé. De retour chez eux, l'absence leur pesait. Brest était si loin de la Louisiane... Mais constatant le bonheur d'Antoine, leur fils, ils ne pouvaient qu'être heureux.

Pour Bryan, Lucile lui apparaissait encore plus précieuse. Il s'angoissait d'un rien, d'une toux, d'un manque de sommeil ou d'appétit, du rythme de son travail… Il s'ingéniait à lui rendre la vie plus facile. Le corps de la jeune femme ne changeait guère si ce n'était son ventre qui devenait proéminent. Elle le dissimulait sous une ample robe toujours couleur de nuit et poursuivait ses spectacles. Son épanouissement démentait ses craintes.

Au grand dam de son compagnon, elle retourna par deux fois à New York. Son premier disque avait obtenu un franc succès. Désormais, elle faisait partie de ces vedettes dont les chansons étaient sur toutes les lèvres afro-américaines. À présent, un autre challenge s'imposait à elle : celui de devenir la muse d'un public blanc. Toutefois, en raison de son état, elle freinait ses ambitions, mais ne les étouffait pas.

Durant les trois derniers mois, fatiguée par son ventre alourdi, elle limita ses activités. Chaque matin, elle se plongeait dans la lecture des journaux. Elle épluchait tout particulièrement le *Chicago Conservator*, le plus vieil hebdomadaire afro-américain de la ville, surtout depuis qu'Ida B. Wells lui avait consacré un bel article à la suite de la parution de son deuxième disque :

Nul doute que son talent franchira les océans et que cette voix profonde résonnera dans les cœurs. Puisse cette musique de l'âme entretenir la flamme de l'espérance et nous faire avancer dans notre combat pour le respect universel ! avait écrit la rédactrice, une femme engagée qui avait dédié sa vie à lutter contre le lynchage des gens de couleur et avait pris une part active dans le mouvement des droits des femmes.

Ces lignes avaient touché Lucile. *Notre combat* : deux mots qui l'avaient particulièrement interpellée. Aussi voulut-elle rencontrer celle qui les avait si poétiquement rédigés et avait suscité sa curiosité.

Grâce à l'intervention d'Emy et des amitiés qu'elle avait nouées lors de son emploi estival au *Chicago Conservator*, la rédactrice en chef avait volontiers accédé à sa demande de rendez-vous. Ida B. Wells avait déjà dépassé la soixantaine et n'en restait pas moins une jolie femme, au regard à la fois doux et perçant qui reflétait une volonté sans faille. Les cheveux remontés en chignon mettaient en valeur le visage d'une personne plus jeune qu'elle ne l'était en réalité. Un sourire calme traduisait l'engagement farouche avec lequel elle avait toujours mené ses actions. Ce fut grâce à l'amitié qu'elles nouèrent que Lucile prit pleine conscience de la soumission dans laquelle on entretenait les femmes et encore plus les Afro-Américaines. Elle pénétra un monde à peine entrevu jusque-là, celui de ces combattantes pour une société égalitaire, sans discrimination de sexe ou de race. Il ne s'agissait plus de subir ou de protester tout en se conformant malgré tout aux règles en vigueur ; dorénavant, on en était à une rébellion structurée, qui petit à petit s'imposait dans les esprits et les faisait évoluer dans le bon sens. Déjà, le 18 août 1920, les États avaient ratifié le XIXe amendement entérinant le droit de vote aux femmes.

— Vous devriez écrire des textes plus engagés, lui avait suggéré Ida, tout en ajoutant : La beauté de votre voix est le meilleur des langages. On ne pourra pas le censurer, on l'écoutera !

Bien entendu, Bryan ne voyait pas d'un bon œil cette relation. Il redoutait ce féminisme dont était taxée, à juste titre, Ida. Il percevait bien que sa compagne échappait à son emprise, qu'elle avait besoin de moments à elle, où il ne trouvait pas sa place. Mais il acceptait la situation, se persuadant que l'arrivée du bébé remettrait tout en ordre. Il ne comprenait pas que la personnalité de Lucile s'affirmait et que la toute la jeune fille malléable qu'il avait connue à ses débuts se transformait en une femme qui entendait assumer ses choix.

Le printemps se profilait timidement. Le lac Michigan offrait un triste horizon de grisaille malgré un soleil qui cherchait à poindre. En cette fin mars 1924, il faisait encore bien froid même si le gel et la neige avaient déserté.

Lucile ne sortait plus guère de chez elle, juste une petite promenade au parc, chaudement emmitouflée. Lorsque Bryan s'absentait parfois plusieurs jours pour des contrats qui le retenaient éloigné de Chicago, Emy accompagnait la future maman. Elles partageaient des moments privilégiés, aussi proches que deux sœurs aimantes.

— Tu devrais venir t'installer chez nous, lui avait proposé sa tante Mahalia. On serait là pour ton accouchement. Ce serait quand même mieux pour toi et pour tout le monde. Tes parents seraient plus rassurés.

Après tout, l'idée lui parut séduisante. Elle se laissa facilement convaincre, un léger sourire ému au plus profond d'elle-même à la pensée des siens inquiets pour elle.

Quelques jours plus tard et avec un peu d'avance, un petit Louis poussait ses premiers vagissements sous le regard plein d'amour de sa mère qui retrouvait la paix de son corps après plusieurs heures de souffrance, et sous l'œil attendri de sa famille.

Du Plaissant Louis-Antoine fut le nom sous lequel Benji fit enregistrer sans attendre le nouveau-né auprès de l'état civil, après en avoir discuté avec sa nièce.

— Ce n'est pas contre Bryan que de ne pas lui donner son nom, mais il faut malgré tout envisager la possibilité d'une rupture de votre couple. Il ne faudrait pas qu'il puisse te prendre ton enfant. Ce n'est pas ce que je vous souhaite, mais il vaut mieux se prémunir.

Elle avait d'autant plus facilement accepté qu'elle ne discernait plus bien un avenir commun. Aussi, tout scrupule étouffé, confia-t-elle cette mission à son oncle.

Retenu encore pour quelques jours du côté de Springfield où il honorait un contrat de courte durée sans tenir compte de l'imminence de l'accouchement, Bryan ignorait la naissance du petit. Bien sûr, il téléphonait presque chaque jour et raccrochait, satisfait d'un « Tout va bien ». Ce que ne manquait pas de lui assurer Benji tandis que Lucile se remettait au fond de son lit du traumatisme physique de la délivrance. Elle ne lui avoua l'arrivée de Louis, par combiné interposé, que quatre jours plus tard.

Jusqu'au prénom qu'elle lui avait imposé. Son choix s'était instinctivement porté sur Louise, comme sa grand-mère, si elle devait avoir une fille. Sinon ce devait être Louis, pour les mêmes raisons, avec en plus un clin d'œil à l'amitié qui la liait à Louis Armstrong. Il s'était incliné après quelques faibles protestations.

D'emblée, il avait fondu de tendresse et posé moult questions. Son retour à Chicago était prévu pour le début de la semaine suivante. Tout à sa joie, il pensait retrouver compagne et enfant bien installés dans leur appartement. Le sourire aux lèvres, encombré de ses bagages et de cadeaux, il avait sonné attendant vainement que Lucile vienne lui ouvrir. Il réitéra son geste, puis finit par s'impatienter et fouilla nerveusement ses poches à la recherche de ses clés. Quelle ne fut pas sa stupéfaction devant le logis déserté !

Après une longue hésitation, il se décida à aller frapper à la porte de Benji. Il connaissait le jugement ambigu que celui-ci portait à son encontre. Il n'avait jamais été le bienvenu au sein de cette famille. Imbu de sa personne et persuadé que l'on attendait que lui, il n'avait à vrai dire jamais cherché à se faire adopter.

Effectivement, l'accueil ne fut pas des plus cordiaux. Malgré tout, il était le géniteur du petit Louis. Son malaise se dissipa dès qu'il l'aperçut au fond de son berceau de bois qui avait accueilli les autres enfants de la famille. Lucile aussi était contente de le retrouver. Après tout, elle ne pouvait annihiler leurs trois années d'une existence commune dont la meilleure preuve était ce bébé.

De retour chez eux, la vie s'articula autour du nouveau-né. Bryan s'était emporté lorsqu'il avait découvert que son fils ne portait pas son patronyme. Une fois de plus, il ne parvint pas à faire céder sa compagne.

— Je suis fière du nom de mon père et de mes ancêtres blancs !

Elle enchaînait calmement mais fermement les quelques arguments qu'elle avait répétés dans sa tête. Et se voulant plus tempérante, elle finit par conclure :

— Cela ne changera rien à ses sentiments. Tu restes son père.

Dans les jours qui suivirent, Bryan joua effectivement son rôle paternel à la perfection. Cherchait-il à reporter sur le bébé l'affection qui lui était refusée ou s'attachait-il à attendrir la jeune maman, ou tout simplement à se montrer indispensable ?

Bientôt, malgré la passion qu'elle portait à son fils, Lucile aspirait à remonter sur scène, d'autant plus que ses cachets s'étaient largement arrondis depuis ses débuts et qu'à présent ils faisaient défaut dans les rentrées du ménage.

— Je garderai le petit, lui assura Bryan.

Au fil des semaines, il se lassa de son rôle. Il supportait de plus en plus mal les cris de Louis. Il éprouvait le besoin de s'évader, de retrouver lui aussi un public. Il était si important de ne pas se faire oublier dans ce monde artistique en pleine évolution ! Ils firent appel à Emy qui ne demandait pas mieux que de venir suppléer les parents absents.

IX

Assise en face d'Harry Herbert Pace, elle l'écoutait parler de sa voix posée.

— Les choses se passent à New York maintenant, et plus précisément à Harlem. Dans la presse et les milieux intellectuels, on appelle ça « la Renaissance de Harlem », tout un programme ! Tous les plus grands orchestres de swing se produisent chez nous. Duke Ellington règne sur le *Cotton Club* et fait salle comble à chacune de ses représentations.

Le *Cotton Club*, un club mythique ouvert sur Lenox Avenue par Jack Arthur Johnson, le premier Noir sacré champion du monde poids lourds de boxe, en 1920 ! Malgré la prohibition, les soirées s'enflammaient, animées par des artistes afro-américains alors que le public était exclusivement blanc. Mais être passé sur sa scène valait consécration.

— Le *Harlem Alhambra* monte une nouvelle comédie musicale. Ils ont retenu deux de tes chansons. Ils te voudraient dans leur spectacle. C'est une superbe opportunité.

Et Harry parlait, évoquait cette fourmilière artistique, tant sur le plan intellectuel que musical, qu'était devenu Harlem. Il lui expliquait qu'elle y avait sa place et qu'elle ne pouvait pas laisser passer une occasion semblable.

— Va passer une audition auprès d'eux ! lâcha-t-il en guise de conclusion.

— Il me faut un peu de temps pour m'organiser, argua-t-elle, un peu étourdie par la nouvelle, alors que depuis des mois elle soupirait après une telle opportunité.

Il lui semblait plonger dans un brouillard pailleté d'immatériels essaims de lumière. À trop espérer, on en arrivait au rêve. Pourtant, à présent, la réalité s'imposait et répondait à ses vœux. Elle n'avait qu'à l'accepter.

Bryan ne fut guère enchanté par la perspective de quitter Chicago. Il y avait ses amis, des habitués qui lui proposaient des contrats, certes amoindris, mais qui le maintenaient dans le monde artificiel et éclatant de la nuit dans lequel il se complaisait tant.

En fait, elle aurait presque souhaité qu'il renonce à la suivre. Mais le petit Louis avait pesé lourd dans la balance. Emy, bien que très heureuse pour sa cousine, déplora ce déménagement qui allait les éloigner. D'autant plus qu'elle s'était attachée au nouveau-né qu'elle gardait de plus en plus fréquemment.

— Emmène-moi ! l'avait-elle suppliée.

— Et tes études ?

— Tu sais très bien que ce n'est pas ce que je veux faire dans la vie.

— Prends patience ! Dans l'immédiat, c'est impossible. Mais sois certaine que, dès que je le pourrai, je t'aiderai !

Lorsque Lucile en informa ses parents, Philippe lui fit promettre qu'en cas de problème elle ferait appel à Kenan Meagher, son ami avocat à New York. Elle apprécia ce lien qui ne faisait pas d'elle une étrangère dans cette Grosse Pomme où elle s'était retrouvée à plusieurs reprises. Quand elle annonça à Ida son prochain départ, la journaliste lui glissa l'adresse d'Asa Philip Randolph.

— Je vous en ai déjà parlé. Nous avons parfois travaillé ensemble. C'est un homme intègre et sa femme est une ravissante personne à la tête d'un salon de coiffure pour les plus riches d'entre nous.

À plusieurs reprises, Ida lui avait évoqué ce fils de pasteur arrivé à New York en 1911 avec l'espoir de devenir acteur. Les difficultés raciales s'accumulant, il entra au City College pour y étudier les sciences politiques et l'économie. Avec son épouse, Lucille Campbell Green, et un ami, Chandler Owen, ils avaient créé, avec l'aide du Socialist Party of America, *The Messenger*, « le Messager » un magazine engagé contre les lynchages et les injustices infligées aux Afro-Américains.

Devant intégrer sans tarder les répétitions, Lucile était partie la première. Il était prévu que dans ses moments libres elle s'attacherait à trouver un logement décent pour que sa famille la rejoigne rapidement.

Le taxi longeait Central Park. Derrière les hautes grilles qui protégeaient le parc des avenues se faufilaient des allées abritées par les frondaisons offrant une déroutante impression de campagne au milieu de la ville envahie, à cette heure de la journée, par une foule de promeneurs. La voiture s'engagea dans

Lenox Avenue pour finalement s'arrêter devant l'une de ces façades massives construites de pierres brunes rehaussées d'alignements blancs. Le théâtre s'imposait en angle de rue, en plein cœur de Harlem. L'euphorie de cette nouvelle étape occultait ses appréhensions.

Pour la première fois, elle dut abandonner sa robe couleur de nuit pour le costume qui se prêtait à l'histoire, un vaudeville qui ne correspondait pas réellement à ce qu'elle aurait aimé interpréter. Comme à l'accoutumée, elle donna le meilleur d'elle-même. Devant sa grâce, sa beauté et sa voix au vibrato incomparable, le public fut conquis. Bientôt, les propositions affluèrent.

Le choix du couple s'était arrêté sur un appartement en bordure de Harlem et de Manhattanville. Le montant du loyer équivalait à celui de Chicago, mais le logement était plus petit. Toutefois, il présentait l'avantage d'être lumineux, calme et tout à proximité de cet îlot de verdure qu'était Saint Nicholas Park.

Les premiers temps de leur installation, Bryan géra le quotidien. Puis, au fil des semaines, il se lassa. Toujours décontenancé devant les pleurs de Louis, il finit par en ressentir de l'irritation. Il n'était plus que le consort d'une vedette qui gravissait les marches de la renommée. Leurs relations étaient celles de Lucile, il n'était que son ombre. Ce rôle commençait à lui peser. Les applaudissements lui manquaient, il devait se contenter de ceux qui étaient destinés à sa compagne. Sa liberté entravée, il en devenait irritable.

Tout semblait réussir à Lucile. Pourtant, dans l'obscurité de la nuit, le sommeil tardait généralement à la gagner, alors que Bryan, le dos tourné, dormait profondément. Elle réfléchissait. Son enfant la rendait heureuse. Toutefois, son bonheur restait incomplet malgré sa carrière prometteuse, cette progression sociale dont elle payait le prix : celui de son couple qui n'en était plus un. Elle s'interrogeait : atteignait-on le bonheur et sa plénitude ou devait-on se contenter de différents bonheurs qui venaient s'ajouter les uns aux autres et qui laissaient le goût un peu amer de l'inachevé ? Y avait-il toujours un prix à payer ? Vaincue par la fatigue, elle finissait par sombrer. Ses fantômes nocturnes disparaissaient au réveil, et la joie résonnait dans son cœur devant un sourire, une mimique, un geste de Louis.

Alors que juin s'installait avec son cortège de couleurs, sa légèreté de vivre, Emy, son année universitaire terminée, s'empressa de répondre à l'invitation de sa cousine. Instinctivement, elle prit le relais de Bryan auprès de leur fils. Ainsi libéré, le jeune père en profita pour chercher un club qui l'embaucherait. Étouffé jusqu'alors par son emploi du temps à gérer le quotidien, il rêvait d'intégrer à nouveau un orchestre, de partager cette musique qui lui était si chère, au sein d'un groupe d'instrumentistes tout aussi passionnés que lui, et d'entendre les acclamations d'un public conquis et reconnaissant.

Les clubs en vogue disposaient tous de leur orchestre plus ou moins attitré. Les places disponibles étaient rares tandis que les candidats étaient pléthore. Il ne voulait surtout pas s'abriter derrière la renommée de Lucile et alla de refus en refus. « Il faut que je me refasse la main », en avait-il conclu. Un peu dépité, malgré tout, il frappa à la porte d'un restaurant, quasiment désert à cette heure de la journée. Le patron accepta qu'il fasse un essai. Devant l'intérêt des rares consommateurs présents, il lui proposa de venir jouer en soirée pour une somme dérisoire.

— Nous recevons une clientèle riche et généreuse, lui avait-il précisé.

Ce n'était pas ce qu'avait espéré Bryan. Mais la possibilité de s'échapper et de retrouver l'ambiance débridée des jazzmen l'emporta sur toute autre considération.

Lorsqu'il le leur apprit, Lucile se réjouit pour lui, de même qu'Emy. Les questions arrivèrent :

— C'est loin d'ici ?

— Non, moins d'une demi-heure à pied, sinon il y a le métro.

— Et comment s'appelle-t-il ?

— Le *Mayflower*.

À la révélation du lieu, Lucile s'efforça de faire bonne figure pour ne pas décevoir son compagnon. Ce *Mayflower*, elle connaissait la réputation sulfureuse dont il jouissait. À vrai dire, ce n'était pas un restaurant classique, mais l'un de ces *speakeasies*, sortes de bars clandestins qui, en ces temps de prohibition, servaient un alcool souvent frelaté à leurs clients. Un surnom qui trouvait son origine dans l'habitude des tenanciers de demander à leurs consommateurs de passer discrètement leur commande interdite, pour ne pas attirer l'attention.

Le fait de revenir à une vie qui lui était normale stimula le pianiste qui enchaîna les contrats et les petits cachets. Petit à petit, il se mit à rentrer de plus en plus tardivement, après avoir visiblement absorbé pas mal d'alcool. Les échanges avec Lucile se firent violents en paroles. Emy cherchait à le calmer, mais bientôt il s'adressa à elle comme il le faisait avec Lucile. Il avait fallu moins de deux mois pour qu'il devienne un tout autre personnage et glisse sur la pente dangereuse d'un monde destructeur.

Emy n'avait pas regagné Chicago à la fin de ses vacances. En fait, par l'intermédiaire de Lucile, elle avait trouvé un stage dans le plus huppé des salons de coiffure pour Afro-Américaines, celui de Lucille Campbell Green. Tout était arrivé grâce à l'amitié d'Harry Herbert Pace qui s'était en quelque sorte érigé en agent de Lucile. Il lui avait obtenu une série de représentations au *Cotton Club* qu'elle avait acceptées presque les larmes aux yeux tant sa joie était grande.

— Je ne peux pas y aller comme ça ! Il faut que je me fasse coiffer, maquiller, que je sois la plus séduisante possible.

Et sans tarder, rendez-vous fut pris. Lucile du Plaissant poussa la porte du salon de Lucille Campbell Green. En véritable maîtresse de maison, celle-ci accueillait personnellement ses clientes. Elle avait déjà entendu la jeune chanteuse et, quand celle-ci lui évoqua son amitié avec Ida, des liens se tissèrent aussitôt. Ce fut ainsi qu'Emy se retrouva en apprentissage dans un domaine qu'elle avait toujours désiré aborder.

Bien entendu, Benji et son épouse tentèrent de s'opposer à sa décision. Elle était encore mineure et ne pouvait donc pas se soustraire à leur autorité.

Mais d'argument en argument, elle réussit à les convaincre. Elle continua à partager l'appartement du couple : ce fut la seule condition que lui imposèrent ses parents. Une solution qui lui convenait tout à fait, ainsi qu'aux autres membres de la famille et surtout au petit Louis.

Ce fut rayonnante que Lucile aborda le *Cotton Club*. Toujours sobrement vêtue dans un tissu qui ondulait à chacun des mouvements de son corps, la tête enserrée d'un bandeau pailleté, elle avança devant l'orchestre à petits pas. Elle n'osait pas observer la salle où se pressait un gratin de Blancs, amateurs éclairés de jazz. Elle avait conscience que les regards étaient pointés sur elle, la petite nouvelle qui devait faire ses preuves. Dès que retentirent les premières notes, elle oublia tout ce qui l'entourait, seule restait la musique qui la transportait. Elle ouvrait à son public tantôt un univers poétique, tantôt les entraînait dans des rythmes syncopés et endiablés.

Les mois s'écoulaient et elle asseyait son succès, enchaînant soirées et disques. Il n'en était pas de même pour Bryan qui ne parvenait pas à trouver d'engagement sérieux. Il jouait dans des caves et leurs passages secrets comme il y en avait au *21 Club*, au cœur de Manhattan, des établissements aux mains de la pègre. En pleine guerre des *bootleggers*, des trafiquants d'alcool, émergeaient des gangsters tels que Lucky Luciano et Meyer Lansky, deux frères de sang, comme ils se définissaient, qui se révélaient sans pitié au moindre manquement.

Bryan paraissait se complaire dans cet univers un peu glauque de ceux qui narguaient la prohibition. Il se mit à entretenir des relations douteuses, au point que sa conduite finit par parvenir aux oreilles de Lucile. Elle essaya de lui parler à plusieurs reprises. Entre eux, le temps du dialogue semblait révolu. Il s'émouvait parfois devant son fils, et l'espace de quelques heures redevenait le jeune homme qu'elle avait aimé. Puis, une nuit, alors qu'elle regagnait leur appartement après son spectacle, elle trouva Emy qui l'attendait, luttant contre le sommeil.

— Qu'est-ce qui se passe ?

— Bryan est parti, il a pris toutes ses affaires. Il t'a laissé une lettre.

— Mais il t'a dit quelque chose ?

— Il balbutiait et paraissait avoir très peur, et j'ai pu voir qu'il avait des larmes plein les yeux surtout après être allé embrasser le petit.

En tremblant, elle avait ouvert l'enveloppe, la déchirant pour en extraire plus rapidement la missive. Ses traits se tendaient tandis qu'elle avançait dans sa lecture : il s'excusait encore et encore, il se savait menacé pour avoir contrecarré les ordres d'un homme de main d'un voyou notoire dont il ne lui révélait pas le nom. Il avait peur pour sa peau et ne voulait pas faire courir le moindre risque à ceux qu'il aimait. Au fur et à mesure des lignes, son écriture se déformait, attestant de la difficulté qu'il avait eue à coucher ses aveux et sa peine.

Ne cherche pas à me retrouver. Le jour où tout ira bien pour moi, c'est moi qui te recontacterai. Je saurai toujours où te trouver, car il est évident que tu vas devenir très célèbre. Je te demande seulement de ne pas m'en vouloir et de donner une belle image de moi à notre fils, que tu lui parleras de moi, que je ne sois pas un total étranger pour lui. Qu'il me pardonne, tout comme toi ! J'espère bien vous prouver un jour que je vaux mieux que l'image que tu risques de garder de moi. Je vais m'y attacher !

Abasourdie, elle n'avait pas relu sa lettre et, comme un automate, l'avait repliée dans son enveloppe. Certes, elle avait songé à cette échéance, mais, devant le fait accompli, elle prenait une autre dimension, celle de la solitude sentimentale et de la responsabilité. Heureusement, Emy était là. Alors, la tête dans les mains, elle cacha son visage et se mit à pleurer sur tout ce gâchis.

X

ELLE AVAIT ENCHAÎNÉ les disques et ne comptait plus ses passages au *Cotton Club*. Désormais, elle était une vedette à part entière. La salle était pleine, avec au premier rang des personnages importants de la pègre. Les Blancs avaient tous les droits. Toutefois, exception faite du Ku Klux Klan qui s'en prenait aux gens de couleur, ils ne se massacraient qu'entre eux si on savait garder ses distances. Elle se faisait toujours discrète dès sa prestation terminée. De toute façon, c'était bien ce que la direction attendait d'elle.

Un jour qu'elle était arrivée en avance, elle avait trouvé la porte à l'arrière du club fermée : l'entrée des artistes, comme on l'appelait pompeusement. Il aurait fallu ajouter celle des livreurs, des femmes de ménage, etc., de tous ceux dont la peau était de bronze. Elle regagna l'entrée principale et s'apprêtait à la franchir quand le barman, sorti pour fumer tranquillement une cigarette, l'interpella :

— Non ! Vous ne pouvez pas passer par là !

Devant son étonnement, il poursuivit :

— C'est réservé aux clients !

Même s'il n'avait pas prononcé le mot « Blancs », il était évident que l'accès n'était pas autorisé aux gens de couleur.

— Mais vous me connaissez, c'est moi, la chanteuse.

— Certes, je le sais que vous êtes la chanteuse, mais vous êtes noire ! lui balança-t-il, dédaigneux, tout en pointant son doigt vers le panneau d'interdiction.

Gagnée par la colère, elle allait répliquer.

— Les nègres, restez entre vous ! Vous n'avez pas à venir souiller notre domaine.

Suffoquée par l'insoutenable paradoxe d'être acclamée et rejetée, elle ne parvenait pas à riposter. Les mots lui manquaient, bloqués au fond de sa gorge par un trop-plein de rage et de dégoût pour cet homme qui n'hésiterait pas à l'applaudir un peu plus tard en soirée. Elle tourna les talons et, comme un automate, gagna l'arrière du club.

Les applaudissements nourris qui saluaient chacun de ses tours de chant lui avaient fait oublier la couleur de sa peau. Ce rappel brutal lui donna une envie irrésistible de fuir, de rompre son contrat, de tous les envoyer promener. Son malaise était visible. Quand elle accéda aux coulisses, elle heurta un des membres de l'orchestre. Elle bredouilla une vague excuse. Duke Ellington le suivait. En tant que chef d'orchestre, il s'érigeait en maître de ses musiciens et si l'un ou l'une d'entre eux était soucieux, cela pouvait rejaillir sur ses prestations. Il attira Lucile dans un coin. Elle ne fut pas longue à lui avouer la rebuffade qu'elle venait d'essuyer.

— C'est notre lot ! Je suis soumis aux mêmes règles. C'est bien pour cela qu'il faut leur montrer notre valeur et surtout ne pas laisser voir que leur attitude nous touche. Un jour, les choses changeront. Nos pères étaient des esclaves, aujourd'hui nous disposons de nos vies. Leur pollution mentale se dissipera petit à petit grâce à nos frères qui œuvrent pour nos droits. Nous avons tous un rôle à tenir dans cette marche vers une liberté simplement humaine : c'est important, car on oubliera un jour les insultes, mais on se souviendra du silence et de la passivité de nos amis. Alors bats-toi, transporte notre voix, martèle leurs oreilles avec tes mots, impose-toi, exulte et tu trouveras une sorte de paix !

Ce soir-là, elle poussa sa voix plus que jamais. Les applaudissements se firent ovation. Quand elle quitta le club, toujours par la porte de derrière, elle se retrouva seule face à elle-même, à cette sensation d'une bête fauve parquée que l'on vient admirer de loin et que la peur empêche d'approcher. Le racisme n'était-il donc que la peur de l'autre ?

Ce fut à partir de ce moment qu'elle prit pleine conscience de l'immense fossé qui séparait les races et qu'elle entama une correspondance suivie avec Ida. À La Nouvelle-Orléans, enfant puis adolescente, elle respectait tout naturellement les règles imposées ; elle avait toujours été protégée par ses parents et surtout par son père, un Blanc dont la famille avait pignon sur rue.

En 1925, pour son journal, le *Chicago Conservator*, Ida couvrit le procès intenté contre D.C. Stephenson, Grand Dragon du Ku Klux Klan, pour viol et meurtre d'une jeune enseignante, Madge Oberholtzer. Ses articles étaient à la hauteur de sa réputation : incisifs, précis, avec son souci constant des droits des femmes. Alors que ce parti infâme redevenait une force politique influente, surtout depuis la sortie du film de D.W. Griffith, *Naissance d'une nation*, ce procès mettait en évidence toutes les exactions racistes du Ku Klux Klan. Nombreux étaient ceux qui se mirent à espérer que les choses allaient évoluer.

Lucile avait pris la plume à son tour et avait écrit une chanson sur le triste sort de la victime qu'elle intitula *Les Larmes de cristal*. Elle s'attira les remarques de son éditeur : il s'agissait d'une Blanche.

— Une Noire qui va prendre parti pour une Blanche… Je ne pense pas que cela va séduire nos frères et sœurs.

Elle persista dans sa démarche : l'un des thèmes majeurs développés par Ida ne mettait-il pas à mal la masculinité des hommes blancs, qui n'était en fait que leur volonté de régenter les femmes en général dans tous les domaines et plus particulièrement celui de la sexualité, alors qu'ils étaient impuissants à exercer ce contrôle ?

— Blanches ou noires, nous sommes toutes des femmes ! s'exclama-t-elle en réalisant qu'elle parlait à un homme, lui soulignant que ce problème relationnel entre sexes existait, quelle que soit la race à laquelle on appartenait.

Devant les rebuffades qui en découlèrent, dans sa colère, elle rédigea une chanson qui mettait en accusation le Ku Klux Klan, ainsi qu'une tout aussi éloquente qui évoquait une « douce liberté », qu'il fallait aller chercher loin de son pays. Encouragée par ses amies, elle persista, et son éditeur finit par céder.

— Par contre, je tiens à ce que tu enregistres également une ou deux mélodies drôles, distrayantes.

Un peu à contrecœur, elle s'exécuta. L'essentiel n'était-il pas que ses autres textes soient écoutés ? Et lorsque, sur scène, elle achevait *Les Larmes de cristal*, elle concluait sur quelques mots de français : « murmures d'un cœur gonflé de peine », intriguant son auditoire anglophone.

Malgré la dépense importante, elle prit l'habitude de se rendre régulièrement au salon de coiffure de Lucille Campbell Green. Les deux femmes discutaient de l'action de leur amie commune, Ida, évoquaient leurs espoirs, leurs déceptions. Généralement, leurs échanges se terminaient par une maxime d'Asa Philip Randolph, considéré comme le père de la Renaissance de Harlem, qui, dès 1917, avec Alain LeRoy Locke, écrivain et philosophe reconnu, avait introduit le terme de « *New Negro* ». Il entendait ainsi répondre aux ségrégationnistes et parvenir à une revalorisation des gens de couleur par l'incorporation dans la société de thèmes portant sur l'identité et l'histoire noires. Il était dépassé le temps où on leur affectait le sobriquet généralisé de Tom pour les hommes, de Jane pour les femmes !

— Qu'on soit de races différentes, c'est évident. Mais il ne faut pas subordonner cette altérité à une morale injustifiée.

Petit à petit, renommée aidant et sachant s'adapter aux nouveaux rythmes, elle fut réclamée sur les plus grandes scènes de New York et intégra le quartier de Broadway avec ses salles de spectacle à la notoriété internationale. Si le jazz se caractérisait par l'improvisation sur une mélodie convenue qui représentait en fait la carte d'identité du morceau interprété, le swing, quant à lui, s'appuyait non plus sur des mesures à deux mais à quatre temps. Il était composé de petites phrases musicales répétitives qui s'exprimaient sous forme d'appels et de réponses.

Elle évoluait dans un monde où l'on ne vivait que pour la musique, les cachets tombaient, élevés ; il y avait de la place pour tous ceux qui s'en donnaient la peine. Elle avait quitté la maison d'édition Black Swan pour celle créée par Clarence Williams, un pianiste, homme d'affaires et éditeur de grands artistes. Tout comme elle, il était originaire de Louisiane. Auprès de lui et de son orchestre, elle avait retrouvé Sidney Bechet, Louis Armstrong, Bessie Smith, entre autres.

Bryan s'était enfin manifesté. Dans une lettre enthousiaste, il lui annonçait qu'il avait été retenu par Oscar Micheaux, l'un des réalisateurs les plus prolifiques dans le monde du cinéma afro-américain, pour le tournage de son prochain film : un sujet explorant les problèmes des Afro-Américains à peau claire qui tentent d'intégrer la vie d'un Blanc. Il n'en délaissait pas moins la musique et espérait que Louis ait envie d'apprendre le piano. Il lui avait donné une adresse, sans évoquer le souhait d'une éventuelle rencontre. Elle lui avait répondu succinctement en joignant à son courrier une photo de leur enfant.

Les deux cousines et Louis s'étaient installés à Broadway, dans un grand appartement au confort moderne. Un piano droit trônait dans le salon. Dès son plus âge, Louis montra des aptitudes pour cet instrument. Sa mère lui fit donner des cours. Ses exercices terminés, sa dernière note jouée, il se redressait, le dos bien raide. À son jeune niveau, il abordait instinctivement cette technique compliquée qui avait assis la réputation de son père. De sa main gauche, il sautait entre une note basse et un accord, tandis que sa main droite improvisait des éléments mélodiques et syncopés : du piano stride qui évoquait ces blues, âme des Afro-Américains. En le regardant, Lucile retrouvait Bryan, dans son port, dans son jeu. Bien sûr, il ne possédait pas encore la dextérité paternelle, il lui faudrait encore apprendre et apprendre avant d'acquérir la prestesse et la virtuosité indispensables. L'aisance dont il faisait preuve doublée de la passion qui l'animait et le forçait à s'améliorer laissaient penser qu'il deviendrait un grand pianiste.

— Tel père, tel fils, soupirait Lucile, très fière de son talent prometteur.

Elle ferait tout pour l'aider à réussir.

À présent, Emy faisait des extras dans le salon de Lucille Campbell Green. Elle n'était guère payée, mais recevait des pourboires parfois importants. Entre ce que lui versait sa cousine pour la garde du petit Louis et des services qu'elle lui rendait, son pécule s'arrondissait. Dans sa tête était ancré un projet qu'elle n'avait révélé à personne. Et pour arriver à ses fins, elle avait besoin de Lucile, de son succès.

Le 26 octobre 1925, en pleine période de prohibition, ouvrit à Harlem *The Small's Paradise*, un night-club géré par un Afro-Américain et réservé à une clientèle uniquement blanche. Très rapidement, l'endroit devint un incontournable des noctambules. Lucile accepta volontiers de se joindre quelques soirées en semaine à l'orchestre attitré du Charlie Johnson's Jazz band, s'attardant après le spectacle pour partager une jam-session avec musiciens et chanteuses engagés dans d'autres clubs et qui venaient y finir la nuit.

À la demande de son producteur, elle entreprit des tournées qui la conduisirent sur les routes américaines. Il lui trouva un chauffeur et loua une voiture. Elle recevait toujours le même accueil d'un public conquis. En contrepartie, elle dut affronter celui parfois discourtois des tenanciers. Comme toujours, la porte de service lui était imposée et la salle interdite, ne serait-ce que pour se restaurer. Seuls les couloirs inaccessibles au public lui étaient autorisés. On la logeait dans des hôtels souvent inconfortables, réservés à une population de couleur. Certains s'apparentaient presque à des bouges. Ils étaient toujours éloignés de ces beaux quartiers où elle venait distraire de riches Blancs en quête d'une exubérante joie que les gens de sa race savaient si bien leur apporter. Chaque soir, elle se couchait, saoulée de rythmes, et finalement déçue par ce sectarisme qui l'ancrait dans sa volonté de s'imposer à ceux qui s'estimaient appartenir à la race des seigneurs. Seule la pensée de son fils lui souriant ramenait la paix en elle et lui permettait de s'endormir sereinement. Elle regrettait de ne pas pouvoir lui consacrer davantage de temps, mais c'était le prix à payer. Heureusement qu'elle avait la compagnie du chauffeur en butte à la même ségrégation qu'elle !

Emy et Louis restaient à New York pendant ce temps-là. Lorsque, enfin, il fut question d'une tournée dans le Sud, elle les emmena avec elle. Dans son programme, elle avait prévu un séjour à La Nouvelle-Orléans. À cette époque, Louis avait à peine trois ans et le périple en voiture lui parut bien long.

Quelle ne fut pas la fierté de Rosa-Lynn et de Philippe que de placarder une affiche annonçant la prestation de leur fille ! Dans l'ambiance familiale, enivrée par le parfum subtil de ses jeunes années qui ressurgissaient, elle retrouva une paix intérieure. Elle se limita au *Spotted Cat* où chacun la fêtait et laissa Emy découvrir seule la ville. Il lui semblait que le temps s'était arrêté, la présence de Martha Ardern n'était guère gênante, elle se faisait la plus discrète possible. Quant à son fils Abraham, elle ne le rencontra même pas. Lorsqu'il lui fallut repartir, ce fut à regret, et elle se promit de revenir régulièrement se ressourcer auprès des siens, dans le décor de son enfance qu'elle était si heureuse de faire partager à son fils.

XI

Les années s'enfuyaient avec son lot de joies, de satisfactions, mais aussi parfois chargées de peines et d'obstacles déroutants. En mars 1931, Ida B. Wells disparaissait. Lucile perdait une amie chère avec laquelle elle avait longuement correspondu. Elle avait lu ses différents travaux sur le lynchage, bouleversée par l'horrible ampleur de tels actes fanatisés. Elle se devait de suivre son enseignement, de poursuivre le chemin qu'elle s'était efforcée de tracer, comme un guide intemporel, du moins voulait-elle s'en persuader. Mais son soutien lui manquait, son absence la déstabilisait et sa volonté défaillait.

Ce même mois du décès d'Ida débutait à Scottsboro, en Alabama, un procès auquel la disparue aurait été particulièrement sensible : celui de neuf jeunes garçons noirs, de treize à dix-neuf ans, arrêtés dans un train, accusés du viol de deux femmes blanches qui voyageaient à bord du même convoi. Ils avaient quitté leur village pour aller chercher du travail. Or non seulement ils ne se connaissaient pas, mais ils ne se trouvaient pas dans les mêmes voitures.

Après un procès expéditif et truqué, avec un jury uniquement composé de Blancs, dans un État où le lynchage restait monnaie courante avec un Ku Klux Klan légalisé, les huit aînés furent condamnés à mort. La branche américaine du Secours rouge international, l'ILD, qui s'était illustrée dans la défense des anarchistes Sacco et Vanzetti, la « League of Struggle for Negro Rights », et la NAACP. (National Association for the Advancement of Coloured People) fédérèrent les travailleurs noirs et blancs contre l'injustice raciale. Partout dans le pays, des voix s'élevèrent. Celle de Lucile s'unit à cet élan populaire au grand dam de son éditeur et de bon nombre de dirigeants de club qui lui tinrent rigueur de son engagement. Elle sollicitait les interviews, elle accusait ; elle leur dédicaçait son tour de chant et alla jusqu'à créer une chanson qu'elle leur dédia : *Cette couleur qui n'existe pas*.

— On te demande de divertir ! C'est tout ce qu'on attend de toi. Tu ne vas quand même pas, pendant que tu y es, te mettre à jouer aussi les suffragettes...

Elle s'imaginait que sa notoriété la rendait intouchable. Jusqu'à ce fameux soir où, sa prestation achevée, elle rentrait chez elle d'un pas alerte. L'été se profilait avec cette douceur et cette légèreté propres aux plus profondes heures de la nuit. Un souffle d'air lui caressait le visage. Comme cela lui arrivait de temps à autre, elle avait préféré marcher plutôt que de héler un taxi. À peine une vingtaine de minutes, et elle serait rendue. Finalement, la lassitude d'une soirée bien remplie la gagnant, elle décida de couper par la 64e Rue. Entre les immeubles, il faisait bien sombre.

Elle eut l'impression d'être suivie et accéléra le pas. Son cœur se mit à battre plus vite lorsqu'elle se rendit compte qu'on se rapprochait d'elle. Une peur irrationnelle s'empara d'elle. Encore une bonne centaine de mètres et elle déboucherait sur sa rue. La distance lui parut énorme. Elle n'osait pas se retourner et essayait de se raisonner. Des pas lourds : ils devaient être plusieurs. La panique lui martelait les tempes et engourdissait ses jambes alors qu'elle aurait voulu courir. En fait, elle n'en eut pas le temps. Ils la saisirent brutalement et la plaquèrent contre un mur, une main ferme dont les doigts s'enfonçaient dans ses joues, pour l'empêcher de crier. Elle ne pouvait distinguer qu'un seul de ses agresseurs dont le visage était dissimulé sous une cagoule blanche. Les autres se tenaient derrière elle. Ils la dominaient d'une bonne tête et elle ne pouvait leur opposer aucune résistance. Elle aurait voulu les implorer, mais ne pouvait laisser échapper que des gémissements étouffés. Elle connaissait trop bien le sort que les sbires du Ku Klux Klan réservaient aux gens de couleur.

— Ta petite gueule, on va te la faire fermer. Si on t'entend ne serait-ce qu'une fois encore prendre parti pour tous ces nègres auxquels tu appartiens, non seulement tu dérouilleras pour de bon, mais tu ne seras pas la seule. N'oublie pas que tu as un enfant ! Nous, que ce soit un adulte ou un enfant, ça ne nous dérange pas ! On leur réserve le même sort. De toute façon, c'est comme les cafards, il faut éviter de vous voir vous reproduire.

Que l'on s'en prenne à elle la paniquait déjà. Mais que son propre enfant soit menacé, elle ne pouvait pas le supporter. Quelle mère oserait faire courir des risques à son petit ?

— C'est bien compris ? Tu vas te tenir tranquille ? Je vais te laisser répondre, mais si tu cries, tant pis pour toi, tant pis pour ton cul. À cette heure-là, il n'y aura personne pour venir te porter secours. Si tant est qu'on veuille nous affronter !

Elle n'avait pas hurlé et avait promis de ne plus s'impliquer dans la cause des Afro-Américains. Ils l'avaient lâchée après avoir laissé traîner fortement leurs larges mains sur ses fesses.

— Bien compris ?

Elle acquiesça une nouvelle fois.

— Et sache que, où que tu sois, nous te retrouverons !

Quand ils s'écartèrent d'elle, elle manqua de s'effondrer par terre et se colla le dos au mur pour rester debout. Elle ne maîtrisait plus ses tremblements. Tandis qu'ils s'éloignaient tout en continuant à l'injurier, elle réussit enfin à courir. Elle ne pensait qu'à se mettre à l'abri chez elle. Durant quelques secondes, elle s'était attendue à ce qu'ils la violent, la frappent ou la tuent.

L'appartement était plongé dans l'obscurité. Elle se dirigea vers le cabinet de toilette et fit couler de l'eau. Elle ressentait un impérieux besoin de se laver, comme pour effacer leur odeur, leur brutalité, leurs gestes obscènes sur son corps. Elle tremblait toujours. Des sanglots inaboutis montaient de son tréfonds. Sa poitrine se soulevait douloureusement. Elle ne parvenait pas à libérer ses larmes, ce qui l'aurait sans doute aidée à évacuer sa peine. Ce ne fut que lorsqu'elle se retrouva dans son lit que les pleurs arrivèrent, convulsifs d'abord pour se finir en râles secoués de hoquets.

Elle préféra garder pour elle ces menaces et cette mésaventure. Cela ne servait à rien d'effrayer Emy, et encore moins les siens. Dorénavant, la peur était nichée en elle. Elle se la reprochait, l'assimilant à une sorte de lâcheté, mais elle se justifiait en estimant n'avoir pas le droit de faire courir de risque à un tout jeune enfant qui attendait tout d'elle, tout de l'existence.

Durant toutes ces années, il n'y avait eu guère de place pour les hommes dans la vie sentimentale des deux cousines. En fait, l'amour n'était pas au rendez-vous, et ni l'une ni l'autre ne le cherchait sérieusement. Lucile éprouva quelques attirances qui restèrent toujours passagères. La déception que lui avait apportée sa relation avec Bryan lui avait laissé le goût de l'incompréhension et de l'insatisfaction. Elle redoutait également de se retrouver une nouvelle fois enceinte. Elle adulait trop son fils pour envisager de voir un second petit être se glisser entre eux. Elle se sentait incapable de recréer quelque chose d'aussi fort que les liens qui les unissaient. Elle focalisait tout son amour sur Louis : rien ne pouvait être aussi beau, aussi grand, estimait-elle. Ensuite, il lui semblait qu'un homme ne pouvait représenter qu'une entrave à sa manière de vivre, à la progression de sa carrière. Enfin, au plus profond d'elle-même restait ancré son souhait inavoué d'un compagnon français et blanc. Elle connut donc quelques aventures, il fallait bien assouvir des besoins qui au fil des ans se raréfièrent. Elles ne lui laissèrent que le triste goût de l'incomplétude, rien qui lui donna l'envie de reformer un couple.

Quant à Emy, elle aussi vécut de brèves et rares amours, sans conséquences. Elle se rendit assez rapidement compte que la satisfaction de ses pulsions ne pouvait pas être le fait d'une présence masculine. Sa préférence allait aux corps féminins qu'elle fantasmait d'habiller, d'agrémenter de créations qu'elle s'appliquait à dessiner dans ses grands cahiers sur lesquels elle se penchait avec délice et délicatesse. Elle rêvait du galbe d'une hanche, de la posture innocente d'épaules découvertes, d'un port altier, d'une grâce doublée d'une fragilité dont la sensualité ne pouvait être que féminine. Les gibbosités éloquentes de seins ou de fesses qui ondulaient en marchant lui provoquaient un effet euphorisant, un frisson qu'aucun homme n'était capable d'éveiller en elle. Consciente de ses penchants, elle réalisait qu'elle ne porterait jamais d'enfant, aussi comblait-elle avec l'amour qu'elle offrait à Louis.

— Tourne-toi vers le soleil, tu garderas l'ombre derrière toi !

Combien de fois Lucile avait-elle entendu son grand-père consoler et encourager son entourage avec cette maxime ! Elle avait fini par l'intégrer à sa conduite. À cette époque, bon nombre de ses amis musiciens franchissaient l'océan pour la France où ils étaient accueillis avec enthousiasme et respect. Sidney Bechet, Ada Bricktop, Edith Wilson avaient été parmi les premiers à s'expatrier. Et jusqu'à Louis Armstrong qui avait quitté New York fin 1929 pour entreprendre une tournée en Europe.

Aussi Lucile se prenait-elle à rêver d'horizons inconnus. Toutefois, même si elle était devenue une célébrité dans son pays, elle redoutait de risquer de remettre en cause son succès national pour une nouvelle carrière à l'étranger. Toujours freinée par un manque surprenant de confiance en elle, elle reculait l'échéance. Jusque-là, elle n'avait jamais évoqué cette perspective à quiconque.

Un dimanche soir, alors qu'elle venait de terminer son tour de chant au *Small's Paradise* et qu'elle s'apprêtait à quitter les lieux, elle fut interpellée par un Blanc élégamment sanglé dans un costume foncé agrémenté d'un œillet rouge. Elle n'appréciait guère ces approches de clients du club, qui ne cherchaient bien souvent qu'une aventure. Avant même d'avoir eu le temps de le repousser, il se présenta :

— Charles Daubonne. C'est Clarence Williams qui m'a dit que je vous trouverais ici ce soir. Ne craignez rien ! J'aimerais seulement que nous parlions affaires.

Visiblement, il était étranger. Il écorchait les mots, mais savait se faire comprendre. Même s'il paraissait honnête et s'il se référait à son imprésario, elle se méfia par automatisme. Elle réfléchit rapidement : après tout, tout le monde dans le métier connaissait leur relation de travail.

— Venez, je vous en prie ! Je ne vous demande qu'une écoute de quelques minutes. Vous déciderez.

Cette dernière phrase écarta pour elle toute ambiguïté : il cherchait bien l'aventure ! L'orchestre swinguait à tout rompre dans l'attente de la prochaine chanteuse. Le visiteur avait décelé ses pensées dans le regard qu'elle lui lança.

— Ne vous trompez pas sur mes intentions ! J'ai bien une proposition à vous faire, mais elle est honnête et ne concerne que votre travail.

Il n'attendit pas sa réplique, lui prit d'office le bras et l'entraîna vers la salle.

— Vous devez avoir faim, on va manger quelque chose tout en discutant.

— Ici, on ne me servira pas !

Il héla la serveuse, une jeune Noire aux formes harmonieuses, largement dévêtue. Gênée, celle-ci, d'un geste, appela le maître d'hôtel.

— Nous voudrions dîner, ordonna presque Charles Daubonne.

— Pardonnez-moi, monsieur, vous bien sûr, mais la personne qui vous accompagne, non ! D'ailleurs, elle ne peut pas rester ici, elle n'y est pas autorisée.

Devant l'incompréhension marquée du visiteur, il poursuivit :

— Nous sommes un club réservé aux gens de la bonne société blanche. Je vous le demande, ne faites pas d'histoires et priez-la de sortir !

— Si elle s'en va, ce sera avec moi !

— Nous en serons désolés, mais cela évitera tout problème.

Charles et Lucile avaient quitté ensemble le *Small's Paradise*. Malgré la douceur de la nuit, elle frissonna comme à chaque fois qu'elle devait affronter ce genre d'insultes auxquelles elle ne pouvait pas riposter. Après plusieurs refus, ils finirent par trouver un bar-restaurant réservé aux Afro-Américains. Le standing était loin d'atteindre celui des clubs pour les Blancs. Avant même qu'ils aient franchi le seuil, tous les regards se tournèrent vers eux. Il était le seul Blanc. Elle glissa son bras sous le sien pour bien montrer qu'il l'accompagnait. Leur commande passée, il prit enfin la parole :

— En fait, je suis français, comme vous devez vous en douter à mon accent. Je suis agent artistique. Je suppose que vous connaissez notre engouement pour votre musique.

Elle hocha positivement la tête. Oui, elle savait que Joséphine Baker faisait un triomphe dans la *Revue nègre*, dont la renommée était devenue internationale, choquant parfois, mais séduisant le plus souvent. Elle se produisait au *Théâtre des Champs-Élysées*, où à l'instigation du peintre Fernand Léger et de ses amis, Picasso, Apollinaire, Desnos ou encore Max Jacob et André Daven, les spectacles présentés étaient uniquement composés d'artistes noirs. Cette revue où se mêlaient avec le plus grand bonheur jazz, chorégraphie et numéros burlesques révélait à la France une culture noire qui s'exprimait librement.

— J'avais envisagé d'engager Bessie Smith. Je vous avoue que je n'y suis pas parvenu. À vrai dire, je n'ai guère insisté. Sidney Bechet, que vous connaissez, je crois, m'avait dit beaucoup de bien de vous. Je m'étais procuré quelques-uns de vos disques avant de venir. Je suis certain que vous ferez un triomphe à Paris !

Et dans un sourire, il conclut :

— Vous verrez, la France est accueillante ! Le mépris dont vous êtes victime ici n'existe pas là-bas.

— Je sais, je suis déjà allée dans votre pays. Mon frère vit à Brest.

La tension se dissipa. Il lui posa de nombreuses questions sur sa vie, celle de sa famille, un interrogatoire auquel elle se soumit volontiers. En fait, elle prenait plaisir à évoquer les siens. L'heure était très avancée, le tenancier fermait son établissement. Il la raccompagna jusqu'à la porte d'entrée de son immeuble. Ils échangèrent une franche poignée de main : ils étaient devenus des amis.

XII

Cette fin de nuit, elle n'avait pratiquement pas pu dormir. Elle ressassait la proposition que venait de lui faire Charles Daubonne. Elle essayait de s'en échapper, mais ses pensées revenaient sans cesse dessus. Elle avait imaginé tant de scénarios qui subitement s'envolaient devant la réalité ! Pourtant, avait-elle le droit d'arracher à une vie confortable son fils qui commençait à fréquenter l'école pour une aventure peut-être hasardeuse ? Quant à Emy, la suivrait-elle ? Elle avait organisé son existence ici et aimait New York. Sa cousine ! Elle avait tellement besoin d'elle !

Lorsqu'elle avait enfin sombré dans le sommeil, la lumière du jour naissant filtrait déjà sous les interstices des volets. Ce matin-là, elle se réveilla bien plus tard que d'habitude. L'appartement était vide. Elle réalisa que la classe avait commencé depuis plus d'une bonne heure. Rares étaient les fois où elle manquait leurs retrouvailles quotidiennes du petit déjeuner : un rituel où s'exprimait l'amour entre deux bouchées, où les sourires de Louis lui apportaient l'un de ces petits bonheurs essentiels à sa journée. Elle s'en voulut de l'avoir privé de leurs moments de partage.

Cet instant de déception repoussé, elle s'étira paresseusement. Le jour lui ramenait la paix. Elle se prépara sans précipitation, réfléchissant à ses arguments. Elle devait donner sa réponse à Charles. Le rendez-vous était convenu, sur le coup des 14 heures, chez son imprésario, pour plus de sûreté. L'anxiété revenait, différente de la veille au soir, bousculée par une sorte de joie impatiente.

Emy rentra, les bras chargés de légumes qu'elle avait achetés au retour de l'école. Les deux cousines s'attablèrent devant un café fumant, comme elles le faisaient bien souvent. Lucile gardait les yeux baissés. Elle ne voulait rien laisser paraître de la tempête qui la secouait. Emy avait compris qu'il se tramait quelque chose d'inhabituel ; elle aurait pu s'inquiéter, mais elle avait noté ce sourire qu'elle ne pouvait maîtriser, ce signe manifeste d'une bonne nouvelle. Elle se contenta d'un « alors ? » pour l'inciter à parler. Lucile ravala sa salive et se lança sans préambule :

— Et si je te proposais d'aller nous installer à Paris ? Qu'est-ce que tu me répondrais ? Est-ce que tu me suivrais ?

D'un seul trait, elle s'était exprimée à voix presque basse, sifflée entre les dents, redoutant un refus. Elle s'attendait à beaucoup de choses, mais pas à la réponse qu'elle reçut :

— Je me demandais si un jour tu oserais sauter le pas. Raconte ! Quand est-ce qu'on part ?

Elle lui relata sa rencontre de la veille au soir, la proposition de Charles. Emy trépignait déjà, applaudissant à cette nouvelle.

— Paris, la capitale de la mode et de la liberté ! Depuis le temps que j'espérais que tu te décides ! Bien sûr que je t'accompagne ! Tu te rends compte, ne plus avoir à se soucier de la couleur de notre peau !

— Avant tout, je veux savoir qui est ce monsieur, si sympathique soit-il. Je n'accepterai que si Clarence Williams le connaît effectivement et s'il m'assure qu'il est respectable et capable.

Elle était arrivée en avance au rendez-vous. Elle s'étonnait quand même que Clarence ne l'ait pas informée de la requête du Français. Assise face à lui, dans son bureau encombré de pochettes de disque, de journaux empilés, de photos qui couvraient les murs, elle remarqua qu'elle figurait en bonne place, tout à côté de son amie Bessie Smith. Lui, le dos plaqué dans son fauteuil, un léger sourire qui se reflétait jusque dans son regard adouci par la myopie, l'observait. Il avait quelque chose d'impressionnant qu'elle ne parvenait pas à définir. Était-ce sa corpulence, ses lunettes rondes cerclées d'écaille, sa bonhomie apparente alors qu'il s'avérait un redoutable homme d'affaires, elle se sentait toujours comme une écolière devant son maître.

— Je ne t'en ai pas parlé plus tôt, d'abord parce que je ne le sais que depuis peu, et ensuite pour ne pas te donner de faux espoirs, s'il venait à changer d'avis… Dans le métier, ce n'est pas un inconnu. Il jouit d'une bonne réputation. Il fait bien son travail et ceux qui ont eu recours à son service ne s'en sont jamais plaints, que je sache.

— Et si ça ne marchait pas ?

— Pourquoi veux-tu que ça ne marche pas ? Doutes-tu de toi, de ton talent ? De toute façon, qu'est-ce que tu as à perdre ? Tes disques continuent à se vendre, tu es grandement à l'abri du besoin. Et si, un jour, tu souhaites revenir au pays, ton public te sera resté fidèle, et tu n'auras même pas besoin de rattraper le temps passé en France. Si quelqu'un a à y perdre dans cette affaire, c'est bien moi qui perds ma vedette, ne crois-tu pas ? Et si tu reviens, mais pas dans dix ans, bien entendu, nous recommencerons à travailler ensemble.

Épaulée par Clarence Williams, elle signa un contrat qui faisait du Français son agent. Désormais, sa décision était entérinée. Son arrivée à Paris était fixée pour le début d'octobre, deux mois qui lui laissaient la liberté de rendre visite aux siens.

— Décidément, nous aurions mieux fait d'ouvrir le *Spotted Cat* à Paris, avait ironisé Philippe du Plaissant, avec une pointe d'amertume dans la voix, à l'annonce de la nouvelle.

Cette orientation perturbait également Rosa-Lynn : leurs deux enfants partis si loin d'eux ! Quant à Peter, le sage grand-père, il l'avait rassuré avec l'une de ses sentences :

— Surtout, ne doute pas de toi ! Le doute te conduira toujours à l'indécision. C'est un frein, une perte de temps et de chance !

La larme au coin de l'œil, Louise lui avait adressé un « Je crois en toi ! » qui longtemps résonna en elle. Les recommandations se mêlaient aux vœux.

— Vous viendrez me voir là-bas ?

En son for intérieur, elle sourit : ce « là-bas » dont lui avait autrefois rebattu les oreilles son frère, muré dans son handicap à La Nouvelle-Orléans alors que son amour était resté à Brest, voilà qu'elle le reprenait à son tour !

— Et pour Louis, comment cela va-t-il se passer ?

Les questions pleuvaient, mais elles trouvaient toutes une réponse.

Pendant ce temps-là, Emy avait regagné Chicago. Ses parents n'appréciaient guère de ne pas la voir évoluer par elle-même. Ils auraient préféré qu'elle prenne en main son destin et non pas vivre dans l'ombre de sa cousine. Elle s'efforça de les rassurer en leur parlant d'opportunité, d'apprentissage, etc., ce qu'ils concevaient difficilement.

— À mon retour, je parlerai couramment le français, ce sera un atout pour trouver un emploi. Et puis peut-être même que je reprendrai mes études. À moins que je les poursuive à Paris… D'ailleurs, Lucile nous donne tous les jours des cours pour que Louis et moi nous puissions nous débrouiller un minimum.

Elle se gardait bien de leur avouer que, dans sa tête, elle n'avait aucune envie de revenir, et encore moins de se replonger dans le droit.

Les deux cousines et Louis s'étaient retrouvés à New York, peu de jours avant leur embarquement à bord du paquebot *Île-de-France* qui reliait New York au Havre. Navire français, sorti des chantiers de Saint-Nazaire en 1927, il symbolisait le confort et l'art de vivre à la française.

Elles avaient réuni les documents nécessaires et avaient soigneusement sélectionné ce qu'elles emporteraient. Charles Daubonne avait retenu une cabine en classe touriste qui pourrait les recevoir toutes les deux ainsi que Louis. Mais pour le premier grand voyage de son fils, Lucile tenait à ce qu'il bénéficie des meilleures conditions possible. Moyennant un supplément coûteux, elle échangea la réservation contre des billets de première classe. Pour avoir déjà emprunté une compagnie française, Lucile en connaissait les avantages.

En outre, naviguer sur un paquebot de la Transat, la « *French line* » comme la surnommaient les Américains, donnait d'emblée l'impression d'être en France, au pays du « bien-vivre », avant même d'avoir largué les amarres. Elle avait eu du mal à se faire surclasser, car, en cette période de prohibition, la clientèle américaine préférait voyager sur un navire où l'alcool et les vins de qualité coulaient à flots, et de ce fait réservait ses places longtemps à l'avance.

Louis connaissait ces paquebots qui traversaient les océans, mais il n'était jamais monté à bord de l'un d'entre eux, se contentant de les observer de loin. Impressionné par l'imposante masse noire du monstre des mers, par ses trois tours géantes qui appelaient régulièrement d'une sirène rauque émergeant du fond des âges les passagers en partance, il s'accrochait à la main de sa mère. La pression de ses frêles doigts enfantins affermissait la détermination de Lucile. Ils lui insufflaient une force insoupçonnée.

Les bras chargés de leurs bagages, le porteur les avait dirigés jusqu'à l'embarquement des premières classes. Privilégiés, ils n'eurent guère à attendre et se retrouvèrent à l'intérieur. Emy était tout autant époustouflée par le luxe que par l'amabilité à leur égard. On les conduisit à leur cabine. Leur guide était blanc, courtois et souriant. À peine la porte refermée derrière elle, elle ne put s'empêcher de s'exclamer en roulant de gros yeux sidérés :

— Tu te rends compte, un Blanc qui m'a souri et qui m'a donné du « madame »... qui s'est même incliné devant moi...

— C'est comme ça, là-bas ! Et ici tu es déjà un peu là-bas !

Durant les deux premiers jours de la traversée, Emy interrogeait sa cousine pour savoir si elle avait le droit d'entrer dans un salon, de s'asseoir au milieu des autres voyageurs, de boire du vin... Si les Français et certains étrangers se montraient cordiaux envers elle, il n'en était pas toujours de même avec les Américains à bord. Ceux-ci s'écartaient à son passage, la toisaient tout en chuchotant leur réprobation de devoir subir sa présence. Lucile souriait en se remémorant leur arrivée en France et l'attitude de leur grand-père, Peter, qui s'émerveillait d'être enfin juste un homme parmi d'autres hommes. L'histoire se répétait.

Quant à Louis, au début il resta dans le sillage de sa mère. Puis, sollicité par une jeune animatrice, il finit par rejoindre le salon des enfants : jeux et lectures occupaient les bambins sous le regard d'aînés chargés de leur surveillance.

Le bien-être balaya rapidement l'appréhension. Cependant, autant d'années de brimades ne pouvaient pas voler en éclats en quelques heures. Emy restait toujours sur une sorte de défensive, juste un bref instant, avant qu'elle ne se ressaisisse avec soulagement.

La côte se profilait à l'horizon. Les passagers se pressaient au bastingage. Le bateau ralentit sa marche. Alors qu'il s'apprêtait à doubler le sémaphore, de petits remorqueurs vinrent à sa rencontre pour le guider jusqu'à son emplacement. On pouvait distinguer la ville, ses bâtiments anciens et serrés, qui comptaient peu d'étages, contrastant avec les buildings de New York ou de Chicago : une entrée dans un port étranger qui provoquait ce sentiment bizarre d'avoir rompu avec l'univers de la mer et de ne pas encore appartenir à celui de la terre.

Charles Daubonne les attendait comme il en était convenu. Dans sa tenue plus décontractée que lors de leur rencontre à Chicago, il parut plus âgé aux yeux de Lucile. Tout à son excitation, elle n'avait pas remarqué sa chevelure grisonnante, les rides qui balafraient son front et plissaient les commissures de ses paupières. Toutefois, malgré la douceur qu'affichait son regard, il restait toujours aussi perçant.

L'accueil fut chaleureux, et tout le monde embarqua à bord de sa Citroën. Emy tendait le cou pour apercevoir le plus possible la ville. Aux larges artères arborées succéda un enchevêtrement de rues étroites aux maisons vétustes, pour déboucher sur un semis désordonné de petits pavillons individuels le long de voies sans personnalité, avant de gagner enfin la campagne. Cette fois-ci, le décor captiva Emy : les colombages des longères perdues au milieu de paysages ondulants encore verdoyants à cette époque de l'année, les bosquets de pommiers doucins dont les fruits jonchaient le sol, les troupeaux de vaches flegmatiques parqués dans des prairies bordées de haies vives, jusqu'à ces villages un peu tristounets avec leur habitat construit d'une pierre grise qui s'harmonisait avec leur couverture d'ardoise.

Après les questions d'usage sur le déroulement du voyage, les explications arrivèrent :

— Nous vous avons installés dans un quartier calme, proche du jardin du Luxembourg. C'est un lieu bien agréable pour les grands comme pour les petits, et qui est bien desservi.

Tout en l'observant à la dérobée, Lucile essayait d'imaginer la vie de leur chauffeur : elle ne savait pas grand-chose de lui. Lors de leur première rencontre, il s'était montré très discret sur le divorce qui avait brisé sa famille. Lorsqu'il le lui avait avoué, il avait conclu, fataliste :

— Dans le monde du spectacle, les unions réussies et qui durent sont rares. Nos activités nous conduisent trop souvent sur des routes séparées… surtout lorsqu'on s'est marié très jeune.

C'était bien ce qu'elle avait connu avec Bryan, avait-elle admis au plus profond d'elle-même. Elle n'avait pas pu en apprendre davantage.

Là, calée au fond de son siège, elle sentait l'endormissement la gagner. Son esprit se détachait du spectacle qui défilait sous ses yeux. La route était encore longue avant d'arriver à Paris. Au royaume des souvenirs remontaient les meilleurs moments comme pour les rendre plus riches et la guider vers une destinée heureuse.

XIII

Pour Lucile, tout comme pour Emy, Paris était inconnue. Grâce à Charles Daubonne, elle avait signé pour un an des contrats qui s'enchaînaient avec plusieurs établissements de renom. Elle devait débuter au *Bal Blomet*, une ancienne ferme-grange à l'angle de la rue dont elle portait le nom. D'abord voué à des réunions électorales pour un candidat martiniquais à la députation qui finalement s'était tourné vers la musique, le lieu était devenu un rendez-vous incontournable du Tout-Paris. Le gratin intellectuel et la société branchée se retrouvaient au *Bal Nègre*, ainsi désormais appelé du fait de ses artistes exclusivement noirs, principalement des Antillais. Cette même rue abritait, outre des artisans qui perpétuaient les traditions d'art telles que la reliure, la dorure, l'imprimerie au plomb ou encore l'ébénisterie, des célébrités comme l'étaient le poète surréaliste Robert Desnos, les peintres Joan Miró ou André Masson. Tous fréquentaient, bien entendu, l'établissement : tout un monde dans lequel elle n'eut aucun mal à s'intégrer et qu'elle séduisit d'emblée tant par son talent, son accent que d'aucuns trouvaient charmant et sa beauté sans ostentation.

Quant à son logement de la rue de Fleurus, il présentait le grand avantage d'être situé à deux pas de l'Alliance française.

— Pour le petit et sa scolarité, ainsi que pour votre cousine, je pense que ce sera une étape indispensable. De plus, il y a de nombreuses écoles à proximité, lui avait déclaré Charles.

N'ayant plus à subir les contraintes du racisme, Emy se trouva quelque peu désorientée. Instinctivement, elle s'effaçait lorsqu'elle croisait un Blanc. Et Dieu sait s'il y en avait ! Elle avança d'abord hésitante parmi eux. Elle se croyait observée et baissait les yeux devant eux. Pourtant, à bord de l'*Île-de-France*, elle avait déjà goûté à cette fraternité. Mais elle n'en était pas encore imprégnée. Pour son premier cours à l'Alliance française, elle s'était assise un peu en retrait. Sur les instances du professeur, elle se rapprocha d'une autre jeune femme d'une pâleur et d'une blondeur qui attestaient de ses origines nordiques. L'étrangère lui décocha un franc sourire. Une sorte de complicité s'installa d'emblée entre elles. Au bout d'une quinzaine de jours à fréquenter les commerçants du quartier, elle en oublia la couleur de sa peau.

Louis, quant à lui, ne fut pas confronté à cette situation. Sa prime enfance à New York avait toujours été encadrée par les deux cousines qui le détournaient systématiquement de toutes les restrictions raciales. Bien au contraire, quand il intégra l'école élémentaire de la rue Notre-Dame-des-Champs, son accent lui valut d'être l'attraction de ses petits camarades qui s'empressèrent de lui apprendre ce qui ne se trouvait pas dans les manuels scolaires et que la bienséance réprouvait. Devenu le centre d'intérêt, il en retira une certaine fierté.

Passé l'euphorie des premiers temps, la découverte d'un milieu nouveau et surtout celle de la liberté, Lucile se laissa envahir par une sorte de mélancolie qui confinait parfois à de la tristesse : un sentiment qu'elle se reprochait après chaque crise.

— Tu as tout pour être heureuse, se morigénait-elle en pensant à son fils, à sa réussite, à son entourage.

En réalité, le problème résidait bien dans cet entourage qui s'avérait incomplet. Lorsque, après le spectacle, elle regagnait le domicile, tout le monde était couché. Dans la journée, l'appartement était vide, elle s'y retrouvait seule : Louis était à l'école et Emy se trouvait toujours une occupation à l'extérieur, soit la visite d'un quartier, soit ses cours à l'Alliance française, voire la recherche d'un emploi. Finalement, tous les trois ne partageaient que le petit déjeuner et le goûter, sauf les jours de relâche et le dimanche.

À cela s'ajoutaient la fatigue et l'automne qui s'épuisait maussade et humide. Un rituel fut vite pris : la promenade dominicale au jardin du Luxembourg. Alors que certains arbres s'obstinaient à garder leur verdure, les grands platanes se dénudaient et le vent balayait les quelques feuilles qui s'accrochaient encore à leurs branches comme par défi. Les petits s'en donnaient à cœur joie dans le tapis de ces dépouilles jaunies et roussies.

Bientôt, l'hiver viendrait effacer toutes ces dernières couleurs d'une année finissante.

Les joueurs d'échecs ne renonçaient pas à leurs sempiternelles parties, emmitouflés dans de chauds vêtements, tandis qu'autour du bassin des enfants excités s'évertuaient à faire naviguer leur bateau. Quelques chaises étaient encore occupées. Lucile observait ce microcosme, tout en gardant un œil attentif sur Louis auquel elle avait offert un petit voilier pour qu'il puisse se joindre aux autres gamins. Quelques couples se promenaient le long des allées. Un souffle déstabilisant l'envahissait, comme une nostalgie, un regret. Elle aurait tant aimé pouvoir partager ces moments avec un compagnon solide, un guide, alors qu'elle assumait seule la responsabilité des siens ! Elle se prenait à rêver comme une midinette, un songe qui, sur le chemin du retour, lui laissait toujours une ombre bleue à l'âme.

1931, c'était l'époque où les folles nuits de Paris battaient leur plein. Les *Folies-Bergère*, le *Lido* ou encore le *Casino de Paris* faisaient salle comble. En octobre s'était ouvert le 25e Salon de l'automobile, les visiteurs s'étaient pressés nombreux. Quelques mois avant la venue de Lucile, l'Exposition coloniale, installée au bois de Vincennes, avait attiré des curieux de la France entière. Paris s'amusait et Lucile avait son rôle à tenir.

Elle avait réussi à se préserver quelques jours de libres entre les fêtes de Noël et celles de la fin de l'année. Le 24 décembre, elle devait chanter pour les fidèles de l'église Saint-Eustache. Elle aurait aimé pouvoir rester auprès de son fils en cette soirée magique, mais elle se consola en louant, pour un prix majoré, une voiture et son chauffeur pour les conduire à Brest dès le lendemain matin. L'idée de retrouver son frère, de lui présenter Louis, de se replonger dans une ambiance familiale lui réchauffait l'âme. Elle aussi aurait droit à son Noël : un petit bout de La Nouvelle-Orléans au travers de leur fratrie. Dix ans qu'ils ne s'étaient pas revus ! Depuis le mariage d'Antoine.

Cadeaux et valises entassés dans le coffre, une couverture sur les genoux, tous trois avaient pris, avant même que perce le jour, la route en direction de la Bretagne. Le chauffeur, s'il se montrait aimable, n'était guère bavard. Ce qui convenait parfaitement à la chanteuse qui devait répondre aux multiples questions de son fils. Emy également était en verve. Lucile aurait préféré somnoler, mais les souvenirs ravivés par les nombreuses interrogations la tenaient éveillée. Pourtant, elle n'avait que très peu dormi.

La route était longue. Près de six cents kilomètres. Il ne fallait pas compter arriver avant la nuit tombée. Les villes défilaient : Versailles, Alençon, Domfront où ils s'arrêtèrent pour déjeuner. Là, dans la chaleur du restaurant, le chauffeur avait exigé de se reposer avant de repartir.

— Ne vous inquiétez pas ! Vous serez rendue ce soir. Mais il reste encore beaucoup de route, et j'ai besoin de reprendre des forces. Je ne veux pas risquer un accident.

Lorsqu'ils avaient croisé Dinan, le cœur de Lucile s'était mis à s'affoler. Cette route, elle l'avait faite avec ses parents. Elle se remémorait les explications de son père, elles résonnaient en elle comme si elle les avait entendues juste quelques jours auparavant. Le jour déclinait quand ils parvinrent à Saint-Brieuc. En cette fin décembre, la lumière tombait très vite. L'obscurité amenait la froidure et masquait la campagne, les isolant dans un véhicule qui, ignorant tout du décor, se contentait de suivre le tapis bitumeux qu'il découvrait dans les phares.

— Nous en avons encore pour près de deux heures, déclara le chauffeur.

La lassitude s'installait. La fatigue gagnait. Bercé dans cet univers clos aux mains d'un pilote qui au fil des heures n'était plus tout à fait un inconnu, chacun se taisait. Enfin, une nappe lumineuse recouvrit l'horizon. On arrivait à destination. Louis poussa un cri de joie tandis que les adultes soupiraient d'aise et échangeaient des commentaires.

— On a bien roulé ! déclara le conducteur tout en se calant bien droit contre son siège.

— Vous avez bien mérité de dîner avec nous à *La Table de Ronan* !

À plusieurs reprises, il s'arrêta pour consulter son plan, mais bien vite, il gara la voiture devant le restaurant. Ils étaient attendus avec impatience, presque tous là à lorgner derrière la façade vitrée. Ce soir-là, ils n'avaient pas accepté de clients et annoncé une fermeture exceptionnelle. Elle leur était réservée. L'accueil fut tout aussi chaleureux que celui que Lucile avait reçu avec ses parents, la première fois.

Des « Antoine, Antoine ! » retentirent pour le prévenir de leur arrivée. Celui-ci quitta aussitôt ses fourneaux où il s'attachait à concocter l'une de ses spécialités : il voulait fêter à sa manière le retour de sa sœur, il fallait qu'il se montre à la hauteur ! Tandis qu'ils tombaient dans les bras l'un de l'autre et que des larmes de bonheur coulaient sur les joues de Lucile, Louis, intimidé par toute cette assistance inconnue, se tenait en retrait, aux côtés d'Emy.

Les retrouvailles furent joyeuses, on avait tant à se raconter… Maëlle, l'épouse d'Antoine, s'activait malgré les recommandations de sa famille.

— Je ne te l'ai pas dit au téléphone, mais nous attendons un bébé pour la fin mai.

Questions et commentaires fusaient. Lucile mangeait des yeux son frère qui percevait la chaleur de son regard braqué sur lui. Sa vision ne s'était pas améliorée, mais grâce aux progrès réalisés dans le domaine de l'optique, les verres qu'il portait lui offraient une perception un peu éclaircie. En tout cas, suffisamment pour discerner la beauté de sa sœur, les traits de son neveu et ceux de cette cousine que jusque-là il ne connaissait pas. Lucile était heureuse de le voir épanoui et heureux, avec un petit pincement au cœur puisque ce bonheur s'était construit sans elle, si loin d'elle. Mais après tout, n'était-ce pas la même chose pour elle ? L'enfance et l'adolescence les avaient liés, leur offrant de merveilleux souvenirs. L'âge adulte les avait éloignés sur des chemins bien différents. Nostalgie, envie, soupçon de jalousie ? Elle chassa ses sombres pensées. Le moment n'était pas à la mélancolie.

Louis guettait avec intérêt le jeune garçon qu'on venait de lui présenter : Pierre, son cousin ; il était plus grand que lui, trois ans les séparaient. Ils affichaient un indéniable air de famille. Pierre aussi l'observait. On les poussa l'un vers l'autre et il ne leur fallut guère longtemps pour qu'ils s'écartent du groupe.

— Tu devrais faire visiter ton domaine à ton cousin, lui suggéra sa mère.

C'était exactement ce qu'ils attendaient. Pierre l'entraîna dans sa chambre. Les enfants se reconnaissaient toujours entre eux ; même si leur quotidien se révélait différent, les jeux leur étaient communs.

Le repas terminé, Maëlle fut la première à se retirer, prétextant une fatigue bien naturelle. Ses parents suivirent après avoir envoyé les garçons se coucher qui obtempérèrent d'autant plus volontiers qu'ils allaient partager la même chambre.

Lucile et Antoine se retrouvaient seuls. Les années s'abolirent et les souvenirs s'invitèrent en flots.

— Parle-moi de La Nouvelle-Orléans ! Depuis le temps que je l'ai quittée…

Elle racontait, en devenait loquace au fur et à mesure de son évocation.

— J'aurais aimé pouvoir y retourner au moins une fois avec Maëlle, surtout pendant que grand-père est toujours vivant. Il ne voyage plus. Maintenant que je suis citoyen français, peut-être que je ne devrais plus avoir grand-chose à craindre. Mais sait-on jamais ?

La Nouvelle-Orléans, Bourbon Street : un emprisonnement injustifié, les brutalités dont il avait été victime alors qu'il se remettait à peine de ses blessures lui laissaient le goût oppressant d'une peur sournoise. Dans ces terres où les lynchages étaient encore pratiqués, on n'admettait pas le mariage interracial. En général, la sentence était la mort. Il était contre nature qu'un Noir puisse faire l'amour à une Blanche. Bien que dorénavant français, le risque n'en demeurait pas moins.

— De toute façon, dans l'immédiat avec la future naissance, c'est bien compromis, soupira-t-il.

Là, alors que la nuit était déjà bien avancée, enfermés dans leur passé, le temps n'avait plus de prise sur eux. Subitement, le silence s'installa, un silence déroutant qu'il fallait rompre.

— Tu te souviens de la chanson que nous avons composée ensemble : *Vivre* ?

Comment pouvait-il l'avoir oubliée ? « Vivre », son cri du cœur, celui d'un homme que la guerre avait meurtri dans sa chair et dans son âme ! Jamais ils n'avaient été aussi proches que pendant ces mois où il avait appris à surmonter sa peine, son désespoir, où il ne croyait plus en un avenir serein. Puis, un jour, un courrier de Brest était arrivé : Maëlle lui écrivait. Mais comment pouvait-il offrir à la femme qu'il avait aimée, tandis qu'il se battait en France, de partager la vie de l'infirme qu'il s'estimait être devenu ? Petit à petit, entouré des siens et de leur affection, il avait repris le dessus, jusqu'à cette agression insensée dont on l'avait accusé, qui avait conduit ses parents à l'envoyer en France pour l'écarter de la vindicte d'un cousin jaloux et raciste.

— Je l'ai enregistrée. C'est un beau succès.

— Je le sais ! Je me procure tes disques par des amis qui me les rapportent des États-Unis. J'ai gardé des liens avec les musiciens du 369e régiment. On se retrouve rarement, ils ont fort à faire, certains sont même devenus célèbres et voyagent partout dans le monde. Ce que nous avons vécu là-bas dans les tranchées de l'Argonne nous a rendus inséparables.

Lucile savait que viendrait le moment où arriverait la question dérangeante : celle de sa vie privée.

— Ton histoire avec le père de Louis ? C'est toujours douloureux ou tu as réussi à surmonter l'épreuve ?

Elle s'attendait à ce qu'il lui demande si elle fréquentait un autre homme. Elle hésita un bref instant et, ouvrant ses mains en signe d'explication, elle lui répondit :

— En réalité, non ! Il n'y a rien eu de particulièrement déchirant. Avec le recul, je crois avoir confondu amour avec amitié. Je l'aimais, certes, mais beaucoup, et beaucoup ce n'est pas suffisant. Il faut dire qu'il était séduisant et jouait de son charme. Je n'éprouve aucun ressentiment. La seule chose que je regrette, c'est qu'il ne donne plus de nouvelles. Il l'a fait une fois et je lui avais répondu, mais depuis, plus rien ! J'aurais souhaité qu'il garde un lien avec Louis pour qu'il puisse savoir que lui aussi a un père.

Le lendemain soir, une fois le service terminé, Antoine proposa à sa sœur d'interpréter pour ses clients *Vivre*. Il ressortit sa clarinette pour l'accompagner.

— Ça m'arrive d'en jouer le samedi après le dîner. Nous organisons parfois des soirées un peu dans l'esprit de celles du *Spotted Cat*. Plus modestes, bien sûr. Ça marche bien !

Il porta la clarinette à ses lèvres. La première note jaillit, vive, pure, entraînante. La voix de Lucile s'éleva progressivement, passant de la plainte à la joie. La complicité entre eux était complète, au grand ravissement des spectateurs.

Aux premiers accords, Louis et Pierre se glissèrent dans la salle. Pour Louis, la voix de sa mère parut encore plus belle que d'habitude. L'émotion était tangible. Les quelques clients attardés étaient conquis, et les applaudissements scandèrent les bravos.

Pour leur retour à Paris, les visiteurs devaient reprendre un train tard le mercredi soir, le 30 décembre, car, pour la veillée du lendemain, Lucile devait participer au concert inaugural d'un club rue des Lombards, dans le quartier des Halles.

— Tu reviendras nous voir, maintenant que vous êtes installés à Paris ?

Elle promit, elle était sincère. Son frère lui manquait, avec son bonheur au quotidien, rassurant et apaisant. Elle appréciait la chaleur de la famille de Maëlle qui l'acceptait comme l'une des leurs. Dans les profondeurs de la nuit, elle repensait à ces quelques jours d'échappée : il était temps pour elle de trouver l'harmonie d'un foyer. Elle ressentait non seulement le besoin physique d'un homme, mais surtout la présence permanente d'un amour partagé qui lui apporterait un équilibre auquel elle aspirait de plus en plus. La solitude était si triste et lourde à porter ! On n'est pas programmé pour vivre seul. L'image de Bix Beiderbecke, son ami, s'imposa à elle, évanescente comme l'avait été la vie de celui auprès duquel elle avait fait ses véritables débuts et qui lui avait présenté Bryan. Bix était mort seul, emporté par l'alcool, juste quelques mois auparavant.

XIV

JUSQU'À PRÉSENT, elle n'avait jamais pu mettre un visage sur ses rêves. La seule chose qu'elle distinguait était la couleur blanche de la peau de l'homme qu'elle espérait. Elle avait pleinement conscience de la difficulté de sa quête, car pour rien au monde elle ne voulait remettre en question sa carrière ; ce serait à son éventuel compagnon de s'adapter à son rythme de vie. Sans compter que le futur prétendant se devrait d'assumer le rôle d'un père aimant pour Louis.

Bien sûr, elle était courtisée, mais depuis maintenant près d'un an qu'elle était arrivée à Paris, elle n'avait pas encore croisé la route d'un homme qui réponde aux critères attendus. Le seul pour lequel elle éprouvait un penchant sensible était Charles Daubonne. Il émanait de lui quelque chose de rassurant et il restait à son écoute. Les presque vingt ans qui les séparaient marquaient son visage et dégarnissaient son front. Après un échec matrimonial, il se complaisait dans la liberté d'un célibat qui lui permettait de voleter à sa guise d'une maîtresse à l'autre. Pour rien au monde il ne voulait s'engager dans une aventure durable et considérait qu'il ne devait surtout pas mêler sa vie privée à sa profession.

À se retrouver régulièrement pour le travail, ils étaient devenus des amis. En fait, il se livrait peu. Elle lui connaissait l'existence d'un fils qui était né de son mariage, mais elle ne l'avait jamais rencontré. Cette situation leur convenait même si Lucile éprouvait une certaine attirance pour lui. Car le fait qu'il supportait mal les enfants lui était rédhibitoire. Aussi n'essaya-t-elle jamais d'aller plus loin dans leur relation.

Au tout début du printemps, Emy rassembla ses bagages et quitta l'appartement. Ce n'était ni par besoin d'indépendance ni sur une fâcherie, mais suite à une rencontre. Elle n'avait jamais abandonné son projet de création. Lucile lui servait de modèle, arborant les longues écharpes qu'elle lui confectionnait dans des étoffes vaporeuses, les parures de coiffure savamment garnies de strass, ou encore des bijoux fantaisie. Elle lui rectifiait ses robes de spectacle avec le souci constant d'affiner la silhouette de sa cousine tout en respectant les courbes naturelles de son corps harmonieux.

Ponctuellement, elle fournissait également un petit magasin qui venait d'ouvrir du côté de la rue de Vaugirard. Toujours en veine d'inspiration, elle suivait de près les tendances et essayait d'assister aux présentations de mode, aux défilés. Un jour, alors qu'elle s'était rendue rue du Faubourg-Saint-Honoré justement pour voir une exposition réalisée par un couturier de renom, elle resta médusée : plusieurs mannequins portaient ses créations venues en complément de la tenue signée par le maître. Sa fierté d'abord titillée se transforma rapidement en un agacement qu'elle ne dissimula pas.

— Pourquoi avoir associé cette parure avec un tel vêtement ? Ça n'a vraiment aucun sens, ça détruit l'harmonie ! Il fallait mettre quelque chose de plus sobre, de plus délicat…

Les personnes présentes se retournèrent vers elle. Elle entreprit de leur expliquer ce qui n'allait pas dans ces tenues, ce qu'il serait convenu de faire, allant même jusqu'à intervertir elle-même les accessoires des mannequins. Une vendeuse s'était précipitée. Elle fut freinée dans son élan par une main qu'elle connaissait bien.

— Laissez ! Je m'en occupe.

La vendeuse se retira. La directrice s'approcha d'Emy. C'était une femme plutôt grande, mince, les cheveux coupés à la garçonne. Elle avait agrémenté son tailleur-pantalon d'une écharpe d'Emy. Ses poignets chargés de bracelets fantaisie cliquetaient au moindre de ses gestes.

— Pourquoi dites-vous que cela ne va pas ?

— Regardez ces reflets bleu gris, croyez-vous qu'ils soient mis en valeur avec ce châle ?

Emy s'était lancée dans des explications. Son interlocutrice écoutait. D'abord amusée, elle finit par se prendre au jeu et admettre que les remarques étaient souvent justifiées.

— Vous me semblez avoir un goût sûr ! Travaillez-vous pour un magazine de mode ou êtes-vous tout simplement une cliente ?

— Je suis celle qui a créé ces articles et qui les a confectionnés, affirma-t-elle avec une lueur de provocation au fond des yeux.

— Et moi, j'ai créé ces vêtements !

— Je croyais qu'ils étaient l'œuvre d'un homme ! avoua Emy, ignorant qu'Oranne était un prénom féminin.

Les deux femmes se dévisagèrent un bref instant avant d'éclater de rire.

— Et si nous parlions de tout cela devant un verre ?

Ce jour-là, Oranne venait d'entrer dans la vie d'Emy. La Française appréciait son goût sûr, sa franchise mêlée d'excuses, ses idées et son envie d'apprendre. Elle aimait tout autant son côté féminin encore un peu enfantin, sa grâce exotique, son regard pétillant, ses joues rebondies. Quant à Emy, elle admirait le talent d'Oranne, sa classe, son aisance en société, son attitude décidée, parfois même tyrannique, le charme de ses yeux foncés piquetés d'or : elle possédait tout ce dont elle estimait être dépourvue. Oranne avait décelé en elle une sentimentalité exacerbée qui ne demandait qu'à s'épanouir. Entre elles si différentes, l'amour s'installa. Le couple se forma au vu et au su de toutes leurs fréquentations.

Avec le départ de sa cousine, Lucile se sentit désemparée. Il lui fallut s'organiser, surtout pour Louis qui ne pouvait pas rester seul lorsqu'elle travaillait. Elle réussit à trouver une jeune étudiante qui fréquentait la faculté de droit de la rue d'Assas, toute proche. Elle prenait le relais dès qu'elle s'absentait. Elle faisait répéter ses leçons à Louis qui ne rechignait pas à faire ses devoirs. C'était un garçon docile et volontaire qui s'évadait dès qu'il se mettait au piano ou se plongeait dans un livre.

Mais pour Lucile, le départ de sa cousine lui pesait ; son rire et ses bavardages lui manquaient. Elle comptait de nombreux amis, la plupart mariés, mais cela ne lui suffisait plus. Elle avait besoin de retrouver la chaleur de bras masculins pour raviver sa propre confiance. Pourtant, elle avait connu une enfance choyée et entourée qui aurait dû au contraire affermir sa personnalité. Sa séparation d'avec Bryan lui avait malgré tout laissé des questionnements et des doutes. Qui aurait pu déceler sa fragilité en la voyant sur scène ? À trop attendre, son fantasme d'une affection protectrice se transformait petit à petit en obsession. Elle aspirait à ce feu intérieur qui ne demandait qu'à s'embraser.

Elle repensait au conseil de Charles Daubonne qui avait perçu en elle un sentiment déstabilisateur :

— Ne doutez jamais de vous ! Doutez des autres !

Elle savait qu'il avait raison. Mais c'était parfois difficile à affronter. Dans chacune de ses rencontres, elle cherchait la petite étincelle qui lui donnerait envie de poursuivre avec le nouveau venu. En vain !

Elle était devenue une vedette à part entière et les sollicitations ne manquaient pas. Son imprésario lui avait fait signer plusieurs contrats pour les deux années à venir, notamment un passage au *Casino de Paris*, arrêté d'ores et déjà pour 1933, pour succéder à Joséphine Baker et à sa nouvelle revue, *La Joie de Paris*. Elle avait également répondu à la demande du *Hot Club*, l'un de ces clubs de jazz lovés dans des caves aux murs épais et aux voûtes de pierres médiévales. Ses disques figuraient parmi les meilleures ventes. On l'adulait et cela la réconfortait.

Charles Daubonne était souffrant. Depuis un certain temps, elle lui trouvait le teint gris. Sa fatigue était visible. Il refusait d'aborder le problème de sa santé, redoutant l'apitoiement de son entourage. Il voulait continuer à vivre comme il l'avait toujours fait, mais la maladie le guettait, prête à l'anéantir s'il ne se soignait pas énergiquement. Alors que l'été se profilait, il décida de se retirer.

— Après tout, l'âge est là. Je ne ferai que prendre une retraite un peu anticipée, avait-il déclaré d'un ton aigre-doux.

Ce fut à cette occasion qu'apparut Arnaud, ce fils qu'elle n'avait jamais rencontré. Charles l'intronisa auprès des artistes dont il était l'imprésario ainsi qu'auprès des responsables avec lesquels il traitait ses affaires. Les relations entre les deux hommes étaient courtoises, mais sans grande complicité. Et si le père laissait exprimer ses sentiments, le fils était plus disert envers lui. Il existait entre eux comme une barrière que l'éducation majoritairement maternelle avait dressée.

La première fois qu'elle se trouva face à lui, Lucile ressentit comme un choc : elle crut voir en lui la réplique de son père. La ressemblance avec Charles était flagrante : un regard identique, un peu ironique et vif, une implantation de cheveux similaire, une allure commune, si ce n'était qu'Arnaud était plus grand. Ils faisaient montre de la même élégance, avec une génération d'écart.

Le premier point qui les différenciait était donc l'âge. Toutefois, à bien l'observer, elle nota leurs dissemblances. Arnaud ne manifestait aucun scrupule à user de son charme et n'était pas avare de compliments. Dans ses relations, il était loin de posséder l'entregent de Charles, aussi n'hésitait-il pas à jouer d'un physique qu'il savait agréable.

Attiré par le personnage public qu'elle représentait, il chercha à la revoir plus que nécessaire. Le regard intense et enrobant, la voix un peu cassée qu'il modulait, le sourire en coin, il réunissait tous les atouts du séducteur. Elle tomba sous le charme de sa mèche espiègle qui refusait le peigne, du léger balancement de sa démarche qu'il voulait décontractée, de ses mots doux qu'il glissait presque à voix basse, comme pour mieux communier avec elle. Elle ne réalisait pas qu'il n'avait pour but que de l'envoûter. Sans compter qu'il constituait un lien entre elle et son ancien imprésario et ami.

XV

Tandis que le Paris de la nuit s'amusait, les Français se trouvaient confrontés à une difficile situation économique, tout comme de nombreux pays dans le monde, les États-Unis y compris. Partout, le chômage explosait. En France, à la fin janvier 1932, les statistiques des bureaux de placement indiquaient près de trois cent mille personnes sans travail, alors qu'un an auparavant, elles en donnaient moins de quarante-cinq mille. Dans les quartiers, des associations s'organisèrent et l'on put voir des tables entières recouvertes de vivres devant lesquelles défilaient des chômeurs affamés.

Consciente de compter parmi les privilégiés, Lucile suivait néanmoins l'évolution de la situation. Elle supportait mal d'assister impuissante à la détresse d'une population victime de la mauvaise gestion d'un marasme économique qui tuait l'espérance. Elle souffrait devant la mendicité qui se développait et n'était jamais avare d'une pièce. Économe de nature, elle engrangeait la plus grande partie de ses cachets, ne sacrifiant que pour assurer l'essentiel à un quotidien confortable. Elle trouvait indécentes les dépenses tapageuses de bien d'autres chanteuses qu'elle fréquentait.

La crise financière provoquée par le krach boursier du Jeudi noir, le 24 octobre 1929, à New York, s'était progressivement propagée en Europe. En France, les autorités avaient choisi d'adopter une politique déflationniste. Les prix baissèrent et les salaires plus encore, alimentant désillusion et colère. S'installa alors une instabilité gouvernementale qui paralysait la vie publique.

Pourtant, face à cette récession fleurissait une évolution culturelle qui abordait tous les domaines.

Les cinéastes exploraient toutes les sensibilités de l'époque. Raillant les problèmes d'une société industrielle dans *À nous la liberté* de René Clair, ou l'ennuyeuse respectabilité bourgeoise avec *Boudu sauvé des eaux* de Jean Renoir, ensorcelant avec *Shanghaï Express* et sa vedette Marlene Dietrich, les réalisateurs offraient un large éventail qui répondait à tous les imaginaires. Les comédies musicales fleurissaient. Les chansons de Ray Ventura étaient reprises dans tous les foyers. Dans un petit music-hall de Clichy naissait le « crochet » qui permettait à des artistes en herbe de monter sur scène, une fois le spectacle fini. Le public jugeait de leur talent et, si les sifflets étaient nombreux, un long bâton recourbé à son extrémité ramenait l'amateur vers les coulisses. Jacques Canetti et Saint-Granier s'emparèrent de l'idée et lancèrent ainsi sur Radio Cité le radio-crochet.

Lucile appartenait à ce monde privilégié et s'y complaisait. Grâce au travail relationnel de Charles Daubonne et à son talent, elle était devenue la coqueluche des amateurs de cette musique nouvelle dont les critères ne reposaient pas tant sur l'esthétique que sur la sensibilité et l'expressivité. Pigalle était désormais un des hauts lieux où se produisaient les meilleurs jazz-bands et chanteurs principalement venus d'Amérique.

Arnaud, qui avait donc succédé à son père, lui avait donné rendez-vous à son bureau pour le début de l'après-midi. Elle espérait qu'il lui propose un rôle dans une comédie musicale ou une revue à mener. Plus d'une fois, elle le lui avait demandé. En ce début mars, le temps était encore frileux. Emmitouflée dans un manteau de laine au col relevé, elle avançait allègrement le long du boulevard de Port-Royal, une majestueuse avenue bordée d'immeubles haussmanniens. Les platanes au large houppier dénudé semblaient immobilisés par le froid d'un hiver qui tardait à s'éloigner.

Jusqu'à présent, elle n'était jamais venue chez Arnaud Daubonne. Elle doubla la maison qui avait abrité Paul Claudel et sa sœur Camille. Scrutant les numéros, elle parvint au cinéma *Le Royal*, réputé pour être l'un des tout premiers ouverts dans la capitale. Une porte jouxtait l'entrée de la salle. Des plaques de cuivre précisaient le nom et la fonction des occupants de l'immeuble : *Arnaud Daubonne, imprésario, 3e étage*. Elle était arrivée.

Elle s'attendait à une pièce plutôt étroite, comme l'était le bureau de Charles. En fait, elle se retrouva dans un hall qui menait aux différents espaces. Il l'accueillit, toujours aussi prévenant, et la fit entrer dans un salon à la décoration raffinée.

— Nous serons bien ici pour parler.

Passé sa surprise, elle en convint : les fauteuils étaient confortables, une douce chaleur l'entourait, on en oubliait les vicissitudes du temps. Il se saisit d'un journal qu'il avait au préalable déplié et le lui tendit. On y voyait Joséphine Baker, au milieu d'un groupe de personnes, distribuant des vivres aux chômeurs.

— Qu'est-ce que vous en pensez ? l'interrogea-t-il.

— C'est méritant !

— Pourquoi ne pas en faire autant ?

— Moi, je veux bien. Par contre, si vous comptez vous en servir en tant que publicité, là je ne suis pas d'accord !

Elle avait d'emblée compris où il voulait en venir. Ayant prévu sa réaction, il poursuivit :

— Ce n'est pas pour vous mettre en valeur, mais pour que votre image attire l'attention sur les difficultés de tous ces gens. Vous, les artistes, vous agissez pour les aider, tandis que les politiques se détournent d'eux. Alors il ne faut pas les cacher, les laisser dans l'abandon ! Vous êtes célèbre, offrez votre image pour eux ! Cela en fera réfléchir plus d'un.

À force d'arguments, il l'avait convaincue. Ils s'attardèrent ensuite devant un thé et évoquèrent ses prochains spectacles. Il s'exprimait d'une voix douce et persuasive, l'enveloppant de son regard. Elle ne comprenait rien à l'émoi qui l'envahissait. Se penchant vers elle, il prit ses mains dans les siennes comme pour la conforter. Elle se secoua, il ne fallait pas qu'elle lui cède ! Elle consulta sa montre : si elle voulait être à la sortie de l'école, il était temps qu'elle parte. Elle s'excusa et se leva pour gagner la porte. Avant de prendre congé de lui, il lui proposa de déjeuner avec lui « l'un de ces jours », sans préciser de date. En bafouillant, elle accepta.

Parvenue sur le trottoir, elle retrouva ses esprits. La frimousse rieuse de Louis s'imposa à elle. C'était l'un de ses moments favoris : tout en marchant, il lui racontait sa journée. À la pâtisserie, elle lui acheta une friandise. Elle essayait d'être toujours présente à leur rendez-vous. La jeune étudiante dont elle louait les services pour s'occuper de son fils en son absence les attendait à l'appartement. Elle lui confierait Louis, puis se saisirait de son grand sac et filerait vers la station la plus proche en direction de Pigalle et de Saint-Georges.

Le mercredi suivant, après avoir accompagné Louis à son école, elle s'engouffra dans le métro en direction de Belleville, pour y rejoindre la présidente de l'Œuvre du pot-au-feu. Après différentes actions auprès des vieux de Montmartre, Mlle Duchoiselle gérait des comptoirs où venaient s'approvisionner les plus démunis. Lucile était arrivée portant un large cabas. À peine parvenue à l'endroit indiqué, elle ressentit un choc à la fois de pitié, mais aussi de honte : les nécessiteux silencieux faisaient la queue devant une longue table où étaient empilées des gamelles en fer alors que l'on commençait à peine à installer les marmites. Face à ces démunis, elle percevait comme une trahison sa situation de nantie. Une jeune femme souriante, bien mise et maquillée, s'approcha d'elle et se présenta. C'était bien avec elle qu'elle avait rendez-vous.

— J'ai apporté quelques douceurs pour les petits, des bonbons, des berlingots. On m'a dit qu'il y en avait, termina-t-elle presque à voix basse.

— Nous vous remercions pour eux. Ils seront contents.

Les gens avançaient dignement, les yeux creusés par de profonds cernes qui soulignaient leurs difficultés dans un quotidien où ils ne savaient plus quelle était leur place. La tête baissée, ils remerciaient alors qu'ils n'étaient que victimes. On distribua les bonbons un par un. Elle ne s'attendait pas à être confrontée à une telle foule de pauvres. Des Blancs qui réagissaient comme s'ils lui étaient redevables, elle une Noire !

Un photographe arriva. Elle se fâcha. Elle trouvait indécent de se mettre en valeur face à un tel étalage de misère. Les mercis qu'on lui adressait la heurtaient. C'était elle qui aurait dû les prononcer : ils lui offraient spontanément un sourire, une parole gentille, c'était tout ce dont ils disposaient. C'était un énorme cadeau !

À plusieurs reprises, elle se joignit à nouveau au groupe de bénévoles. Elle ne venait jamais les mains vides : des vêtements de Louis devenus trop petits, des jouets pour les plus jeunes, et toujours des bonbons dont la quantité s'allongea au fil de ces rendez-vous insensés.

Alors, le soir, sur scène, elle chantait pour eux : « Pour mes amis de Belleville », dédicaçait-elle la première de ses chansons. Ce qui ne plut guère à son imprésario. Elle rechigna à lui obéir. Puis avec le temps, même si ses pensées allaient encore vers eux, elle reprit le cours normal de ses activités.

Resté lové au fond de son cœur, un sentiment déstabilisant d'injustice.

Devant le mépris de l'armée de son pays, Eugène Bullard, un héros gravement blessé à Verdun décoré de la croix de guerre et premier pilote de chasse noir américain dans l'escadrille La Fayette, s'était installé à Paris. Après avoir dirigé différents clubs dans le quartier de Pigalle, il avait ouvert le *Bar de l'Escadrille*, au 15 de la rue Fontaine. Les plus grands noms passaient sur sa scène et Lucile, très flattée, y anima plusieurs soirées. Elle admirait cet homme hors du commun qui, tout comme son frère, avait su prendre en main son destin et refuser de vivre sous l'emprise de la ségrégation raciale des États-Unis.

Toujours dans le même quartier, Ada Smith, connue sous le pseudonyme de Bricktop, était un personnage emblématique des nuits de Pigalle. Les différents clubs qu'elle gérait étaient le rendez-vous incontournable d'une riche bourgeoisie, voire de la noblesse ainsi que des artistes les plus en vue : Ernest Hemingway, Scott Fitzgerald, Fred Astaire, Cole Porter, Picasso, Man Ray et jusqu'au prince de Galles et l'Aga Khan figuraient au nombre de ses clients habituels.

Lucile ressentait toujours ce malaise, qu'on appelait trac, avant de monter sur scène, surtout quand elle faisait face à une telle assemblée. Une fois la première note poussée, elle oubliait tout, vibrant à travers ce chant qui transcrivait son histoire et celle des siens. Les applaudissements crépitaient, la comblant d'une joie ineffable.

Plus d'une fois, sa prestation finie, elle reçut une invitation pour venir rejoindre l'un de ces personnages de renom à sa table. Elle se contentait d'aller le saluer, échangeait quelques mots avec lui, mais n'acceptait jamais de s'attarder. D'abord, elle refusait tout alcool, surtout avec des inconnus. Elle tenait non seulement à garder une parfaite lucidité, mais elle surveillait également sa ligne. Ensuite, connaissant la légèreté des mœurs de la plupart d'entre eux, elle ne souhaitait pas se trouver confrontée à d'éventuelles sollicitations sexuelles.

Pour elle, le respect rimait avec estime et considération. Il était le reflet de la valeur qu'on lui reconnaissait. Il était la porte d'entrée de l'amour, car aimer sans en éprouver n'était qu'aimer le corps. Or ces amours fugaces n'apportaient jamais la tendresse, elles ne servaient qu'à assouvir une satisfaction, ou plutôt un soulagement éphémère des sens. Ce n'était pas ce qu'elle espérait dans la vie.

Avec l'été revenaient les grandes vacances scolaires. Antoine avait proposé de prendre Louis avec eux à Brest.

— Maëlle vient juste d'accoucher. Cela va lui faire trop de travail, avait argué sa sœur.

— Au contraire, c'est Maëlle qui me l'a suggéré. Comme ça, les deux garçons se tiendront compagnie. Ils seront plus faciles à canaliser. Surtout qu'entre mon beau-père et sa famille, on va leur trouver des occupations !

Elle avait cédé devant l'enthousiasme de son fils à rejoindre son cousin Pierre. Elle aussi se réjouissait à l'idée de l'accompagner jusqu'à Brest. Entre consignes maternelles largement réitérées et excitation, ils avaient bouclé leur valise. Ils s'étaient engouffrés dans la gare Montparnasse, alors que le jour déclinait : voyager de nuit, c'était la meilleure solution, estimait Lucile. Elle avait réservé des couchettes de première classe.

C'était la première fois que la mère et le fils seraient séparés. La perspective de passer quelques jours auprès de son frère et des siens occulta ses appréhensions de solitude.

À Brest, ils reçurent le même accueil chaleureux. Qu'il était doux pour elle de renouer avec un foyer où elle avait sa place ! Maëlle avait donné naissance à une petite Armelle. Un beau poupon autour duquel tous s'extasiaient.

— Décidément, l'histoire se répète : comme nos parents avec nous, un garçon d'abord, une fille ensuite.

— Le choix du roi, soupira Antoine, le papa aux anges.

La veille de son retour à Paris, elle avait insisté :

— Tu es certain qu'il ne va pas vous gêner ? s'enquit-elle, alors qu'elle pouvait penser aisément le contraire.

Les deux garçons jouaient ensemble, montaient se coucher sans rechigner, comme pressés de s'échapper de l'assemblée des adultes pour se retrouver entre eux. Louis admirait son cousin, son aîné qui l'entraînait sur les chemins de la découverte. Ils pouvaient alors partager à loisir un monde qu'ils préservaient de ces « grands » dont ils étaient à cent lieues d'imaginer qu'ils avaient eu autrefois leur âge.

Ce fut avec un profond pincement au cœur qu'elle les quitta pour rentrer à Paris. Elle ne pouvait pas s'éterniser et de toute façon ne le souhaitait pas, consciente qu'elle ne devait pas leur imposer une présence qui malgré tout bousculait leurs habitudes et qui ferait d'elle un parasite.

Ces quelques jours passés auprès de son frère et des siens l'avaient une fois de plus revigorée. Elle était partie alors qu'ils étaient en plein service. Un taxi l'attendait pour la conduire à la gare. Louis ne savait pas quelle attitude adopter. Il se tenait droit face à elle, les mains croisées derrière son dos, baissant la tête, comme un enfant que l'on venait de punir. Tandis qu'elle s'approchait de lui pour l'embrasser, il se jeta contre elle et passa ses bras autour de son cou.

— Je te promets, je te promets, je serai sage ! lui répétait-il à voix basse, comme pour la rassurer.

C'était sa façon à lui de dire qu'elle pouvait avoir confiance en lui, une confiance qui relevait de l'amour qu'il lui portait.

Il faisait doux quand la voiture la déposa devant le parvis de la gare. Un vent léger s'infiltrait, agitant délicatement les branches des grands arbres du square. Le ciel rosissait, annonçant un beau lendemain. L'été tenait ses promesses. Elle aurait apprécié que le temps s'arrêtât, préservant ces reposantes couleurs pastel. Elle se secoua, s'ébrouant à la manière d'un chien, comme pour se débarrasser d'une mélancolie qu'elle sentait monter en elle.

Son premier jour en solitaire ne lui avait pas paru trop long. Dans sa tête, elle revivait cette étape brestoise, riait devant l'image de son fils s'essayant à la clarinette de son oncle, s'attendrissait en repensant aux premières mimiques de la toute petite Armelle, et surtout à ce frère, cet aîné qui assumait pleinement son rôle de chef de famille. Comme il avait eu raison de se laisser porter par le destin !

Reposant dans la journée, le silence l'agressa en cette fin d'après-midi. Elle n'arrivait pas à cerner les motifs de son malaise. Ses parents l'avaient toujours entourée. Mais leur protection s'arrêtait aux portes du *Spotted Cat*. Dehors régnaient les contraintes et les violences de la ségrégation raciale. Son frère en avait été victime. En pensées, elle y associa son amie Ida, sa force et ses combats. Pourtant, ici, elle ne craignait rien. Malgré tout, elle redoutait d'affronter des événements qui la dépassaient. Jusqu'à Charles auprès duquel elle ne pouvait plus se réfugier.

Avec le soir, les affres de la solitude s'invitèrent. Il lui fallait les repousser, les dominer. « J'aurais pu rester une journée de plus auprès d'eux », en vint-elle à soupirer alors qu'elle avait prévu de s'employer à mille petites choses délaissées en temps ordinaire. Elle se les était remémorées moult fois, mais avait une fois de plus reporté un bon nombre d'entre elles.

Assaillie par toutes ces pensées négatives, elle décida de sortir manger dans un restaurant du quartier. Elle arrangea sa coiffure, retoucha son maquillage et enfila une robe décontractée. Elle s'apprêtait à partir en direction de Saint-Germain-des-Prés.

Dans le salon, le téléphone retentit. Apprenant qu'elle était libre pour la soirée, Arnaud lui proposa de dîner ensemble. Ce qu'elle accepta.

XVI

Elle s'était changée pour une tenue plus habillée : l'une de ces marinières en vogue depuis que Coco Chanel les avait imposées, un pantalon à pinces dont le bas des jambes lui battait les chevilles et se cassait sur les chaussures, et en guise de veste un grand châle signé par sa cousine. En le choisissant, elle crut voir Emy, souriante et approbatrice, qui lui faisait face. Elles se retrouvaient régulièrement, surtout le dimanche lorsque, en compagnie d'Oranne, sa compagne, elle les rejoignait au jardin du Luxembourg. Louis lui était resté très attaché et elle aussi, qui savait qu'elle n'accéderait jamais à une maternité qu'elle ne souhaitait d'ailleurs pas.

Arnaud était venu la chercher en taxi qui les avait déposés au bout de la rue de Nevers, face à la Seine et à proximité directe de la place Saint-Michel. Un instant, elle avait redouté qu'il l'invite à la terrasse de l'un de ces restaurants où se retrouvaient noctambules et musiciens de jazz après leur prestation donnée dans les nombreux caveaux tout proches, des endroits où elle aussi se produisait épisodiquement.

— Ça ne vous dérange pas de marcher un peu ? Nous allons traverser la Seine. J'ai réservé à la *Taverne d'Henri IV.* Vous connaissez ?

Elle hocha négativement la tête. À vrai dire, elle n'avait jamais beaucoup fréquenté l'île de la Cité, cette île dont on disait qu'elle était « la tête, le cœur et la moelle de Paris ». Ils s'engagèrent sur le Pont-Neuf, longèrent le quai pour parvenir au square du Vert-Galant.

En ce début de juillet, la journée s'éternisait douce et apaisante. Ils avançaient lentement, côte à côte, dans un paradis de verdure, sous les marronniers et les érables feuillus, dissimulés par les branches retombantes des saules pleureurs. Bien qu'au centre de la ville, ils évoluaient dans un cadre naturel des plus romantiques, bercés par les clapotis de la Seine dans laquelle s'ébrouaient cygnes et canards. Innocemment, elle lui avait demandé ce que signifiait ce qualificatif de « Vert-Galant ». Au pied de la statue d'Henri IV, il entreprit de lui conter l'histoire de ce roi dont l'âge mûr n'avait pas pour autant ralenti les besoins sexuels et qui multipliait les maîtresses. Il parlait en termes choisis, elle en riait de bon cœur.

Pour gagner le restaurant, ils n'eurent qu'à traverser la rue. Leur table les attendait, il l'avait réservée dès son acceptation. Entre deux plats se glissait la discussion. De toute évidence, il était plus jeune qu'elle, probablement d'une dizaine d'années, estimait-elle. Il se montrait prévenant, elle appréciait sa gentillesse. S'il n'y avait pas eu cet écart d'âge, peut-être l'aurait-elle regardé différemment, sans compter qu'il était son imprésario et, comme le proclamait Charles, son père, « on ne mélange pas le travail et la bagatelle » ! Il finit par se livrer un peu, évoquant son enfance solitaire suite à la séparation de ses parents, de cette mère qui le laissait aux soins d'une grand-mère intolérante chaque fois qu'elle partait en tournée avec l'orchestre philharmonique dans lequel elle occupait le poste de second violon. Quant à son père, il était tout aussi absent. Il avait quitté le domicile conjugal pour une danseuse des *Folies-Bergère* qu'il n'avait gardée auprès de lui que peu de mois. S'était ensuivie une longue liste de compagnes qu'il choisissait plus pour leur plastique que pour leur intelligence. Pourtant, ce père savait être là aux moments les plus importants de sa vie. Aussi ne lui en voulait-il pas vraiment.

Il s'attardait sur des anecdotes drôles. Le rire était communicatif. Elle n'osa pas lui parler de la douloureuse situation des gens de couleur dans son pays. En revanche, elle lui évoqua son frère, ainsi que toutes les rencontres musicales qu'elle avait pu faire depuis son enfance.

Les heures défilèrent et ils furent les derniers à quitter le restaurant. Il n'y eut aucun mot ni geste équivoque entre eux. Juste une sorte de tendre complicité, de celle que l'on avait envie de poursuivre. En arrivant devant l'entrée de l'immeuble où elle habitait, il se contenta de saisir son poignet et, à l'intérieur, y déposa un baiser. Lorsqu'elle ouvrit la porte de son appartement, la nuit ne l'effrayait plus. Longtemps, elle ressentit comme une caresse brûlante son souffle léger sur sa peau.

Les jours qui suivirent, elle trouva facilement à s'occuper. Le matin et son silence lui furent pesants : elle eut du mal à s'habituer à ne pas partager son petit déjeuner. Alors elle téléphonait à Brest, elle avait besoin d'entendre la voix claire de Louis pour embellir sa journée. Tout allait pour le mieux si ce n'était une certaine fébrilité dont elle ne comprenait pas l'origine.

Un soir, alors qu'elle terminait son tour de chant, elle aperçut Arnaud dans le public. Il partageait sa table avec un couple. Il se manifesta d'un signe de la main, elle lui rendit un sourire accentué. Sa chanson achevée, il se leva pour l'applaudir et s'approcha de la scène. Après avoir salué l'assistance, elle se dirigea vers lui. Elle ne cachait pas sa joie de le retrouver tel un vieil ami.

Cette nuit-là fut longue pour Lucile. Ils avaient soupé fort tard, tous les quatre ensemble. L'ambiance était décontractée malgré la disparité du couple : une femme jolie et jeune, plutôt timide, qui semblait vivre dans l'ombre de son compagnon bien plus âgé qu'elle, un homme brillant aux manières certes raffinées, mais aux allusions parfois déroutantes. Lucile avait fait exception à sa règle, elle avait fini par accepter de trinquer avec eux au champagne.

La tête lui tournait un peu quand, parvenue à la hauteur de son domicile, Arnaud l'aida à descendre du taxi. Elle ne vit pas le véhicule repartir et se laissa accompagner par Arnaud jusqu'à l'entrée de l'immeuble. Appuyée contre le chambranle, elle se pencha vers lui pour lui souhaiter un bon retour. Un geste qu'il devait espérer. Il l'enlaça, elle se débattit faiblement. Devant ses protestations, il s'écarta d'elle. Elle n'avait pas compris que ce qu'elle considérait comme du respect n'était que l'attitude du prédateur qui attend que sa victime s'abandonne volontairement à lui. Il l'avait quittée sans insister.

Submergée par des sentiments contradictoires, elle se prit à penser que ce qu'elle avait toujours désiré était peut-être sur le point de se concrétiser : une union légale avec un homme blanc, mais l'amour était-il au rendez-vous, abattrait-il les convenances et surtout vaincrait-il la barrière de l'âge ?

Une fois de plus, il avait laissé passer quelques jours avant d'aller l'attendre à la sortie de son spectacle. Organisateur de ses soirées, il savait parfaitement où la trouver. Il l'avait emmenée dîner, cette fois-ci en tête à tête. L'ambiance feutrée, la flatterie intelligente, le regard encourageant, il l'écoutait et parvenait d'un seul mot à la faire avancer sur le chemin privé de la confession.

Il réunissait le mélange ambigu des caractéristiques de son père Charles, un homme mûr et rassurant, et le charme d'une jeunesse séductrice. Tous deux s'habillaient avec la même sobriété, s'exprimaient en termes similaires, se montraient tout aussi courtois, si ce n'était qu'Arnaud usait d'une désinvolture étudiée, alors que son père avait toujours affiché beaucoup plus de retenue.

Elle n'avait pas su décliner la coupe de champagne qu'il avait commandée. Elle n'avait pas non plus retiré sa main lorsqu'il avait posé la sienne dessus et qu'il pressait doucement ses doigts. Une main si blanche qui s'attardait sur la sienne ! Lucile cheminait dans un monde d'émotions subtiles, un bien-être qui annihilait ses défenses. Elle ne réalisait pas sa vulnérabilité, elle souhaitait juste que le temps s'arrêtât.

Cette nuit-là, malgré ses bonnes décisions de la journée, elle finit par céder à ses avances qu'il ne chercha même plus à déguiser dès qu'ils furent dans le taxi qui les conduisait boulevard de Port-Royal. À peine avaient-ils franchi le seuil que la tendresse fit place à la violence du désir. Le corps imposait ses impératifs. Lucile ne s'abandonnait pas, elle participait sans soumission. Dénudés, ils roulèrent sur le grand lit d'une chambre qui lui était inconnue.

Le soleil brillait haut dans le ciel quand elle se réveilla. Elle s'étira instinctivement sous la douceur d'une main qui la caressait. Surprise, elle ouvrit les yeux. L'espace d'un instant, une sorte de panique passa en elle. Elle ne reconnaissait pas les lieux. Mais le sourire d'Arnaud qui se penchait sur elle lui rappela leurs ébats.

Tandis qu'elle se préparait dans le cabinet de toilette, elle s'interrogeait sur la suite de leur histoire. Que pouvait-elle attendre de lui ? Les années qui les séparaient pesaient lourd sur ses épaules. Il était si jeune, elle était déjà mère de famille. Elle redoutait les obstacles qui ne manqueraient pas de se dresser, alors qu'elle ne connaissait même pas les sentiments qu'il lui portait. Pouvait-elle s'autoriser à l'aimer ?

Toujours attentif, il l'attendrissait. Il lui avait déclaré que les femmes de son âge n'avaient généralement pas la maturité qu'il souhaitait trouver dans celle qu'il choisirait pour compagne. Une à une, il calmait ses réticences.

Les soirées qui s'ensuivirent ne leur furent pas toutes communes. Lui aussi avait des rendez-vous professionnels. Il négociait des contrats pour des vedettes en vogue. Parfois, il devait s'absenter quelques jours durant. Mais, dès qu'il était disponible, ils se retrouvaient toujours avec la même joie, la même fougue, et passaient la nuit tantôt chez l'un tantôt chez l'autre.

Petit à petit, elle laissa parler ses sentiments. Elle avait tellement envie de cet amour naissant, de l'entendre lui évoquer sa fierté de partager la vie de la femme belle et célèbre qu'elle était. Elle s'émerveillait de leur complémentarité. Son rêve de vouloir être aimée et de partager la vie d'un Blanc se concrétisait. Était-ce l'image du couple réussi de ses parents ou sa volonté de prouver au monde qu'une femme de couleur pouvait se faire aimer malgré sa peau d'ébène ?

La fin des grandes vacances scolaires approchait. Ils n'avaient toujours pas envisagé un avenir commun. Louis allait revenir, il ne fallait pas précipiter les choses, de peur de le choquer. Aussi décidèrent-ils de continuer à vivre séparément, le temps pour l'enfant d'accepter l'idée d'une nouvelle famille. Les projets arrivaient, elle en était aise.

Lucile avait gaiement repris le train pour Brest. Son fils lui manquait et elle en devenait impatiente. L'avenir lui souriait et elle resplendissait jusqu'au ton de sa voix. Ce que son frère remarqua. Dès qu'ils purent s'isoler, il l'interrogea abruptement :

— Tu as rencontré quelqu'un ? Tu es amoureuse ?

Elle était si heureuse de pouvoir se confier à lui, de lui demander conseil.

— Décidément… s'était-il contenté en guise de commentaire, un sourire aux lèvres.

Louis trépignait : il avait tant de choses à raconter à sa mère, et surtout il mourait d'envie de lui faire découvrir ses talents à la clarinette ! Lorsqu'il s'était jeté dans ses bras, elle en avait tout oublié sous l'intensité de l'amour qu'elle lui portait. L'espace de leurs embrassades, il était son seul univers. Une fois le calme revenu, Louis se tenait à ses côtés.

— Dis, tu veux m'écouter jouer ?

Étonnée, elle l'interrogea :

— Tu t'es entraîné au piano ?

— Ici, il n'y a pas de piano, tu le sais. Mais j'ai toujours ma clarinette, lui rétorqua son frère tout en ajoutant : il est doué, tu vas pouvoir t'en rendre compte.

Fier et intimidé à la fois, Louis se campa sur ses jambes, releva la tête, inspira profondément avant de placer le bec sur sa lèvre inférieure. Il humecta l'anche de sa salive. Ses doigts positionnés, il tira une première note un peu rauque et se reprit. Lentement, il entama par un *pianissimo* doux pour s'élever à un *fortissimo* joyeux. Bien sûr, il y eut quelques ratés, ses phrasés étaient hésitants, mais ce qu'il tira de la clarinette combinait déjà la chaleur d'un jeu traditionnel à celle d'une improvisation élégante.

Sa prestation terminée, il s'inclina comme un artiste. Lucile débordait de fierté. Les commentaires fusaient élogieux, encourageants.

— Pour un débutant, il est génial ! On sent qu'il connaît et apprécie la musique. Tu te rends compte, après seulement deux mois ? Tu devrais lui faire donner des cours, insista Antoine.

— Il étudie le piano depuis des années, rétorqua sa sœur Lucile.

Louis qui, oreilles grandes ouvertes, ne perdait pas un mot se décida à parler :

— Maman, j'en ai marre du piano. C'est de la clarinette que je veux jouer, comme tonton Antoine. Tu te rends compte qu'on peut en tirer jusqu'à quarante-cinq notes ! En plus, je pourrais l'emporter partout avec moi : ce n'est pas lourd. Je t'en prie, laisse-moi apprendre !

Lucile n'avait jamais su résister à son regard suppliant. Dans ces moments-là, il lui rappelait Bryan. Elle eut un léger pincement au cœur, elle se dit qu'il ne marcherait pas dans les pas de son pianiste de père. Elle était sans nouvelles de lui depuis longtemps. Elle s'étonnait de son silence. Il s'était montré si proche de son fils, autrefois, et voilà qu'il ne cherchait pas à le rencontrer, à lui donner l'image que Louis attendait : pouvoir mettre un visage sur son géniteur. Elle lui en voulut.

XVII

Le charme d'Arnaud opérait aussi bien sur les adultes que sur les enfants, même s'il ne se sentait pas une âme paternelle. Mais face à ce gamin d'à peine neuf ans, il se revoyait à son âge, avec des aspirations communes. Peut-être parce que alors on ne l'avait pas écouté, peut-être aussi parce que tous deux ignoraient la présence d'un père au quotidien, il s'efforça de se mettre à la portée de Louis pour partager avec lui des moments précieux d'une complicité qu'on lui avait refusée.

Bien sûr, il y eut des bouderies, surtout de la part de Louis qui, s'il accepta de bon gré de changer son décor en partant s'installer boulevard de Port-Royal, admettait mal le moindre geste de tendresse de sa mère envers son compagnon. Malgré sa volonté de se confronter à ses propres expériences, de s'affirmer par lui-même, Louis cherchait toujours l'approbation de sa mère ; ils vivaient seuls depuis qu'Emy les avait quittés, soudés comme un couple.

Les tiraillements, parfois les disputes surgirent, mais tout rentrait rapidement dans l'ordre au grand soulagement de Lucile qui ne supportait pas les reproches et encore moins les violences verbales.

À plusieurs reprises, elle partit rejoindre son frère et sa famille à Brest, surtout lorsque Rosa-Lynn et Philippe traversèrent par deux fois l'Atlantique pour venir les visiter. Louis était toujours ravi de retrouver son cousin Pierre. Et pour lui, les vacances signifiaient la Bretagne, son air salé et brûlant, l'exploration de la ville, les rencontres avec une nombreuse parentèle, les jams avec son oncle, les fous rires sans retenue, bref, une décontraction totale. Pierre ne déviait pas d'une vocation qu'il entretenait depuis ses plus jeunes années.

— Je serai docteur, et même chirurgien. Je veux sauver des vies, affirmait-il à son benjamin qui l'écoutait, admiratif.

Même si la France ressentait un besoin aigu de se divertir sourdait une anxiété provoquée par l'Allemagne. Déjà à Nuremberg, en juillet 1933, le gouvernement national-socialiste ratifiait une loi visant à purifier la race germanique. Puis, en octobre, le pays se retira de la Société des nations. Un mois plus tard, en novembre, les nazis remportaient haut la main les élections législatives. Entretenant la haine contre les Juifs, ils répandaient leur propagande jusqu'au travers de films, dont *Le Jeune Hitlérien Quex* que réalisa Hans Steinhoff à la demande de Goebbels et qui fut projeté dans de grandes salles de cinéma parisiennes. L'Europe commençait à frémir tandis qu'émeutes et contre-manifestations ensanglantaient Paris dès février 1934.

Alors, aux accords de souffrance et de joie qu'exprimait le jazz, s'opposaient la légèreté d'un Ray Ventura et le charme au travers des interprétations de Jean Sablon, Lys Gauty ou d'un tout jeune chanteur à la voix roucoulante, venu de Corse, Tino Rossi.

Un peu plus d'une année de vie commune dans l'appartement d'Arnaud s'était écoulée quand Lucile rejoignit la troupe d'une comédie musicale. Le thème avait pour ambition d'adapter librement un succès de Broadway, donné quelque temps auparavant, *The Jazz Singer*. Cette fois-ci, un véritable Noir et non plus un Al Jolson grimé, alors qu'il était parfaitement blanc de peau, jouerait le rôle principal dans un milieu à la fois juif et noir. Malheureusement, le succès ne fut pas au rendez-vous. Après une douzaine de représentations à Paris, il fut décidé de faire une tournée en province. Ne pouvant pas se dérober, Lucile engagea une gouvernante pour s'occuper de son fils qui ne manqua pas de lui reprocher une absence trop longue à son goût. Mais là encore, les amateurs de cette musique venue de par-delà l'océan ne manifestèrent qu'un intérêt très limité, et la tournée fut écourtée.

Depuis plus de dix ans que Lucile avait commencé sa carrière, elle encaissa difficilement ce revers. La fatigue s'accumulait, lui occasionnant de douloureux maux de tête et des courbatures. Jusqu'à sa voix qui souffrait de ses trop nombreuses prestations, parfois dans un milieu enfumé par les cigarettes.

On ne lui ouvrait pas les portes qu'elle aurait souhaitées, et elle reporta la responsabilité sur Arnaud, sans réaliser qu'elle avait perdu de sa spontanéité légendaire, de son entrain et que l'habitude dominait désormais quand elle reprenait l'un de ses succès.

— Obtiens-moi un contrat avec *Bobino* ou l'*Alhambra* ! Je peux tenir la scène, insistait-elle.

— Ça m'étonnerait que tu sois retenue, lui rétorquait Arnaud, mais on peut toujours tenter, se bornait-il à conclure un peu laconiquement.

Et à chaque fois, la réponse arrivait négative.

— Je vaux bien une Damia ou une Lucienne Boyer ! s'emportait-elle.

Dépitée, elle continuait à accepter des spectacles dont elle prenait conscience qu'ils ne la conduiraient pas vers les sommets espérés. Elle restait davantage à la maison, essayait de se consoler en consacrant plus de temps à son fils. Ne réalisant pas que l'adolescence se profilait, il lui arrivait de se montrer maladroite envers lui, le considérant toujours comme un très jeune enfant qui dépendait de ses directives. Le dialogue entre Louis et Lucile devint difficile, elle ne comprenait pas qu'il en arrivait à l'âge où il était gênant de parler de soi à ses parents et *a fortiori* à une mère possessive.

Parfois, elle allait retrouver sa cousine. Elle était fière d'elle et aimait l'entendre lui conter ses péripéties, sa réussite professionnelle depuis qu'elle avait créé sa propre marque. Emy rayonnait d'un bonheur au quotidien partagé avec Oranne. Lucile enviait ces petits gestes de tendresse, une simple caresse sur l'épaule, un clin d'œil, un sourire complice, des égards qu'elle ne recevait plus depuis longtemps de la part d'Arnaud.

Ensemble, elles évoquaient les États-Unis, chacune voyageant en pensées dans sa région respective. Emy revenait à Chicago, tandis que Lucile revivait sa jeunesse à La Nouvelle-Orléans. Du plus profond de son être montait la nostalgie de ces années, de sa candeur, de ses espoirs, de la chaleur du foyer familial.

— Oranne souhaiterait aller à New York, cet été. Nous en profiterions pour pousser jusqu'à Chicago. Moi, je préférerais que ce soient mes parents qui viennent à Paris. Je leur offrirais les billets. Je ne tiens pas à ce qu'elle voit la manière dont on nous traite là-bas, nous les Noirs.

— Moi, il est bien évident qu'Arnaud ne m'accompagnerait pas en Louisiane, soupirait-elle, sachant pertinemment qu'il n'avait aucune intention de le faire et qu'elle ne le souhaitait d'ailleurs pas. Quant à Louis, nous l'avons toujours préservé du racisme. Pourrait-il comprendre ? poursuivait-elle.

Les considérations arrivaient. La conclusion tombait comme un couperet :

— Nous sommes condamnées pour la seule chose dont nous ne sommes pas responsables : nos origines. Comment faire pour ne pas vivre au travers du regard des autres ? Avons-nous le droit d'exposer nos enfants à ce poison humain ?

L'évocation des siens, des lieux où elle avait grandi, la ragaillardissait l'espace de quelques heures. Mais combien sa famille lui manquait ! Le poids de ses choix et de ses responsabilités l'accablait alors qu'elle se sentait si fragile, tout autant que cette carrière qui se refusait à elle !

Dans cette atmosphère de morosité, elle supportait mal les absences d'Arnaud. Pourtant, il se montrait toujours aussi prévenant avec elle, dissimulant toutefois une exaspération qui allait croissant. Elle aurait tant aimé qu'il la serrât fort contre lui, ses bras passés autour de sa taille, ou qu'il plongeât ses yeux dans les siens, lui offrant sa force comme il l'avait si souvent fait dans les premiers temps de leur relation. Mais en signe de réconfort, au lieu d'une caresse, elle se contentait d'un tapotement léger dans son dos. Elle vibrait quand il se glissait derrière elle et l'embrassait dans le cou, réveillant ainsi une sensualité qui, elle aussi, s'émoussait.

Il savait qu'elle souhaitait toujours autant être l'héroïne d'une comédie musicale ou, mieux encore, d'un film. Le cinéma faisait dorénavant partie intégrante des distractions populaires. Les salles se multipliaient, offrant pléthore de films. Certains abordaient des thèmes sociétaux, tels que *Zéro de conduite* ou *L'Homme d'Aran*, d'autres se voulaient plus historiques, avec *L'Impératrice rouge*, d'autres ne cherchaient qu'à apporter du rêve. Marcel Pagnol, Fernandel, Michel Simon, Alfred Hitchcock, Marlene Dietrich et tant d'autres faisaient la une des journaux. Dans ses moments de parfaite lucidité, elle avait conscience que sa voix ne tenait plus la note aussi longtemps et qu'elle avait perdu de sa souplesse, de sa magie.

Heureusement, les enregistrements de ses disques continuaient à faire d'elle une vedette à part entière et la mettaient largement à l'abri du besoin. Mais elle aspirait à autre chose. Que n'aurait-elle pas donné pour voir son nom en grandes lettres à l'affiche des plus prestigieuses salles de spectacle ?

À bientôt trente-cinq ans, elle n'avait plus de temps à perdre, d'autant plus que la relève s'annonçait sous les traits d'une toute jeune Afro-Américaine, Billie Holiday, à la peau si claire qu'elle avait dû se couvrir le visage d'un maquillage noir pour se produire avec l'orchestre de Count Basie, tous musiciens de pur sang nègre. Pour le public, il n'était pas concevable qu'une chanteuse blanche accompagne une formation noire. Le hasard avait fait pousser la porte d'un club new-yorkais à John H. Hammond, producteur pour Columbia Records, un soir précisément où Billie était venue en remplacement de la chanteuse prévue. Captivé, il l'avait aussitôt prise sous son aile. À dix-huit ans à peine, elle remportait un succès fulgurant. Ses disques franchissaient frontières et océan.

Au début 1935, il était prévu le lancement d'une revue bilingue français-anglais entièrement consacrée au jazz, *Jazz Hot*, fondée par Charles Delaunay et Hugues Panassié, un admirateur inconditionnel de Louis Armstrong. Les deux hommes avaient recruté une équipe aussi bien en France qu'aux États-Unis et dans plusieurs autres pays européens. À cette occasion, un grand concert devait être donné le 23 février avec de nombreuses vedettes de cette musique conquérante. Coleman Hawkins, saxophoniste ténor, l'une des figures emblématiques de la Renaissance de Harlem, était au nombre des musiciens retenus aux côtés d'un guitariste manouche, Django Reinhardt, et d'un violoniste franco-italien, Stéphane Grappelli.

Si Arnaud réussit à ce que Lucile soit invitée à la réception, en revanche, il ne parvint pas à la faire intégrer le spectacle. Une fois de plus, elle en tira une vive contrariété, accentuée par le fait qu'au fil des pages de la nouvelle revue elle ne nota qu'un bref commentaire sur sa carrière.

Désormais, la déception l'habitait. Elle en devint irritable, s'emportait puis sombrait dans un méandre de pensées qui l'isolait du monde. Ne se sentant pas suffisamment aimée, elle réagissait en blessant son compagnon alors qu'elle ne cherchait qu'à appeler son amour, comme un jeune enfant pleure pour émouvoir sa mère.

— Arrête de jouer les stars capricieuses et reprends-toi ! lui décochait Arnaud.

Pour lui, le désamour grandissait entre chaque crise. Lentement, ce sentiment nouveau rongeait le plaisir qu'il avait connu à la retrouver à ses côtés. La tendresse persistait, mais désormais il pressentait que le mot fin viendrait s'inscrire sur leur histoire. Jusqu'à leurs ébats qui se raréfiaient et ne leur apportaient plus que la satisfaction momentanée des sens. Fini les grands élans, les embrasements, où leurs corps exultaient en communion !

— Tu devrais aller consulter un docteur ! lui suggérait-il. Tu as trop tiré sur tes nerfs et ta force. Tu es épuisée !

Elle l'avait écouté et absorbait, conformément à la prescription médicale, des petites pilules qui la laissaient la plupart du temps abattue. Mais dans ces milieux de la nuit, souvent interlopes, on pouvait trouver tout ce qui aidait à plonger dans l'irréel. Alors, pour récupérer rapidement et être présentable les soirs où elle chantait, il lui arriva de se procurer une poudre blanche illicite : de la cocaïne qui, quelques brèves heures durant, provoquait en elle un état d'euphorisant et diminuait sa sensation de fatigue.

Au lendemain matin, elle gisait sur son lit, dans une semi-léthargie qui accentuait sa souffrance. Les remords l'emportaient sur les regrets, surtout quand elle se rendait compte du regard que Louis portait sur elle. Elle se reprochait l'inquiétude qu'elle lisait sur le visage puéril de son fils. Elle en était responsable. Et consciente qu'il était du devoir d'une mère de lui éviter une si triste confrontation, elle se promettait de se ressaisir. Ce qu'elle réussissait à faire jusqu'à ce que surgisse un nouvel écueil.

XVIII

Partout sur les ondes et dans les journaux se répandait la crainte d'une nouvelle guerre en Europe. La mort du président allemand Hindenburg en août 1934 laissait les mains libres à Adolf Hitler, proclamé Führer, chef du peuple et de l'État. Face à l'annonce de la restauration du service militaire obligatoire en Allemagne qui venait à l'encontre du traité de Versailles, les nations réarmaient et prolongeaient la période d'incorporation.

Si le monde des noctambules se plongeait avidement dans les multiples distractions de la capitale, dans la journée, ouvriers, artisans et commerçants commentaient les évolutions d'une situation qui se faisait chaque jour un peu plus difficile pour eux. La crise monétaire sourdait, éloignant les nantis d'un petit peuple qu'on étourdissait à coups de films. Rien qu'en France, en 1935, on dénombra près de cent cinquante nouvelles sorties.

À force de frapper à toutes les portes, Arnaud avait fini par trouver un réalisateur prêt à confier un rôle à Lucile. Il ne lui octroyait pas le premier rôle en raison de la couleur de sa peau qui ne correspondait pas à l'héroïne, ce qui toutefois ne l'empêchait pas d'incarner un personnage d'importance dans l'histoire.

Quand il le lui annonça, elle n'en sauta pas de joie. Elle se montra tout d'abord plutôt réticente : elle attendait mieux.

— Lis le scénario ! Tu verras, c'est un sujet intéressant.

Elle se raisonna aussitôt. Après tout, il lui fallait bien débuter. Elle était certaine qu'elle s'imposerait dans le monde du cinéma, même si les années commençaient à la marquer. Ainsi, elle lui prouverait qu'elle savait s'adapter, qu'elle avait toujours belle allure et qu'elle était encore capable de séduire.

Arnaud lui échappait, elle en était consciente même si elle refusait d'admettre l'évidence. On murmurait qu'il avait une maîtresse, une jeune actrice qui n'hésitait pas à se dénuder dans le spectacle *Viens poupoule* qui brûlait les planches de l'*Alcazar*. Les bruits étaient venus jusqu'à elle, la meurtrissant plus qu'elle ne l'aurait pensé. Au-delà des sentiments troubles qu'elle lui portait encore, c'était la jeunesse de sa concurrente qui la blessait. Alors ce rôle représentait un nouveau départ.

— Ce soir, nous avons rendez-vous avec Carl Elmer. C'est lui qui finance et il tient à choisir ses acteurs. Fais-toi particulièrement belle ! Ensorcelle-le !

Elle avait enfilé une robe de crêpe de Chine, toute droite et très sobre, sortie de la maison Robert Piguet, ce prince de la mode, dont la simplicité des créations attestait de son goût du raffinement. Elle l'assortit d'une étole de fourrure. Au coup d'œil que lui lança Arnaud, elle comprit qu'elle avait bien choisi.

Louis aussi l'observait. Sa mère, il la trouvait si belle, si élégante ! Mais là, c'était pour les autres. Son regard s'emplit de tristesse. Encore un soir qu'ils ne partageraient pas… L'espace d'un instant, elle en éprouva du remords. Elle se baissa pour l'embrasser, elle supportait toujours mal de le décevoir.

— Aux prochaines vacances, nous irons à Brest. Je resterai plusieurs jours avec toi, lui chuchota-t-elle à l'oreille, en guise d'excuse.

À peine le taxi quittait-il les Champs-Élysées qu'il s'arrêta devant l'*Hôtel George V.* Des portiers en tenue impeccable encadraient la grille savamment travaillée de l'entrée. L'un d'eux se précipita pour aider Lucile. Elle n'avait encore jamais franchi le seuil de ce palace dont on disait qu'il était l'un des plus prestigieux de la capitale.

Dans le hall majestueux ouvert de larges arches et de fenêtres magistrales, elle se sentait presque perdue. Autour d'elle s'étalait un luxe inouï, dont elle ne soupçonnait pas l'existence. Jusqu'au moindre détail qui était étudié avec le plus grand art : tapisseries, tableaux, mobilier, elle ne savait plus où poser son regard.

— M. Elmer vous attend au bar, si vous voulez bien me suivre.

Ils emboîtèrent le pas au garçon dans une immense galerie. Il s'effaça pour les laisser passer lorsqu'ils arrivèrent dans une pièce feutrée d'où s'échappait la suavité indescriptible des cigarettes de prix.

Carl Elmer se leva pour les saluer et baisa la main de Lucile. Il en profita pour la détailler. À voir son air satisfait, il était évident qu'elle lui plaisait. Tandis qu'ils échangeaient quelques banalités, il ne se priva pas de la dévisager. Elle en fit de même. Il était plus jeune que ce qu'elle se l'était imaginé : la cinquantaine à peine. Les cheveux bruns tirés en arrière, il affichait une aisance doublée d'une bonhomie démentie par la dureté que l'on pouvait déceler au fond de ses yeux. Vêtu avec une sobriété recherchée, il était plutôt bel homme et il l'impressionnait.

Elle n'osa pas refuser le cocktail qu'il lui fit servir.

— Trinquons à cette rencontre en espérant qu'elle débouche sur quelque chose de concret !

On l'avait informé de son parcours de chanteuse et il voulait connaître ses motivations. Il hochait la tête à chacune de ses réponses.

— Par contre, il faudra travailler votre accent. On verra ça le moment venu.

Lucile, un peu grisée par l'alcool, impressionnée par la majesté de l'endroit et cette éventuelle nouvelle carrière, retrouvait pleine confiance en elle.

— J'espère que vous n'avez rien prévu pour ce soir, je vous garde à dîner.

Dans ce luxe opulent, entre colonnes altières et hautes gerbes de fleurs, on s'exprimait à voix feutrée pour ne pas troubler l'ambiance des lieux. Tous trois avaient opté pour un souper léger entre huîtres et turbot, qui convenait parfaitement à Lucile. Pour ne pas décevoir leur hôte, elle accepta un verre d'un vin blanc dont il ne tarissait pas d'éloges.

— Ce n'est guère pratique de discuter gros sous ici. Je vous propose de prendre le dessert dans ma suite. Nous pourrons parler chiffres.

Elle eut un sursaut et interrogea du regard son compagnon. Il opina de la tête comme pour lui signifier qu'il n'y avait rien de choquant. Elle se sentait un peu étourdie, comme évoluant dans un monde onirique.

La première chose qu'elle remarqua en entrant dans le petit salon qui précédait la chambre, ce fut le généreux bouquet qui trônait sur la console : au milieu d'un feuillage tendre dominait une branche de magnolia fleurie d'un délicat rose mauve. Ce magnolia emblème de la Louisiane la ramena à La Nouvelle-Orléans, jusque dans la cour du *Spotted Cat* où s'imposait robuste cet arbre que tout jardin louisianais se devait de compter. Elle y vit comme un présage heureux. Sur une table basse nappée de dentelle, on avait dressé un plateau de douceurs ainsi que trois verres et une bouteille encore bouchée.

— Une belle femme mérite toujours un grand champagne, lui avait-il glissé à l'oreille, de sa voix un peu rocailleuse qui trahissait des origines teutonnes.

Confortablement installés dans des fauteuils moelleux, Lucile et Arnaud écoutaient leur hôte leur détailler ce qu'il attendait de sa future actrice, du programme prévu pour le tournage. Lorsqu'on en arriva à la rémunération, il balaya d'un geste de la main l'argument et tendit un papier à Arnaud sur lequel était inscrit un chiffre.

— Ce dont nous étions convenus, n'est-ce pas ?

Arnaud approuva et transmit le montant à Lucile. La somme était élevée, bien au-delà de ce qu'elle espérait. Un délicat bonheur l'envahit : enfin, on reconnaissait sa valeur et ses capacités ! Tout en fumant, les deux hommes échangeaient, elle les interrompit à plusieurs reprises de ses questions.

— Profitons de ces biscuits, ils se marient si bien avec le champagne, insista Carl en lui tendant le plateau argenté, tout en précisant : C'est une fabrication artisanale réservée aux grandes occasions.

Une étrange odeur douceâtre emplissait la pièce. La tête lui tournait un peu, mais la joie l'habitait, une décontraction qu'elle n'avait plus connue depuis bien longtemps. La soirée s'éternisait sans que la fatigue vienne l'agresser. Carl s'était levé pour se placer derrière elle. Il entreprit de lui masser les épaules. De chaudes sensations envahissaient son corps. Elle ressentait avec une vive intensité le moindre contact de ses mains posées sur elle. Elle n'avait aucune envie de le repousser.

Sur un signe discret de Carl, Arnaud avait quitté la pièce, les laissant seuls. Les lumières pourtant tamisées agressaient Lucile. Bientôt, ils se retrouvèrent dans la salle de bains. Elle éprouvait un violent besoin de se rafraîchir et se pencha sur le lavabo. C'était le moment qu'il attendait. Il avait promptement relevé sa robe et arraché sa culotte tout en la maintenant la poitrine plaquée dans la vasque. Elle poussa un cri de douleur quand il la pénétra brutalement. Il poursuivit la quête de sa jouissance sans se soucier de celle de sa partenaire. Petit à petit, elle aussi se laissait gagner par le plaisir. Leur relation fut violente, à la limite de la bestialité. Elle acceptait ses obscénités, gémissait avec lui, s'offrait à lui sans retenue. Lorsque enfin ils se détachèrent l'un de l'autre, il hésita un bref instant et l'entraîna dans la chambre.

— Maintenant, à toi de jouer, montre-moi ce que tu sais faire ! lui ordonna-t-il en s'allongeant sur le lit.

Sa demande ne la choqua même pas. Les sens exacerbés, elle ne réalisait pas l'état de désinhibition dans lequel l'avaient plongée les biscuits au cannabis qu'elle avait consommés sans se méfier. À cela s'ajoutaient l'alcool qu'elle avait absorbé et les fumées délétères de la drogue qui s'échappaient en volutes des cigarettes.

Leurs ébats se poursuivirent tard dans la nuit. Elle s'était écroulée dans un sommeil psychédélique et ne l'avait pas entendu quand il s'était levé, s'était préparé et avait quitté la chambre.

Le réveil lui fut pénible. Sa tête explosait, son corps était douloureux. L'esprit confus, elle parvint petit à petit à reconstituer en partie sa soirée orgiaque. Elle émergeait d'un mauvais songe. Elle se saisit d'une bouteille d'eau et d'un verre qui se trouvait à portée de main. Elle éprouvait un violent besoin de s'hydrater.

Elle inspecta la pièce, elle était bien seule. Alors qu'elle s'attendait à un commentaire, une phrase gentille de la part de son partenaire, elle ne découvrit qu'un mot laconique bien en vue sur sa table de nuit : *Commande un petit déjeuner ! Tu laisseras la clé au portier au rez-de-chaussée, en partant.* Rien d'autre ! Elle n'avait servi que de jouet sexuel, presque l'objet d'un chantage. Arnaud avait-il été son complice ?

Les lieux ne lui paraissaient plus aussi beaux que la veille. Elle s'attarda dans la salle de bains, comme par besoin d'évacuer une fange dont elle se sentait recouverte. Elle ne comprenait pas comment elle avait fait pour céder à ce marché de dupes. L'odeur ambiante lui rappela celle de ces boîtes de fin de nuit où de bouche en bouche on se repassait des cigarettes roulées avec cette herbe prohibée qu'était le cannabis. Quelle sotte avait-elle été !

Elle avala une rapide collation. Avant de refermer la porte derrière elle, elle regarda avec un certain dégoût la chambre : elle éprouvait le besoin de s'en évader, et presque comme une voleuse déposa les clés sans attendre sur le rutilant comptoir de la réception.

XIX

L'APPARTEMENT DE PORT-ROYAL était lui aussi déserté. À présent, elle était certaine de la complicité d'Arnaud : il l'avait ni plus ni moins vendue pour un contrat alléchant. Subitement, le doute l'envahit : maintenant qu'il avait obtenu ce qu'il cherchait, ce producteur allait-il tenir parole ? Comment avait-elle pu ainsi aliéner son libre arbitre ? La culpabilité se profilait, s'imposait. Une fois de plus, elle prit un bain comme pour se laver de sa souillure. Elle frotta si fort qu'elle en ressentit des brûlures.

Arnaud entra, tout radieux. Il l'embrassa rapidement sur la joue, lui claqua une main sur la fesse, un geste trivial qui accentua sa colère.

— Bravo ! Tu as le contrat. Le tournage débute la semaine prochaine ! Tu as bien joué !

— Tu le savais…

Elle ne parvint pas à terminer sa phrase. La contrariété l'étouffait encore plus que la honte.

— Je ne pouvais rien faire hier soir. Je ne voulais pas provoquer un esclandre. J'espère qu'il ne t'a pas maltraitée.

— Donc tu étais au courant de ce qui allait se passer, insista-t-elle, furibonde.

Le ton était sec, détaché, ses yeux étaient enflammés. Il ne fallait surtout pas la bousculer. Alors, cherchant ses mots, il s'approcha d'elle. Elle le repoussa.

— J'ai essayé de te l'éviter. Mais je savais combien c'était important pour toi de décrocher un rôle. Seulement, tu ne t'appelles pas Garbo ou Annabella ! Ce Carl Elmer est richissime et aime les belles femmes. Il investit dans le cinéma. Si on lui plaît, on a tout gagné.

— Tu parais bien le connaître. Je suppose que ce n'est pas la première fois que tu lui amènes ainsi une proie pour assouvir ses fantasmes.

Il préféra s'abstenir de répondre. Il ne cherchait pas à la blesser. Pourtant, vexé, il ne put s'empêcher de lui lancer :

— Ce rôle, tu le voulais, tu l'as ! C'est une pratique courante, et pas que dans ce milieu. Alors qu'est-ce que représentent quelques heures contre une carrière ?

Elle n'avait pas répliqué et lui avait tourné le dos. Ce fut à partir de cette scène qu'ils se mirent à faire chambre à part. Elle avait besoin de prendre du recul, de chercher un nouvel appartement. Mais la fatigue étouffait son envie, la transformant en velléité. Entre essayages et étude du script, elle n'eut guère le temps d'envisager sérieusement un déménagement.

Louis lisait la tristesse dans ses yeux. Il faisait tantôt le pitre pour l'amuser, tantôt il s'efforçait de lui parler comme un homme. Étrange sentiment que de voir les rôles s'inverser avec l'enfant qui prenait des allures de parent. Pour Louis, une chose était certaine, sa mère lui était revenue. Il n'avait plus à la partager avec Arnaud. Elle s'en était éloignée.

Le premier jour du tournage, Carl Elmer était présent sur le plateau. Elle évita son regard, ses jambes vacillaient, ses joues la brûlaient d'une honte invisible. Il avait été témoin de sa faiblesse, il connaissait trop bien son corps et ses parties les plus intimes. Elle se morigéna, il lui était indispensable de surmonter une nervosité qui accentuait son trac habituel, la rendant encore plus vulnérable.

Il la salua d'un geste discret de la main et ne lui prêta guère attention. Après quelques prises de vues, il se leva et, en compagnie d'une jeune starlette outrageusement maquillée, qui badait devant lui, il quitta le plateau.

Elle ne tournait pas tous les jours et pouvait donc ainsi passer davantage de temps avec Louis. Elle ne l'avait jamais autant observé : il changeait tellement ! Elle n'aimait pas l'inquiétude qu'elle décelait dans son regard et s'en sentait responsable. Il avait perdu de sa spontanéité puérile. Son rire n'était plus aussi limpide, il se montrait trop réfléchi pour son âge. La rébellion sourdait au travers des jugements qu'il portait. Seules des sautes d'humeur rappelaient à Lucile qu'il n'était encore qu'un enfant.

— Est-ce qu'un jour on aura une vraie famille ? l'interrogea-t-il un soir d'un ton le plus sérieux du monde.

— Pourquoi ? Nous n'en sommes pas une ?

Sa réponse tomba avec une pointe de critique acide :

— Normalement, dans une famille, il y a un père et une mère. Et Arnaud est loin d'être un père ! Surtout que tu ne l'aimes plus comme avant. J'aimerais bien avoir moi aussi un père, un papa, et une mère comme tout le monde, des grands-parents. Je dois bien avoir un père moi aussi…

Leur conversation avait ébranlé Lucile qui s'était efforcée d'agir au mieux en toutes circonstances. Assurant le rôle des deux parents, elle avait toujours refusé d'éloigner son fils dans l'un de ces internats où l'on formait l'élite. Le jugement de Louis l'obligeait à réfléchir à une remise en cause de leur situation. Elle ne savait pas quoi lui opposer en faveur de Bryan et pourtant il fallait qu'elle lui parle de lui. Alors, usant de mots mesurés, elle évoqua sa présence auprès de lui les toutes premières années, les aspects de leur métier qui avaient fini par les séparer, les courriers qu'elle recevait de lui et qu'elle fit moins rares : il avait envie de la croire.

Bien des nuits, dans la solitude de sa chambre, elle réfléchit à ses priorités. La conclusion arrivait, incontournable : elle devait réorienter sa carrière, sa vie. Mais l'éventualité d'un père aimant lui paraissait difficilement réaliste. L'image de Bryan dansa une nouvelle fois devant ses yeux. Pourquoi ne pas le rechercher, savoir ce qu'il était advenu de lui, et, le cas échéant, permettre à Louis de le rencontrer ? Qu'au moins il puisse mettre un visage sur son géniteur ! Elle sollicita son ancien imprésario ainsi qu'Emy pour l'aider dans sa quête.

Quelques semaines plus tard, elle apprenait qu'il figurait au nombre des acteurs favoris d'Oscar Micheaux, cet écrivain noir devenu réalisateur et producteur de films souvent adaptés de ses romans. Bryan avait fait ses débuts dès 1931 dans *The Exile*, le premier film parlant afro-américain. Au travers de ses choix, Oscar Micheaux s'attachait à balayer les stéréotypes dévalorisants réservés aux acteurs noirs. Il n'hésitait pas à aborder le problème des mariages mixtes, mais également le racisme entre Afro-Américains eux-mêmes selon les nuances plus ou moins prononcées de leur peau.

Elle était heureuse pour lui, mais lui en voulait malgré tout quelque peu de ne jamais s'être manifesté comme il le lui avait assuré. Après tout, il avait un fils ! Il semblait l'avoir occulté ! Elle essayerait de le contacter.

En ce qui la concernait, le tournage lui prit moins de deux mois. On allait arriver à l'été. Mais le film ne serait abouti qu'à la rentrée de septembre. Jusque-là, sa présence n'était plus nécessaire.

De plus en plus défilaient dans ses pensées les images de La Nouvelle-Orléans. Elle revoyait ses parents, ils lui manquaient tant ! Louis les connaissait si peu… Elle avait presque oublié les contraintes inhérentes à la couleur de sa peau et à celle de son fils. Mais à près de douze ans, il saurait se plier aux interdits même s'il s'insurgeait, estimait-elle. Tous les deux avaient besoin de réintégrer leur famille et de se fondre, au moins pour quelques semaines, dans le pays de leurs origines.

Elle avait longtemps hésité, réalisant déjà le déchirement qu'elle subirait lorsqu'il serait question de revenir à Paris. L'attrait du voyage, les retrouvailles avec les siens, la force de son père, la sagesse de son grand-père, sa mère et sa tendresse sans faille, l'affection et le franc-parler de sa grand-mère l'emportaient à présent sur toute autre considération.

Le soir, elle s'endormait en pensant à eux et la dernière image restait le visage sérieux de son père. Il s'imposait à elle, plus que tout autre membre de sa famille. Mentalement, il lui arrivait de s'adresser à lui, juste quelques mots rassurants plus pour elle-même que pour lui.

Les grandes vacances se profilaient et Louis, ignorant les projets de sa mère, espérait bien les passer à nouveau à Brest. Pour lui, à travers ses yeux d'enfant, rien n'égalait la Bretagne !

Quand elle lui annonça qu'elle avait retenu des places à bord du paquebot *Normandie* qui faisait la une des journaux depuis que la date de son lancement avait été arrêtée, il hésita un instant, la faisant subitement douter de ses choix, puis il sauta de joie.

— Ne t'excite pas ! Nous ne serons pas du voyage inaugural. Nous embarquerons le 3 juillet, un mercredi. Cela te permettra d'aller pratiquement jusqu'au bout de ton année scolaire. De toute façon, tu auras passé ton examen. Il n'y aura plus qu'à attendre les résultats.

Le *Normandie* ! Un nom qui faisait rêver la France entière depuis que, le 29 mai, le paquebot avait appareillé vers 16 heures pour franchir, quelques minutes plus tard, la digue du Havre. La radio relatait sans discontinuité son départ à destination de New York. Fleuron de la Compagnie générale transatlantique, il portait dignement les couleurs de la France. Plus grand paquebot du monde, sa longueur équivalait à la hauteur de la tour Eiffel, il représentait l'apogée de la construction navale tant par sa conception, son architecture, sa modernité que son luxe et son confort. Dès son premier voyage, il avait assis sa suprématie en décrochant ce Ruban bleu qui flottait fièrement en haut de son mât, pulvérisant tous les records de vitesse.

Louis entreprit de rassembler un maximum de parutions consacrées à ce géant des mers, empilant soigneusement dans sa chambre les numéros de *L'Illustration* qui lui dédia à plusieurs reprises sa une, collectionnant cartes postales et articles, ainsi que les médailles battues à l'occasion de son lancement.

Il n'avait pas besoin d'interroger sa mère pour en apprendre sur les Plaissant. Loquace, elle les évoquait entre deux soupirs, deux rires : les yeux perdus dans ses souvenirs qu'elle était si heureuse de partager avec lui.

Maintes fois, elle essaya d'aborder avec lui le racisme et ses contraintes. Cette notion lui était difficilement compréhensible, car dans son école il côtoyait des enfants venus de tous horizons. Certes, ils n'étaient qu'une infime minorité, généralement des fils de diplomates, mais ils avaient tous quelque chose à raconter. De temps à autre, quelques réflexions désobligeantes fusaient, mais elles étaient vite réprimées par le personnel enseignant.

Elle avait commencé à tout empaqueter en vue de leur futur déménagement. L'appartement qu'Arnaud occupait était en fait celui de ses grands-parents maternels décédés, et dont sa mère avait hérité. Elle n'avait jamais voulu s'y installer, lui préférant un logement à l'agencement plus moderne, aux espaces plus ouverts et plus lumineux, même s'il s'avérait d'une superficie moindre. Elle l'avait donc laissé à son fils qui, au contraire, appréciait son côté vieillot lui rappelant ses aïeux pour lesquels il gardait un souvenir attendri. Elle n'éprouvait aucune attirance pour le « vieux », comme elle le déclarait volontiers, tandis que lui aimait le vécu. À l'exception du salon au plafond mouluré et d'une cuisine où l'on pouvait prendre le petit déjeuner à plusieurs sans se gêner, les autres pièces étaient de dimensions plutôt petites. Elles s'articulaient le long d'un couloir rectiligne. Deux étroites salles de bains offraient un confort indispensable.

Dans une chambre mitoyenne de celle qu'elle occupait, elle empila ses premiers cartons et bagages. Chaque jour, elle en rajoutait. La porte fermée, personne ne pouvait deviner que les lieux étaient les témoins d'une histoire qui se terminait.

Non seulement, dans l'immédiat, elle était soulagée de ne plus avoir à retourner sur le plateau de tournage, mais également d'avoir arrêté ce voyage à destination de La Nouvelle-Orléans. Trouvant le prix exorbitant pour une traversée en première, elle avait opté pour une cabine double en classe touriste.

En attendant la rentrée de septembre, elle avait besoin de se retrouver face à elle-même, et elle ne cherchait pas à se projeter. Elle était lasse de cette vie aux espoirs tronqués. Jusqu'à sa voix qui pâtissait de son état de fatigue.

XX

Elle ne s'était guère attardée après son tour de chant. Comme à l'accoutumée, le barman avait déposé dans la loge réservée à l'orchestre une bouteille thermos contenant un thé brûlant adouci de miel. Elle se racla la gorge et apprécia à petites gorgées le liquide lénifiant. La tension du spectacle retombait. Elle échangea sa tenue de scène contre un ample tailleur-pantalon confortable.

Elle était satisfaite de sa soirée. Elle s'était oubliée dans ses interprétations, se libérant de son chagrin. Sa voix montait de son tréfonds. Le public l'avait perçu et, reconnaissant, l'avait chaleureusement applaudie. Elle passa par le bar pour qu'on lui appelle un taxi. Il était trop tard pour espérer en trouver un maraudant à proximité, et elle ne tenait pas à rester plantée sur le trottoir. Après avoir enchaîné une dizaine de chansons, elle se sentait fourbue. Le barman s'exécuta avec un large sourire et un mot gentil. Encore un petit détail auquel elle était sensible.

Arrivée à l'appartement, elle se fit le plus discrète possible. Dans la chambre voisine de la sienne, Louis dormait profondément. Malgré sa fatigue, elle ne parvenait pas à trouver le sommeil. Les rideaux tirés laissaient filtrer la lumière que répandaient les réverbères urbains empêchant l'obscurité de s'imposer. Sa joie s'était dissipée, chassée par un indéfinissable malaise. Elle recherchait l'image de son père, mais pour la première fois celle-ci se refusait à elle, ne lui offrant plus qu'une ombre. Déstabilisée, elle essaya de se concentrer sur leur futur lieu de résidence. Il serait de toute évidence fonction de l'école de Louis. Son année scolaire avait été satisfaisante. Il allait passer tout prochainement l'examen d'entrée en classe de sixième. Au vu de ses notes de l'année, ses professeurs étaient confiants et l'avaient déjà recommandé auprès de deux lycées qui n'attendaient plus que les résultats finaux pour accepter son dossier.

Alors qu'elle s'assoupissait enfin, la sonnerie stridente du téléphone résonna dans l'appartement, la faisant sursauter. Qui donc pouvait appeler à une heure pareille ? Elle jeta un œil sur le réveil, il indiquait 3 heures. La première idée qui lui vint à l'esprit fut de craindre pour Arnaud. Avait-il eu un accident ? Elle bondit hors de son lit pour décrocher au plus vite le combiné et ne pas perturber le sommeil de son fils.

— Pardonne-moi de t'appeler en pleine nuit. Surtout que tu dois être rentrée depuis peu et très fatiguée. Mais je viens juste d'être prévenu d'une mauvaise nouvelle.

La voix de son frère était lourde, rauque, on aurait dit qu'il retenait des sanglots. L'angoisse la saisit avant même qu'il poursuive.

— Qu'est-il arrivé ? Grand-père ? Grand-mère ?...

Elle perçut comme un halètement. Son frère lâcha, dans un souffle presque violent, juste trois mots qui tombèrent comme un couperet :

— C'est papa.

Tétanisée, elle ne parvenait pas à prononcer la moindre parole. Le son s'arrêtait au bord de ses lèvres. Antoine inspira un grand coup et reprit :

— Il nous a quittés. Le docteur n'a rien pu faire. Il est tombé d'un seul coup. On n'a même pas eu le temps de le transporter à l'hôpital, c'était fini.

Complètement hébétée, elle parvint seulement à prononcer :

— Mais, mais…

Comme une fulgurance, l'image de leur père, telle qu'elle s'imposait à elle depuis plusieurs nuits, lui apparut. Non ! Ce n'était pas possible, elle devait rêver. Son frère ne contint plus les larmes qui l'étouffaient et s'abandonna sans honte à son chagrin. Tous les deux hoquetant à chaque bout du fil, ils évoquaient le drame qui les frappait. Elle l'interrogeait, il ne pouvait que lui répéter le peu qu'il savait.

— Je vais téléphoner à maman, finit-elle par émettre dans un souffle douloureux.

— Elle est effondrée. C'est elle qui m'a appris sa disparition. Elle n'avait pas la force de te l'annoncer. Elle m'a demandé de le faire. Par contre, elle attend ton appel, elle me l'a dit. Là-bas, avec le décalage horaire, il n'est que 20 heures.

Ils étaient restés encore quelques minutes ensemble, ne parvenant pas à rompre ce fil ténu qui les reliait et qui leur permettait d'échapper au silence.

— Rappelle-moi après que tu as parlé à maman !

Dès qu'il eut raccroché, elle fit demander le numéro du *Spotted Cat*. Une demi-heure plus tard, elle put joindre sa mère. La voix gutturale, étrangement caverneuse, de Rosa-Lynn lui imposa la triste réalité qu'elle se refusait à intégrer.

Les explications arrivaient, surréalistes. Comment une vie pouvait-elle s'interrompre si rapidement, sans prévenir ? Jusque-là, elle n'avait jamais envisagé la disparition de l'un de ses proches. Bien sûr, elle connaissait l'âge avancé de ses grands-parents, mais ils étaient toujours là avec leurs rides et leurs corps fatigués. La question fatidique s'imposa :

— Et pour… l'enterrement ?

— Je te tiendrai informée, mais je réalise bien que ni toi ni ton frère vous ne pourrez être là pour la cérémonie. Le voyage prend trop de temps. D'ici à ce que tu arrives, ce sera fait. On ne peut pas faire autrement.

Elle se reprit entre deux sanglots :

— Il était si heureux de savoir que toi et le petit alliez passer quelque temps à la maison…

Hors du monde et hors du temps, Rosa-Lynn s'était mise à parler. Elle en avait besoin, comme pour exorciser la violence de sa peine, de l'amputation d'une partie de sa vie qui n'existerait plus dorénavant qu'au passé. Lucile l'écoutait dérouler son récit, mêlant le présent à cet imparfait redoutable. Sa mère enchaînait les anecdotes, passant d'une époque à une autre. Sa voix était redevenue douce et attendrie. Elle ne pleurait plus. Lucile se retenait de sangloter, mais ne pouvait empêcher les larmes de déborder de ses paupières. Des larmes lourdes, brûlantes, mais silencieuses comme par respect pour sa mère qui égrenait ses souvenirs pour ne pas s'engluer et sombrer.

La fatigue la trahissait, la tête dodelinant, elle s'endormait presque tandis que Rosa-Lynn poursuivait son évocation entre de gros soupirs. Soudain, la clé grinça dans la serrure de la porte d'entrée. Arnaud était de retour. La lumière dans le salon attisa sa curiosité.

— Tu n'es pas encore couchée ?

Lucile lui tournait le dos. Quand elle se retourna, il décela aussitôt que quelque chose de grave venait de se produire. À l'autre bout du fil, sa mère avait compris qu'elle n'était plus seule et réalisa l'heure particulièrement tardive qu'il se faisait à Paris. Elle balbutia une excuse pour l'avoir aussi longuement retenue tandis que Lucile lui promit de la rappeler tout en tenant compte du décalage de sept heures qui bousculait leurs emplois du temps respectifs.

Entre deux hoquets, elle annonça la triste nouvelle à Arnaud qui à son tour était prêt à l'écouter. Assis auprès d'elle, de son bras il entoura ses épaules d'un geste protecteur. Il était sincèrement ému, elle lui en était reconnaissante.

— Ta mère a raison, pars comme prévu ! Louis doit passer son examen. Tu ne peux pas lui faire louper son année ! À ajouter à ça, le trajet qui prend au moins une semaine : déjà pour te rendre au Havre, et puis de New York à La Nouvelle-Orléans.

— J'en suis bien consciente.

Il se leva et revint avec deux comprimés et un verre d'eau.

— Tiens ! Avale !

Devant sa réticence, il lui précisa :

— De l'aspirine, tout simplement sortie des Usines du Rhône.

Une fois le choc atténué, elle rappela son frère à Brest. Après la douleur et les larmes s'invitèrent la colère, le désarroi et l'incompréhension. Pour Antoine aussi, il était évident qu'il ne pourrait pas être présent aux funérailles de leur père. Le temps de trajet était rédhibitoire.

À cette époque de l'année où les jours laissaient peu de place à la nuit, la lumière matinale commençait à percer derrière les volets fermés. Les réverbères étaient éteints. Les rues n'avaient pas encore retrouvé leur effervescence. Le silence envahissait un espace qui s'agrandissait au fur et à mesure que l'aurore pointait.

Lucile ne s'était pas recouchée malgré la somnolence qui l'agressait. Alors que sa tête dodelinait surgissait le visage de ce père qui l'avait quittée, qui ne lui avait pas offert un dernier au revoir. Elle lui en voulait presque de son abandon, sans réaliser qu'il était la première victime. Elle était restée lovée dans un fauteuil, repliée sur elle-même dans la frilosité feutrée de cette journée naissante.

Le réveil sonna, itératif, agressif. Elle s'ébroua, inspecta la pièce : rien n'avait changé, le moindre bibelot était à sa place. La féroce immuabilité des objets la laissait seule avec son désarroi. Rien ne s'accordait avec sa peine. Elle se dirigea vers la salle de bains, il lui fallait faire bonne figure devant Louis. Elle ne savait pas quand elle lui apprendrait la triste nouvelle. Peut-être valait-il mieux attendre son retour de l'école... Dans l'immédiat, elle gagna la cuisine pour lui préparer son petit déjeuner.

— Maman, attention, tu fais des bêtises !

Lucile sursauta et releva la tête vers son fils. Elle put lire la surprise dans ses yeux, une interrogation à laquelle elle ne pouvait échapper. Regardant ce qu'elle était en train de faire, elle se rendit compte qu'au lieu de verser le lait dans une casserole elle le vidait dans l'évier. Elle s'excusa. Mais Louis avait compris que sa mère rencontrait un problème. Il avait toujours fait preuve d'une certaine perspicacité la concernant, d'autant plus accentuée par leur proximité au quotidien, une osmose qui s'apparentait à ce couple indéfectible d'un fils et de sa mère dans un foyer sans père.

Les mains posées sur le rebord de l'évier comme pour mieux se tenir, elle sentit les larmes revenir. Pas un sanglot convulsif, seulement quelques larmes douces qui débordèrent de ses paupières pour rouler lentement sur ses joues. Après tout, il avait le droit de connaître la raison de sa tristesse.

— Cette nuit, j'ai reçu une mauvaise nouvelle de La Nouvelle-Orléans : nous ne verrons plus ton grand-père Philippe.

— Tu veux dire qu'il est mort ?

Il avait lâché ce mot couperet qu'elle n'avait pas osé prononcer de peur de le choquer. Il en était à l'âge où il avait besoin de comprendre ce qui se passait autour de lui. Elle réalisa qu'une dérobade n'aurait pu être qu'une source d'angoisse pour lui. Alors elle lui parla, lui répéta ce qu'elle avait appris.

Il l'observait d'un regard mouillé. Il souffrait de la peine de sa mère. Son grand-père, il l'avait si peu connu ! Les sentiments qu'il lui portait étaient plus basés sur le respect et l'admiration de sa prestance, de son charisme que sur une affection profonde. Même s'il possédait l'expérience de l'absence, il était encore un peu trop jeune pour comprendre l'irréversibilité de la mort.

Par téléphone interposé, la famille se retrouva fréquemment dans les jours qui suivirent. Rosa Lynn expliquait. Comme un secret, elle garda pour elle qu'il ne se passait pas d'heure sans qu'elle s'adresse à Philippe ; elle avait l'impression qu'il était toujours présent à ses côtés, qu'il l'écoutait, qu'il l'observait.

Là-bas, au *Spotted Cat*, la porte d'entrée était tendue de ce drap noir du deuil. Les amis se succédaient devant le cercueil, discutaient, entouraient la veuve. Une table était dressée comme le voulait la coutume. Café, bière, rhum ou encore whisky accompagnaient tartes à la noix de pécan et cakes divers confectionnés par le père boulanger-pâtissier de Mathieu, le chef cuisinier. On trinquait à la santé du mort, pas trop fort de peur de le gêner dans son voyage pour l'au-delà. Le restaurant avait fermé ses portes au moins pour une bonne semaine. Mais tout le personnel défilait devant le disparu, comme une visite que l'on rendait à un ami. Chacun le regrettait.

Martha, la gouvernante, restait aux côtés de Rosa-Lynn. Son fils Abraham, avocat reconnu, s'était déchargé de certains de ses dossiers auprès de ses collaborateurs. Depuis toutes ces années qu'il gérait les comptes du *Spotted Cat*, il était au courant de tout ce qui concernait l'établissement.

Entre Philippe du Plaissant et lui, confiance et respect avaient assis leurs relations de travail. Tout comme sa mère, quelque part il appartenait au clan des Plaissant. Il lui revenait tout naturellement de tout régulariser.

Sur le carnet où il notait les grands événements de leur vie, Philippe du Plaissant avait inscrit les références de deux proches. Il avait recommandé à Abraham, que tous surnommaient Aby, de ne pas hésiter à faire appel à eux en cas de problème, le jour où il serait incapable d'y faire face lui-même.

L'un était cet avocat new-yorkais, Kenan Meagher, dont l'amitié avait perduré malgré les années et les distances. Ils avaient fait leurs études ensemble. Quant à l'autre personne, Aby l'avait déjà rencontré une ou deux fois. C'était un habitué du restaurant, William R. Pierson. Philippe lui avait avoué les liens familiaux qui avaient existé entre eux : William avait épousé la sœur de Philippe, avec laquelle il avait eu deux enfants, et dont il avait divorcé à l'aube du troisième âge.

— C'est un ami sûr ! S'il devait m'arriver quelque chose, vous pourrez toujours compter sur lui. C'est grâce à ses interventions qu'Antoine et Peter ont pu sortir de prison et éviter le pire. Il est honnête, avait insisté Philippe, tout en concluant : N'hésitez pas à faire appel à lui !

Aby connaissait l'épisode auquel faisait référence Philippe. Antoine, après des mois passés dans les tranchées de l'Argonne où il avait été grièvement blessé, avait réintégré La Nouvelle-Orléans grâce à l'aide de Kenan Meagher. Alors qu'en convalescence il se promenait en ville guidé par son grand-père

Peter, une bousculade s'était produite. Il avait été accusé d'avoir agressé une femme blanche en pleine rue largement fréquentée à cette heure de la journée. Comment un presque aveugle et un vieillard auraient-ils pu s'y prendre ? Mais Aby, à la peau d'ébène, était aux premières loges pour juger de la vindicte féroce des Blancs contre les Noirs et de leur partialité, lorsqu'il ne s'agissait pas tout simplement d'une mauvaise foi extrême. Les lynchages n'étaient après tout qu'un spectacle comme un autre… C'était la raison qui avait motivé l'expatriation à Brest d'Antoine. Incapable de se défendre seul, il ne pouvait affronter la ségrégation dont étaient victimes les gens de couleur. En revanche, Aby ignorait tout des arguments dont s'était servi William R. Pierson pour obtenir la libération des deux hommes. Philippe avait arrêté là ses explications.

De son côté, isolé dans une peine indicible, Peter restait assis des heures entières au chevet de celui qui, après avoir été son maître, était devenu en quelque sorte son gendre et qu'il considérait surtout comme le meilleur des amis.

— Pourquoi Dieu ne m'a-t-il pas emporté le premier ? Je suis plus âgé et à moitié handicapé, se répétait-il comme un reproche.

Louise le sermonnait, l'obligeait à se secouer et à chasser ses sombres pensées. Il lui obéissait tout en admirant sa force de caractère alors qu'il percevait le profond chagrin qu'elle aussi éprouvait.

XXI

LUCILE AVAIT DEMANDÉ à son frère Antoine de se joindre à elle et à Louis pour se rendre à La Nouvelle-Orléans. Devant ses hésitations, elle crut que la dépense le rebutait. Elle se proposa de lui offrir son passage ainsi que celui de Maëlle.

— Il reste encore quelques cabines à bord du *Normandie*. Seulement, il faut vite se décider. Ne t'occupe pas du prix, j'en fais mon affaire ! insista-t-elle.

Elle se sentirait tellement soutenue s'il l'accompagnait ! Elle avait besoin de sa présence à ses côtés, de sa force. Sans compter que voir ses enfants réunis apporterait certainement un peu de baume au cœur à leur mère. Antoine réfutait tous ses arguments. Il ne percevait pas la détresse de sa sœur à affronter seule leur jeunesse et la disparition de leur père.

Depuis qu'elle avait appris son décès, elle évoluait sous un ciel tendu de gris, les brouillards de ses matins étaient lourds et pénibles. Elle était lasse et avait le sentiment qu'en elle quelque chose s'achevait. Devant les autres, elle se forçait à sourire, son chagrin n'appartenait qu'à elle et elle aurait trouvé indécent de le partager.

En plus, il y avait Louis qui n'avait pas à supporter les conséquences de sa morosité. Pour lui, ce décès représentait à peine plus qu'un fait indirect. Il ne voyait ce grand-père qu'à travers les yeux de sa mère. Il aimait l'écouter lorsqu'elle lui racontait le *Spotted Cat*, La Nouvelle-Orléans et ses fêtes, la musique qui jaillissait jusque dans les rues. Mais cette parentèle qu'il avait « là-bas » lui était bien lointaine... Plus d'une fois, après ses récits, il l'avait interrogée, le regard plein de rêves :

— Dis ! Tu m'y emmèneras un jour ?

— Bien sûr ! lui répondait-elle, heureuse de son intérêt.

Mais à présent, la situation était bien différente.

L'un de ses amis artistes, alors âgé, lui avait déclaré un jour que les musiciens, tout comme les chanteurs, ne s'arrêtaient que quand il n'y avait plus de musique en eux. Elle avait toujours de la musique en elle, mais de plus en plus souvent sa propre voix lui arrivait étrangère aux premières notes qu'elle poussait. Il lui fallait quelques secondes avant qu'elle se l'approprie à nouveau.

Certes, Antoine aurait aimé se retrouver dans le giron familial, surtout en de tels moments où tous communiaient en pensées avec le défunt ! Il était conscient que viendrait le jour où il lui faudrait bien aller les visiter. Cependant, il reportait ce projet, refusant de considérer les années qui s'enfuyaient.

En effet, il redoutait de se replonger dans l'univers lumineux de ses jeunes années. Il gardait en mémoire des paysages démesurés qu'il ne pourrait plus contempler comme autrefois, quand ses yeux ne lui faisaient pas défaut, avant sa blessure dans un champ labouré par les obus face au Rhin, alors que l'armistice venait d'être signé. Depuis ce 18 novembre 1918, sa vue était gravement amoindrie ; il avait ressenti une peur justifiée jusqu'à son retour à Brest auprès de Maëlle.

Désormais, il ne lui serait plus possible de distinguer les couleurs de ces majestueux arcs-en-ciel qui se penchaient au-dessus du lac Verret ni d'admirer la mousse espagnole dégoulinant des grands arbres de l'allée, du temps où ils vivaient encore à Deodat. Deodat, une plantation qui n'appartenait plus aux siens, qu'ils avaient dû quitter pour une raison qui lui était inconnue et dont il gardait des souvenirs émerveillés. Des pages qu'il ne pouvait pas partager avec Lucile, trop jeune à l'époque. Là, dans ces terres isolées de Napoleonville, il n'avait pas été confronté au racisme. Il était l'enfant roi. La ségrégation, il l'avait découverte en ville, à La Nouvelle-Orléans. Aussi, pour ces paysages que dorénavant il ne pourrait plus admirer et ce danger dont il devrait se méfier à chaque coin de rue, il appréhendait de regagner des lieux où il se sentirait étranger dans un décor qui de familier se ferait hostile. Il n'était pas prêt à les affronter malgré tout le respect qu'il portait à son père.

Tout ce ressenti, il ne pouvait pas l'avouer à sa sœur : c'était sa faiblesse et quelque part il la jugeait comme une lâcheté. En fait, il était loin de posséder la force de caractère que Lucile croyait trouver en lui. Tous les deux dissimulaient leurs peurs sous des prétextes illusoires.

Juin s'achevait et la chaleur estivale s'installait. Malgré sa peine, Lucile dressait son visage au vent doux qui gonflait son âme de désirs mal définis. Elle termina le contrat qui la liait au *Monico Brick Top's*, l'une des discothèques dirigées par Bricktop qui avait la réputation justifiée d'engager les meilleurs musiciens. Sidney Bechet, Django Reinhardt, Louis Armstrong, entre autres, jouaient régulièrement pour elle. Et elle était sensible à avoir ajouté son nom à leur liste.

Selon sa demande, elle n'avait rien en vue jusqu'à la rentrée de septembre. Elle retrouva un rythme plus conforme à une vie familiale, passant ses journées à faire des repérages pour leur futur appartement, finir de tout empaqueter, et à l'occasion rejoindre Emy qui éprouva une peine sincère devant sa douleur.

Elle disposait à présent de suffisamment de temps pour se consacrer à son fils, lui faire répéter ses leçons en vue de son examen tout proche. Après une brève réticence, Louis ne cacha pas sa joie. Elle l'avait rarement vu aussi épanoui. Elle se prit à penser que ses nombreuses absences les avaient éloignés l'un de l'autre, les refrénant dans leurs élans. Tous deux avaient irrémédiablement perdu de précieux moments de connivence et d'amour. Et elle se le reprochait.

Finalement, l'enthousiasme de son fils l'aida à surmonter son chagrin et une certaine fébrilité la gagna. À présent, l'appartement d'Arnaud lui devenait étranger malgré la belle histoire qu'ils y avaient partagée. Elle n'y avait plus sa place, et il lui tardait de s'en échapper.

Louis avait à peine terminé ses examens que les valises étaient bouclées depuis la veille, prêtes à être entassées dans le taxi qui les conduirait gare Saint-Lazare. Elle avait sélectionné juste un minimum qu'elle garderait par-devers eux et avait fait expédier par l'agence de voyages une malle directement en gare de La Nouvelle-Orléans. Leur itinéraire était planifié jusque dans les moindres détails. De toute façon, ce n'était pas la meilleure saison pour visiter la Louisiane : juillet y était étouffant d'une chaleur humide et août marquait le rendez-vous avec des orages particulièrement violents.

Outre les indispensables vêtements du quotidien, elle n'avait prévu d'emporter que quelques toilettes très habillées, réservées principalement aux soirées qu'ils passeraient à bord du *Normandie*. Quant à Louis, il arborait des vêtements neufs qu'elle s'était plu à sélectionner et à lui faire choisir dès qu'il se libérait de ses cours. Il n'appréciait guère ces essayages, mais il tenait à imposer ses goûts, au demeurant très classiques, ce qui seyait parfaitement à sa mère. Sa garde-robe rentrait dans une seule de ces valises qui alliaient luxe et robustesse, conçues par les établissements Hermès. Lucile en possédait plusieurs et venait de craquer pour leur nouveauté, un sac à main, un « sac de voyage à courroie » ainsi que le dénommait le fabricant. Elle était loin de se douter qu'il ne tarderait pas à devenir l'un des emblèmes de l'élégance française.

L'agence de voyages l'avait avertie que les trains transatlantiques qui quittaient Paris Saint-Lazare à destination du Havre-Maritime étaient en correspondance avec le départ des paquebots pour

New York. Ils n'avaient pas d'horaire fixe et se calaient sur l'annonce du lever de l'ancre. Il était bien entendu qu'elle serait prévenue à temps.

Le taxi les déposa dans la cour de Rome où la bouche de métro déversait une foule pressée. Un porteur se précipita pour prendre leurs bagages. Il les conduisit jusqu'au rapide 197, un train paquebot aux couleurs chatoyantes qui invitaient d'emblée au voyage, et à bord duquel elle avait réservé en première classe.

Moins de trois heures suffisaient pour couvrir cette première étape. Le train s'enfuyait dans la vallée de la Seine, franchissant à plusieurs reprises le fleuve pour arriver sur le plateau cauchois. Entre Rouen et leur destination se succédèrent des dizaines d'ouvrages d'art attisant l'intérêt de Louis. Enfin, la ville apparut, et le convoi ralentit sensiblement pour s'engager entre de hauts murs gris qui protégeaient les habitations des nuisances ferroviaires. Il s'arrêta tout en bout du quai.

Voyageurs et porteurs avançaient sans précipitation, dans une organisation bien maîtrisée. Louis resta bouche bée devant l'immense quille noire qui dominait le quai de mouillage. Le *Normandie* lui parut encore plus imposant que l'*Île-de-France* à bord duquel ils avaient effectué la traversée qui les avait menés en France. Impressionné, il se tenait droit aux côtés de sa mère, cachant une émotion qu'il jugeait inconvenant de montrer du haut de ses onze ans. Il était obnubilé par la démesure du bâtiment, par les trois cheminées rouges bordées de noir qui le coiffaient : rien moins que quarante-cinq mètres chacune qui s'élevaient vers le ciel… deux d'entre elles crachaient une fumée qui s'épaississait dans un azur lumineux. Pour avoir lu de nombreux articles, il savait que la troisième n'avait qu'un rôle purement esthétique et abritait le système de ventilation ainsi qu'un chenil. À travers ce que la presse avait révélé du paquebot, il croyait le connaître, pourtant il restait interdit par le spectacle et la majesté du navire.

La traversée apporta une rémission à la peine de Lucile. Dans la journée, les occupations se succédaient entre piscine, cinéma, salon de jeux. Louis se lia avec d'autres enfants du même âge que lui, et il revenait les joues rougies de soleil et de fatigue. Devant sa bonne humeur, elle repoussait le moment où elle devrait l'informer des précautions auxquelles il aurait à se soumettre. Malgré sa peau claire, ses traits n'en restaient pas moins ceux d'un métis.

Lorsqu'elle parvint enfin à aborder le problème avec lui, elle put lire son étonnement sur son visage.

— Pourquoi me dis-tu ça ? Je ne suis pas noir, moi.

— Peter et Louise, mes grands-parents, étaient des esclaves arrachés à leur terre d'Afrique. Leur sang coule dans tes veines…

— Peut-être, mais c'est loin tout ça. Et puis je m'appelle du Plaissant, ce n'est pas un nom de Noir.

— Pour les Blancs, cela ne compte pas. Si claire que puisse être ta peau, si lointaine que soit ta parenté, tu restes un nègre, un être inférieur qui n'est bon qu'à les servir. Pour eux, la soumission à leurs désirs reste leur loi. C'est ce qu'on appelle la ségrégation.

— Mais en France, ça n'existe pas.

— Non, peut-être parce que les gens de couleur y sont moins nombreux. Aux États-Unis, les Afro-Américains concentrent une importante population. Alors les Blancs ont peur de nous, de nous voir arriver au pouvoir et que nous nous vengions d'eux.

Elle lui expliquait, lui donnant des détails. Il avait du mal à intégrer cette notion de racisme auquel il n'avait encore jamais été confronté. À Paris, dans le bus ou dans le métro, il cédait sa place à une personne âgée, il s'effaçait devant un adulte pour le laisser passer. Mais entre les règles de politesse et un diktat, le fossé était profond, incompréhensible.

— Montre-toi fier de l'homme que tu es en train de devenir ! Les Blancs nous ont imposé notre destin. À nous d'écrire notre histoire !

XXII

PENDANT TOUT LE VOYAGE, elle avait repoussé la disparition de son père. Elle s'attendait à le voir s'avançant vers elle dès qu'elle franchirait le seuil du *Spotted Cat*. Tandis que le taxi les conduisait vers Kerlerec Street, elle ne perdait pas une miette du spectacle. La Nouvelle-Orléans s'étalait sous ses yeux, provoquant en elle un étrange sentiment où le passé se refusait au présent.

Le drap du deuil n'encadrait plus l'entrée. Un simple petit encart bordé de noir, fixé tout à côté du chambranle, remerciait pour les témoignages de sympathie. Ces quelques lignes la ramenèrent brutalement à la réalité. Sa poitrine se souleva, une boule se forma au fond de sa gorge. Elle allongea le bras pour frapper à l'huis, mais suspendit son geste : elle tremblait d'une peur sourde, indéfinissable. Elle s'apprêtait à pénétrer un monde inconnu et étrange, celui de la mort. Louis leva vers elle un regard interrogateur. Maintenant qu'ils étaient enfin arrivés à destination, il s'impatientait. Elle se décida d'une main pesante.

Ce fut Martha, toute vêtue de sombre, qui les accueillit. Ils étaient attendus sans précision de l'heure.

— Entrez vite ! Je vais prévenir. Votre maman fait son inspection pour les tables de ce soir et vos grands-parents se reposent.

En fait, chacun guettait sa venue et rapidement ils furent entourés. Rosa-Lynn apparut la première, amaigrie, les traits tirés, les yeux creusés, mais bien droite dans une robe noire au col garni d'une fine dentelle beige. À la vue de sa fille, elle esquissa un sourire misérable et la serra dans ses bras. Lucile avait toujours vu en sa mère l'ombre de son père. Et voici que sur les épaules de cette femme encore jeune, à l'aspect fragilisé, reposaient désormais non seulement une affaire florissante, mais également le reste de la famille.

— Depuis que ton père nous a quittés, je dois veiller à tout comme il le faisait avant.

Elle se reprit aussitôt :

— Heureusement que Martha m'assiste et qu'Aby s'occupe des papiers !

Désorienté par cet accueil dont il semblait être absent, Louis s'était écarté. Mais avec l'arrivée de Louise et de Peter, il fut assailli. Martha s'était discrètement retirée.

Ils s'étaient tous retrouvés dans le salon familial. Une fois de plus, Rosa-Lynn racontait, presque insatiable, comme si parler du défunt le ramenait près d'elle. La vie se déroulait à rebours. Le son de sa voix était voilé, presque atone. Au début de son deuil, elle s'était murée dans le silence, pensant qu'il la protégerait, mais très rapidement elle avait réalisé qu'une douleur pas verbalisée était encore plus lourde à porter.

— Tout est allé si vite ! soupira Peter.

— Nous l'avons enterré il y a déjà douze jours à Saint-Louis, un caveau-four où j'aurai ma place auprès de lui quand viendra mon tour. J'ai tenu à ce qu'il repose là-bas, ce n'est pas très loin de chez nous. Tous les matins, je vais lui rendre visite. Nous continuons ainsi à vivre un peu ensemble, affirma Rosa-Lynn amèrement.

— Je t'accompagnerai demain, lâcha du bout des lèvres Lucile.

Elle savait combien cette visite lui serait éprouvante, mais elle se devait de le faire, ne serait-ce que pour remercier son père de la vie et de l'amour qu'il lui avait offerts. Elle n'avait jamais, jusqu'alors, poussé les grilles aux arabesques sophistiquées du cimetière Saint-Louis, un lieu de repos en limite du Vieux Carré. Elle en frémissait déjà tandis que sa mère reprenait d'une voix affermie.

— Philippe a choisi cet endroit et créé le *Spotted Cat* pour nous. Nous devons nous montrer dignes de lui et préserver son héritage. Aussi avons-nous redémarré nos activités depuis une semaine.

Les premiers convives arrivaient. Mathieu officiait en cuisine et dirigeait son équipe, tandis que Martha assurait la réception après avoir constaté que tout était bien en place. La famille était à l'étage, et une jeune serveuse leur avait monté un dîner concocté par Mathieu. Des notes de musique leur parvenaient assourdies, les berçant dans l'univers de ce blues où coexistaient douleur et humour. Son cœur se tordit lorsqu'elle reconnut les accords de *Trouble in mind*, une mélodie de Richard Jones que son amie Bessie Smith avait mise à son répertoire : un blues à l'atmosphère ambiguë où au profond désespoir succédait l'espérance. « Le soleil brillera de nouveau derrière moi », métaphore pour le passage vers un monde prétendu meilleur.

Louis, épuisé par le décalage horaire, manqua de s'écrouler de sa chaise et, avant que le dessert ne soit entamé, il avait regagné sa chambre précédé par Louise.

Le lendemain, le petit déjeuner à peine terminé, Rosa-Lynn proposa à sa fille de l'accompagner au cimetière. La jeune femme aurait aimé que leur marche s'éternise. Elle redoutait le moment où elle se trouverait face à des pierres froides qui avaient englouti à jamais son père. Cachant la panique qui s'était emparée d'elle derrière une attitude glacée, Lucile avançait dans les allées bordées de cercueils placés dans des caveaux en hauteur en raison des nappes phréatiques et de la situation de La Nouvelle-Orléans bâtie au-dessous du niveau de la mer.

— Tu sais, il y avait beaucoup de monde à l'enterrement. Des Blancs comme des Noirs. Ton père était aimé.

— Des membres de sa famille… ?

— William Pierson, bien sûr ! Par contre, sa sœur n'est pas venue ni ses enfants. En fait, quand elle apprit son décès, elle a insisté pour qu'il soit inhumé dans le caveau familial à Baton Rouge. J'ai refusé. Là-bas, il n'y a pas de sépulture pour les Noirs. Et je tiens à partager l'éternité du Seigneur avec lui. Sans compter que ça aurait été trop loin pour lui rendre visite.

Quand elles regagnèrent le *Spotted Cat*, Aby était installé dans le bureau. Elle ressentit un violent choc en constatant qu'il occupait le fauteuil de son père. Il se leva pour saluer les deux femmes. Au-dessus, on avait changé la photographie réunissant les parents et leurs deux enfants, pour la remplacer par un portrait de Philippe. Comme tous les cadres le représentant que l'on rencontrait dans la maison, l'un de ses angles était barré d'un ruban noir. Elle se retint de s'insurger de voir Aby assis à cette place, mais elle admit que, depuis des années, elle était devenue un peu la sienne.

Il s'exprimait d'une voix grave et sévère. Lucile restait sur la défensive vis-à-vis de cet homme qui connaissait trop bien leur histoire et dont elle savait si peu de chose. Il expliquait, s'adressant à elle sans fioritures comme si elle était son unique interlocutrice. Des achats, des recettes, des perspectives, des chiffres dont la froideur s'avérait rebutante surtout dans de tels moments. Ses quelques accents de douceur allaient à Rosa-Lynn qui finit par s'éclipser, les laissant tous les deux seuls.

— Votre mère est trop éprouvée, vous allez devoir prendre certaines choses en main… au moins dans un premier temps, ajouta-t-il en constatant l'air contrarié de Lucile. Bien entendu, je continuerai comme par le passé et ma mère sera toujours aux côtés de la vôtre. Cependant, c'est Rosa-Lynn qui est désormais la patronne de l'établissement. Et les choix lui appartiendront.

Le ton était sérieux, directif. Lucile percevait son assurance comme une certaine forme d'arrogance. Elle se tenait bien droite face à lui, un regard à la limite de l'agressivité.

— Bien, je vais vous quitter. Je dois filer, j'ai une plaidoirie en tout début d'après-midi. En attendant, vous pouvez vous pencher sur les comptes. L'entreprise est saine, une belle affaire que vous possédez là !

Il avait décroché sa veste et ne l'avait pas enfilée, l'avait saluée d'un bref « Alors à demain ! » toujours aussi sec et était parti, la laissant pantoise. Elle se rappela qu'il était avocat. Il lui avait parlé comme à une cliente alors qu'il s'adressait en ami avec le reste de la famille.

Louis avait ressorti sa clarinette et avait décidé de s'entraîner. En fait, il s'ennuyait un peu, passant d'une pièce à l'autre. Chaque adulte y allait d'un mot gentil à son égard. Mais après les sempiternelles questions sur sa scolarité, ses goûts et ses projets, chacun retournait vaquer à ses occupations. Mathieu lui avait proposé de le rejoindre en cuisine, mais il s'était montré peu motivé.

— Tu pourrais aller jouer avec mon fils, même s'il est plus petit que toi. Si tu veux, demain, ma femme est libre et elle peut venir te chercher avec lui. Vous pourrez passer la journée ensemble.

Il accepta volontiers. Après tout, même s'il devait se retrouver avec un plus jeune que lui, ce serait toujours mieux que de tourner en rond. Il lui tardait de découvrir la ville, mais apparemment les adultes avaient d'autres soucis en tête.

Lucile était auprès de Peter qui se racontait d'un ton fatigué. Elle l'écoutait, assise tout près de lui, lui prenant parfois la main pour le réconforter lorsque l'émotion se faisait trop forte.

— Tu te souviens de Deodat ?

Non, elle n'en gardait pas une mémoire foisonnante, juste quelques images : elle était trop petite quand ils l'avaient quitté. Il remontait le temps où ils étaient encore des esclaves, puis leur volonté de rester auprès des Plaissant lorsque les gens de couleur avaient obtenu leur émancipation.

— C'étaient des planteurs honnêtes, surtout ton père. On travaillait dur, mais ils respectaient notre travail et notre fatigue. Avant de vendre le domaine, ton père nous a permis d'acquérir des parcelles en bordure du lac, pour un montant dérisoire, pratiquement donné.

Il lui évoqua l'exploitation de piment qu'il avait développée sur ses terres, insistant fièrement sur le « ses ».

— Dès le début, il a cru en moi. Je ne l'en remercierai jamais assez. Ça a marché, et les récoltes m'apportent des revenus décents. Mon métayer est sérieux. D'ailleurs, Aby jette un œil sur les comptes au moins une fois par an.

Aby, encore une fois ! Décidément, que lui restait-il à ignorer de la famille ?

— Tu y retournes de temps en temps ?

— Non, je ne conduis plus. Mes jambes m'ont lâché.

— Nous pourrions y aller ensemble, si tu veux. Je sais conduire. J'ai appris en France et j'ai une patente. J'aimerais bien découvrir l'endroit où je suis née. Nous emmènerions grand-mère et Louis, lui proposa-t-elle d'un ton tout en douceur.

Une fois de plus, la raison du départ des Plaissant de Deodat n'avait pas été évoquée. Elle n'avait fait qu'effleurer Lucile qui, devant l'émotion de son grand-père, avait préféré ne pas l'aborder. Peter était perdu dans ses pensées, il s'était enfoncé dans un univers qu'elle ignorait. Elle n'avait pas osé le perturber. Ne dit-on pas que les fleurs du passé sont les rêves du présent ?

Les premiers jours, plongée dans le chagrin de sa mère et celui de ses grands-parents, elle en oublia presque sa peine. Elle avait l'impression d'être la spectatrice d'une pièce dont elle avait été mise en retrait. Malgré l'odeur du tabac dont son père bourrait sa pipe qui flottait encore, et bien qu'elle crût entendre résonner ses pas, il lui semblait qu'elle n'occupait plus la même place au sein de la famille. Jusqu'à la présence de Martha et d'Aby qui lui procurait la sensation désagréable d'être reléguée.

XXIII

Ce matin-là, la porte du bureau était restée grande ouverte. Aby était arrivé un peu plus tôt que d'habitude. Lucile gagna la cuisine tandis qu'il y buvait un café. Il paraissait soucieux, un large pli barrait son front. Il n'avait certes jamais eu l'air d'un gai luron, mais là son expression dépassait son sérieux habituel.

— Il faut que je vous parle, lui souffla-t-il discrètement afin de ne pas être entendu des autres.

Elle opina de la tête en guise d'accord. Ensemble, ils regagnèrent le bureau. Il ignora le fauteuil qu'occupait jadis Philippe et qu'il avait fait sien par la force des choses, et préféra s'asseoir à côté d'elle.

— Voilà ! Votre maman vit une période suffisamment douloureuse pour ne pas lui imposer ça, lui dit-il en tendant une lettre dépliée, tout en ajoutant : C'était au courrier d'hier, mais je tenais à réfléchir avant de vous en faire part. Maintenant que vous être revenue, c'est avec vous que je dois envisager ce qu'il convient de faire.

Interloquée, Lucile n'osa lui répondre qu'elle n'avait pas l'intention de s'installer définitivement à La Nouvelle-Orléans et qu'elle comptait bien retourner à Paris. Malgré tout, elle apprécia qu'il s'adresse à elle.

Elle s'y reprit à deux fois dans sa lecture. Pourtant, le texte était tout aussi concis que clair. La demande, ou plus exactement l'injonction, émanait d'un cabinet d'avocats de Lafayette. Elle leva vers lui un regard interrogateur.

— J'ai peur de comprendre…

— Non, vous avez bien compris ! Les avocats de ce cabinet, je les connais de réputation, ils sont redoutables, surtout dans ce cas précis. Ils ne nous aiment guère, nous les gens de couleur. Et que l'on soit mulâtre ou noir, cela ne change pas grand-chose pour eux. Ce sont des adeptes du concept de la « goutte unique ».

Lucile frémit à l'évocation de cette classification raciale qui maintenait la ségrégation avec tout ce qu'elle comportait. Le cabinet représentait celle qu'elle aurait dû regarder comme sa tante : la sœur aînée de son père, divorcée de William R. Pierson, dont elle avait eu deux enfants. C'était en leur nom qu'elle demandait réparation. Intolérante, elle avait toujours refusé de reconnaître l'union qu'elle jugeait contre nature de son frère Philippe du Plaissant et de Rosa-Lynn, fille d'anciens esclaves.

— Votre père a tout fait pour vous protéger. Quand il a acheté le *Spotted Cat*, il l'a mis au seul nom de votre mère. Toutefois, il l'a fait avec l'argent de la vente de Deodat qui lui venait de sa famille. C'est ce sur quoi s'appuie la demanderesse. Il est évident qu'à cette époque votre mère était dans l'incapacité d'investir une telle somme. L'accusation porte sur une captation d'héritage.

— Je ne comprends pas bien : et nous, Antoine et moi ? Nous sommes bien les enfants de Philippe du Plaissant ?

— Certes, mais selon la partie adverse, vous ne pouvez pas prétendre à l'héritage complet. Seulement à un tiers, même s'il vous a reconnus et que vous portez son nom. La compagne de couleur d'un défunt blanc n'hérite pas de lui, à moins d'un testament, et ce n'est pas le cas. Ce dont je m'étonne de la part de votre père. À moins qu'il n'ait espéré ainsi apaiser les rancœurs…

— Qu'est-ce que ça signifie ? Qu'elle veut le *Spotted Cat* ? Qu'il va falloir le vendre ?

— Non ! On en est loin ! Hier après-midi, j'ai contacté Me Meagher. Il a déjà entendu parler de situations similaires. Malheureusement, dans le Sud, les Blancs ont souvent eu gain de cause, du moins en partie.

— Mais mon père était vivant lorsqu'il a tout donné à ma mère ! Il pouvait disposer de ses biens, quand même !

Aby avait chaussé ses lunettes, il se pencha sur l'un de ses gros livres de code. Il lui parla d'instances, de procédure inquisitoire, de procureur général, de délibéré : des jugements qui n'allaient pas en la faveur de la famille de Lucile.

— De toute façon, il va nous falloir réagir très vite, avant que soit établi un référé.

Il réalisa qu'il employait des termes qu'elle ne connaissait guère. Pour la tranquilliser par une meilleure compréhension, il commença par lui préciser qu'un référé n'était qu'une procédure provisoire qui tendait à préserver les droits de la demanderesse, en l'occurrence sa tante. Ce mot de procédure ne fit en fait que l'effrayer un peu plus.

— Les avocats de la partie adverse vont évoquer une manipulation, ils ne se gêneront pas pour salir votre mère. Si nous devions en arriver à les affronter à la barre d'un tribunal, il faudra s'assurer l'assistance des meilleurs avocats. Par amitié pour votre père, Me Meagher accepterait de vous représenter.

Il n'osa pas mentionner la surprenante réticence qu'il avait ressentie dans la réponse de son confrère lorsqu'il lui avait suggéré de prendre en main leur dossier.

— Maintenant, on peut jouer sur votre célébrité pour faire éventuellement pencher la balance.

— N'y comptez pas ! Peut-être que je jouis d'une certaine célébrité, mais je n'en reste pas moins, dans ce pays, une négresse qui n'a pas le droit d'emprunter la même entrée que les musiciens blancs alors que je chante dans leur orchestre. Je pourrais vous citer de si nombreux cas comme ces bars ou ces restaurants des salles de spectacle qui me refusaient leur accès alors que je venais de m'y produire. Que ce soit à Chicago ou à New York. Je ne crois pas malheureusement que les choses aient changé à ce point, lui avoua-t-elle, les traits tirés par la contrariété.

Il se sentit ébranlé : alors qu'il l'avait toujours imaginée battante, soudain elle prenait des airs d'un petit oiseau aux ailes rognées. Ce n'était pas le moment de se laisser attendrir, s'imposa-t-il en pensées, et il conclut :

— Il est bien entendu que je ne ferai rien sans votre accord.

Elle était tellement désemparée qu'il lui était devenu difficile de réfléchir sainement. Quelque chose dans l'attitude d'Aby l'irritait : il se montrait directif et agissait comme un chef de famille plutôt que de se limiter au rôle de conseiller qui lui était imparti. Elle ne pouvait s'empêcher de douter malgré tout quelque peu de ses capacités à défendre leur dossier. Certes, il était avocat, mais pourquoi se cantonnait-il à exercer dans un cabinet ouvert sur les hauteurs de Tremé, dans ce quartier qui, à l'époque de l'esclavage, regroupait les personnes de couleur libres ? Pourquoi n'avait-il jamais franchi Canal Street, et ne jamais s'être installé de l'autre côté de l'avenue, là où les nouveaux immeubles attiraient les brasseurs d'affaires les plus éminents ? Et pourquoi consacrait-il du temps à la gestion du *Spotted Cat* ? Les revenus qu'il en tirait lui étaient-ils à ce point nécessaires ?

Il l'observait, toujours de son air sévère. Son métier lui avait appris à affiner son sens de la perspicacité. Il percevait ses doutes, presque des accusations qui lui firent mal. Il poursuivit d'un ton sec :

— Cela fait maintenant près de quinze ans que votre famille me fait confiance. Quand votre père a embauché ma mère, il souhaitait qu'elle s'occupe de tout en véritable régisseur. Comme elle était incapable d'assumer les comptes, je me suis proposé de le faire à sa place, en contrepartie non pas d'une rémunération, mais d'une place à la table de vos employés. Avouez que je ne perdais pas au change, lui lança-t-il en esquissant un sourire dont il espérait qu'il la dériderait.

Elle perçut ses précisions comme une claque. Elle ne supportait pas qu'on lise en elle. Le visage buté, elle lui marmonna son accord pour prendre en main leur affaire. Il était évident qu'elle ne pouvait s'en ouvrir à aucun membre de sa famille, et d'autre part elle ne connaissait personne à La Nouvelle-Orléans qui puisse l'orienter vers un autre avocat.

— Je vais voir avec mes associés ce qu'il convient de faire dans l'immédiat. Je vous tiens informée. Nous en reparlerons jeudi. Demain, j'irai à Lafayette, car il faudra également évoquer la maison de Baton Rouge dont votre père a hérité pour moitié à la mort de ses parents et qui vous revient en partie.

« Décidément, il est au courant de plus de choses que moi », pensa-t-elle, de plus en plus agacée.

— Maintenant, il y a autre chose dont je dois vous parler.

Elle sursauta à la perspective d'un nouveau problème. Il lui tendit une enveloppe déjà ouverte.

— Votre père a reçu ce courrier, il y a près de quatre mois. Il m'a avoué ne pas savoir quoi en faire, si ce n'était attendre pour vous le remettre en main propre. Il ne m'en a jamais dit davantage, mais j'ai bien vu que le contenu de cette lettre le dérangeait. Il la gardait dans le coffre-fort. Pardonnez-moi, je n'ai pas cherché à être indiscret, mais je l'ai lue.

Elle déplia lentement les feuillets. Le premier était écrit de la main de son oncle Benji : juste quelques phrases pour préciser qu'il lui faisait suivre une missive de Bryan qui lui était destinée, et donner quelques brèves nouvelles. Aux autres pages était épinglée l'enveloppe que Bryan, ignorant l'adresse de Lucile à l'époque, avait alors confiée à Benji.

Beaucoup plus surprise qu'émue, elle commença sa lecture : il y racontait sa vie, son métier d'acteur dont il déclarait avoir fait le tour, et surtout l'intérêt qu'il trouvait dorénavant dans la mise en scène. Il était devenu l'assistant de George Cukor et ne manquait pas de faire mention de noms connus. Il vivait désormais sur la côte ouest et lui proposait son aide, si elle souhaitait aborder une carrière cinématographique, pour l'introduire auprès de gens qu'il qualifiait de « sérieux ». *Sans appui, il est difficile de pénétrer ce milieu, c'est un monde fermé...* précisait-il en insistant sur ses relations. Des pages qu'il avait noircies, seulement trois ou quatre lignes se rapportaient à son fils. *Il pourra être fier d'avoir un père comme moi*, avait-il conclu.

L'irritation gagnait Lucile au fur et à mesure qu'elle avançait dans sa lecture. Ce monde du cinéma, irrespectueux et factice, elle ne l'avait que trop entrevu ! Ce peu d'attention pour ce fils dont il paraissait détaché l'agaça au point que, retenant son souffle pour ne pas exploser, elle déchira la lettre.

— Il a eu raison de ne pas me la faire suivre : Louis n'a définitivement plus de père !

Elle ne s'arrêta pas sur l'air soulagé qu'arborait Aby.

Une fois seule, elle se sentit complètement désorientée. Alors qu'elle s'attendait à se plonger dans un monde protecteur, voilà que c'était à elle d'en prendre les rênes. Elle s'isola dans le jardin, elle avait besoin de faire le point et de retrouver une certaine sérénité avant de rejoindre les siens. Elle ne remarqua pas son grand-père, installé à l'ombre, sous le houppier odorant du tulipier fleuri d'un jaune délicat.

Peter l'avait entendue arriver, il ne s'était pas manifesté. La paix régnait sur la nature. Le chat de la maison, lové sur ses genoux, avait à peine dressé une oreille. Ce n'était plus le félin tigré qui avait valu son appellation au *Spotted Cat*, c'était un sans-famille qui, trouvant les lieux agréables, avait imposé sa présence.

Sans qu'elle s'en rendît compte, Peter l'observait, lui aussi ; en sage, il savait lire dans les cœurs. Rompant le silence, il l'interrogea d'un ton attendri :

— Que se passe-t-il ? Tu me parais bien soucieuse ?

Elle sursauta et, se retournant, elle vit le visage paisible de l'aïeul. Il n'était qu'à quelques mètres d'elle. Elle hocha négativement la tête, préférant qu'il n'entende pas le son presque désespéré de sa voix. Alors avec un air de bravoure, dans un faux enjouement, elle lui proposa :

— On y va demain, à Deodat ?

XXIV

D'EMBLÉE, LOUISE AVAIT REFUSÉ de se joindre à eux. Rosa-Lynn insistait pour qu'elle les accompagne. Mais elle ne voulait pas laisser sa fille seule. Ce fut Martha qui parvint à la décider. Une fois de plus, Lucile put juger de l'influence de ce petit bout de femme sur la famille, y compris sur Aby d'ailleurs. Pourtant, elle n'usait jamais d'un ton autoritaire, avec parfois une fermeté toute persuasive. Elle recourait à des arguments rassurants et surtout se montrait très respectueuse. Au début, Lucile la vit comme une manipulatrice, mais petit à petit elle se rendit compte qu'il n'en était rien. Elle n'était qu'une simple femme que la vie avait probablement meurtrie à plusieurs reprises et que l'espoir et l'amour de son fils avaient toujours guidée.

Effectivement, au *Spotted Cat*, Martha avait trouvé un foyer. Lucile connaissait les grandes lignes de son histoire. Le père de son enfant l'avait quittée à l'annonce de sa future maternité. Heureusement, sa sœur était là pour la soutenir, mais entre ses occupations de lingère, sa nombreuse progéniture, les fréquentes absences et les exigences d'un mari qui travaillait au chemin de fer, elle ne disposait que de très peu de temps à lui consacrer.

Lorsque Martha trouva à se faire embaucher à l'*Opéra français*, ses horaires étaient difficilement conciliables avec l'éducation d'un jeune enfant ; ce fut alors cette sœur qui le prit sous son aile.

— Un de plus ou un de moins...

Dans ce temple voué au spectacle lyrique et à la culture française, Martha y avait trouvé sa place jusqu'à en devenir une gouvernante tout aussi efficace que respectée. Plus de vingt ans d'une carrière anéantie dans l'incendie qui avait entièrement dévasté l'édifice. Ce fut à cette époque qu'elle se présenta à Philippe et obtint le poste de gouvernante pour elle et celui de gestionnaire pour Aby.

Lucile avait pris le volant, Peter était assis à ses côtés tandis que Louise et son arrière-petit-fils étaient à l'arrière. Ils avaient quitté la ville aux premières clartés, avant même que le soleil n'émarge de derrière les maisons : il fallait compter deux bonnes heures de conduite pour parvenir à destination. Peter lui indiquait la route.

Une campagne plate et boisée, piquetée de rares demeures aux façades colorées, s'élargissait en direction du bayou des Allemands. L'ombre des grands arbres se reflétait dans l'étendue de l'eau lumineuse et bleue de l'étang Dufrene, que faisait doucement frémir le vent matinal.

— On prendra notre collation à Thibodaux, répondit Peter à Louis qui déclarait avoir faim.

— Non ! On peut s'arrêter quand on veut, j'ai tout prévu, annonça Louise qui avait déposé deux paniers bien garnis dans le coffre, et comme ça le petit se dégourdira les jambes.

Louis n'en demandait pas tant. Le réveil avait sonné très tôt, amputant son sommeil. Ensuite, enfant citadin, il n'appréciait que très moyennement la platitude de paysages qu'il trouvait monotones. La lassitude le gagnait. Aussi une étape serait la bienvenue.

Revigorés, ils étaient repartis. Pour Lucile également, c'était une découverte. Ses parents n'avaient jamais refait le chemin qui les ramenait à Deodat. Passé Thibodaux aux maisons égayées de pastel, il restait à peine une heure de conduite. La route se faufilait au milieu de champs jaunissant sous la chaleur estivale. Au loin, on distinguait les cimes drues des cyprès et des ormes qui s'épanouissaient sur les terrains marécageux.

Enfin, on aperçut les premières habitations du village de Napoleonville. L'émotion de Peter était palpable. Les souvenirs assaillaient également Louise qui parvenait mieux à les dissimuler. Les maisons se regroupaient autour de leur église de briques rouges, chapeautée de blanc. D'une voix fière, le vieil homme s'érigeait en guide.

— Nous avions même notre propre journal, *Le Pionnier de l'Assomption*, déclara-t-il tout en s'appropriant les lieux et taisant pudiquement son quasi-analphabétisme.

Sur ses indications, ils s'engagèrent sur un chemin en direction du lac Verret. Juste quelques centaines de mètres et il fit arrêter le véhicule devant un alignement de coquettes habitations en bois, au jardinet entretenu. Un peu plus loin, certaines, abandonnées, faisaient office de remises ou de hangars.

— Voilà, nous sommes arrivés à Deodat : chez nous !

L'incompréhension se lisait sur le visage du garçonnet et dans le regard de Lucile.

— Oui, là c'est notre maison, indiqua-t-il en désignant, dans un hoquet d'émotion, l'une d'entre elles plantée sur un terrain arboré et fleuri.

Il fit garer la voiture juste devant. La maison avait visiblement fait l'objet d'agrandissements. C'était la seule à être ceinte d'une barrière peinte en blanc, délimitant une propriété qui faisait la fierté de Peter.

— C'était en fait notre case, autrefois, quand nous nous sommes mariés, ma Louise et moi. Nos trois enfants y sont nés, leur confia-t-il d'une voix chevrotante. Nous l'avons transformée. Elle est toujours à nous, mais elle est habitée par mon contremaître, ajouta-t-il avec une sorte d'emphase.

À leur départ de Deodat, non seulement Philippe du Plaissant la lui avait vendue pour une somme dérisoire, mais il lui avait également cédé une belle parcelle de terrain tout à proximité du lac. Peter y avait planté de ces petits piments originaires de l'État mexicain de Tabasco qu'il écoulait sur l'île Petite-Anse où se situait la firme d'Edward Avery McIlhenny, dépositaire de la marque Tabasco.

Louise sourit, elle avait remarqué le geste de son mari : la main plongée au fond de la poche de son pantalon, il caressait un petit bout de bois d'un rouge rubis qui servait à juger de la maturité des piments bons à cueillir. Tel un talisman, il le portait toujours sur lui.

— J'ai prévenu par téléphone que nous viendrions aujourd'hui. Mais c'est la pleine récolte. Ils sont tous dans les champs. Nous irons les retrouver là-bas. En attendant, je vous propose d'aller voir Deodat.

Lucile, tout comme son fils, bouillait d'impatience. Ils s'avancèrent jusqu'au début d'une allée bordée de chênes séculaires aux branches desquelles pendait une mousse grisâtre. Une chaîne traversante en barrait l'entrée. Louise s'arrêta.

— C'est une propriété privée, nous n'avons pas le droit d'y pénétrer !

— Ne t'inquiète pas ! Le régisseur est devenu un ami. C'est même lui qui m'avait proposé de venir le voir. Surtout que je pense que tu le reconnaîtras.

— Oui, mais le régisseur, ce n'est pas le maître ! lui rétorqua-t-elle, toujours méfiante.

— De maître, ça n'existe plus. Il a des patrons, maintenant ! répliqua-t-il abruptement, en s'appuyant lourdement sur sa canne.

Visiblement, Peter était heureux de ce pèlerinage familial. Il observait à la dérobée Louis, se rappelant les moments partagés avec Antoine, surtout quand ils partaient pêcher ensemble, ou qu'il lui racontait ces légendes que le petit écoutait religieusement.

— Tu vois toute cette barbe de vieillard qui pend des arbres ? Elle a une histoire.

Et avant que Louis ne le lui demande, il entreprit de la lui conter comme il le faisait autrefois avec Antoine.

— Tout cela se passait il y a bien longtemps. Selon la légende, il s'agissait de la longue chevelure noire d'une jeune Espagnole arrivée avec son fiancé pour s'installer près de Charleston, sur des terres qui appartenaient ancestralement aux Indiens Cherokees. Ceux-ci, mécontents de devoir les partager avec des étrangers, avaient coupé puis jeté les cheveux de la demoiselle dans les branches d'un vieux chêne. Ils flétrirent et rapidement devinrent gris tout en s'étendant d'arbre en arbre. On dit même que si on regarde bien, on peut voir la mousse espagnole sauter d'un arbre à l'autre. C'est une belle histoire, hein ?

Louis maugréa un « oui » de politesse pour ne pas attrister l'aïeul qui réalisa alors qu'il était déjà un peu trop âgé pour apprécier le merveilleux de ses récits. Un homme se dirigeait vers eux. Son visage n'était pas inconnu à Louise qui, cogitant, finit par le remettre : c'était tout simplement le fils de leur ancien voisin de case.

— Je t'avais dit que nous viendrions un jour ! lui lança, joyeux, Peter qui fit aussitôt les présentations.

L'ambiance était cordiale.

— C'est donc vous, la chanteuse ? Et vous êtes née ici, à Deodat ! Comme moi d'ailleurs, mais pas dans la même maison… conclut-il d'un ton affable.

Lucile apprécia cet accueil et lui répondit modestement d'un sourire. Enfin, l'allée déboucha sur un large parterre qui devançait l'habitation. Si Lucile marqua un temps de surprise, Louis ne put cacher sa déception. Il s'était imaginé découvrir l'une de ces plantations victoriennes, aux longues colonnades semblables à celles des temples grecs, une demeure grandiose et majestueuse, d'un blanc immaculé qui tranchait avec le luxuriant des jardins. Et voilà qu'il se retrouvait face à une bâtisse aux bois colorés, tout juste surélevée d'un simple étage, autour duquel courait une terrasse couverte bordée d'une rambarde en ferronnerie. C'était donc ça, Deodat, dont il avait tant entendu parler ! À part les grands arbres environnants, les lieux n'avaient rien à envier au *Spotted Cat.* Il détaillait une demeure dont l'âme ne résonnait pas de la même façon au cœur de ses aïeux. Lucile aussi s'attendait à trouver quelque chose de plus spectaculaire, mais les quelques clichés de sa prime enfance, qui lui revenaient, transformèrent la déception en attendrissement.

Peter parlait, commentait, il remontait le temps, elle l'écoutait en souriant. Sa grand-mère se faisait plus discrète, comme à son habitude. Le rayonnement de son visage en disait long.

— Nous avons été heureux ici, tu sais, avoua-t-il à sa petite-fille dans un grand soupir.

Il tremblait presque et en avait l'œil mouillé. Elle n'osa pas lui demander pourquoi ils en étaient partis. Elle gardait sa question pour lorsqu'ils se retrouveraient dans l'intimité, juste tous les deux, alors peut-être accepterait-il d'expliquer. Tant de regrets, un bonheur tronqué, il avait dû se passer quelque chose pour qu'ils en viennent à déserter les lieux.

Saoulés d'un air chargé de la chaleur lourde de juillet, ils étaient rentrés fort tard après une inspection en due forme de l'exploitation de piment pour terminer par une promenade sur les berges du lac Verret. Le soir tombait lentement, et la fatigue pesait sur les épaules de Lucile. La route lui parut longue. Peter somnolait à ses côtés et, parvenue aux abords de La Nouvelle-Orléans, elle dut se faire indiquer la direction à prendre. Lorsqu'ils arrivèrent au *Spotted Cat,* quelques clients s'attardaient encore.

Mathieu, ignorant l'heure de leur retour, leur avait préparé un repas froid. Tandis qu'ils se restauraient, les commentaires furent brefs, pudiques. Rosa-Lynn s'apprêtait à aller se coucher. Tout comme Philippe, elle n'avait jamais remis les pieds à Deodat. Elle en parlait parfois, évoquait quelques souvenirs sans s'éterniser dessus. Plus que jamais, Lucile s'interrogeait sur la raison de leur départ. Elle dormit fort mal, l'esprit perturbé par la vague menace d'un secret qu'elle tenait à percer.

XXV

COMME À SON HABITUDE, Aby était arrivé tôt. Il en profitait pour prendre son petit déjeuner avec sa mère, à la cuisine. Au milieu des effluves de café frais et des odeurs alléchantes de pain grillé et d'œufs brouillés, ils cultivaient leurs moments d'intimité, de tendresse, un simple échange sur les choses du quotidien qui entretenait ce lien indéfectible qui les unissait.

— Tu me parais bien soucieux, ce matin !

En guise de réponse, il se contenta d'un soupir.

— Tu traites des cas pénibles ?

Outre le fait qu'il était tenu au secret professionnel, il ne souhaitait jamais parler de ses affaires. Mathieu arriva sur ces entrefaites, lui permettant l'esquive. Il avait à peine regagné le bureau que Lucile en poussa la porte. Une question avait émergé dans ses vagabondages nocturnes : Aby était-il au courant de ce départ de Deodat ? Elle osait espérer que non, sinon sa frustration au constat qu'un étranger en savait encore une fois plus long sur sa famille qu'elle-même lui serait particulièrement difficile à admettre.

La chaleur s'imposait déjà. Il avait défait sa veste et dénoué sa cravate, ce qui atténuait son austérité dès qu'il se penchait sur un document.

— Vous avez des nouvelles ?

Une question dont il était tellement évident qu'il allait l'aborder qu'elle regretta aussitôt de l'avoir formulée. Il hocha la tête. Elle ne comprenait pas pourquoi elle éprouvait un malaise constant face à lui. Le buste droit et le regard perçant, il l'impressionnait, la déstabilisait. Elle l'imaginait aisément plaidant, la tête haute, usant de sa persuasion dans le langage châtié d'un homme ponctuant un bon droit.

Le dossier de l'héritage de Baton Rouge se présentait sans grande difficulté, il tombait sous le coup de la loi qui n'attribuait aux gens de couleur qu'un tiers. En revanche, ce qui posait problème c'était la réclamation portant sur les loyers encaissés et partagés entre Philippe et sa sœur depuis la disparition de leur père, dernier survivant du couple.

— Ces sommes appartenaient à mon père, il les a dépensées comme il l'entendait. Il en avait besoin pour vivre.

— Certes, mais là encore, on en revient au même cas que la vente de Deodat.

Lucile saisit la balle au bond :

— Savez-vous pourquoi il a vendu la plantation ?

— Je sais que les récoltes avaient été détruites par un incendie et qu'il était à court de trésorerie. J'avoue que cette explication ne m'a jamais satisfait. Le fait qu'il n'ait jamais voulu y retourner m'a toujours laissé à penser qu'il y avait autre chose derrière cette transaction. Mais, bien entendu, il n'était pas question que je me permette d'interroger plus amplement votre père. S'il avait souhaité me confier quelque chose, je sais qu'il l'aurait fait. Au-delà, c'eût été de l'indiscrétion de ma part.

Une retenue dont elle ne douta pas.

— Vous croyez réellement que nous risquions d'être condamnés ?

— Dans bien des cas, la mauvaise foi l'emporte sur la jurisprudence, surtout dans les États du Sud ! À Columbia, je m'étais lié d'amitié avec un autre étudiant. Nous partagions notre chambre. Nous sommes de la même promotion. Il avait la vocation, c'était un excellent juriste.

Lucile était sidérée : d'abord, elle n'aurait jamais supposé qu'Aby ait pu intégrer Columbia, cette université privée de l'Upper West Side de Manhattan, réputée non seulement pour être particulièrement sélective, mais aussi onéreuse. C'était là qu'on formait les étudiants destinés à devenir les élites de la société. Comment avait-il fait pour y être accepté ? Elle apprécia sa modestie : jamais encore il n'avait fait étalage de son cursus universitaire.

— Vous êtes diplômé de Columbia ? lui demanda-t-elle d'une voix intimidée.

— Oui, j'ai réussi à passer leurs sélections. Le coût des études était au-dessus de nos moyens. Ma mère a vendu son appartement. Je ne voulais pas, mais elle a insisté : l'*Opéra français* la logeait sur place. Et, bien entendu, j'ai travaillé pour aider à financer mes études. Les journées étaient bien longues pour beaucoup d'entre nous. On était déterminés et on y est arrivés ! Nous, les nègres, nous avons tellement plus à prouver…

Avec sa révélation, il lui apparut sous un autre jour. Elle le détailla avec curiosité, mais surtout avec moins d'animosité. Front large, les cheveux coupés très court, le regard magnétique, il émanait de lui une indiscutable personnalité. C'était la première fois qu'il se livrait autant. Après tout, s'il était diplômé de Columbia, il ne pouvait être qu'un très bon avocat, probablement l'un des meilleurs de la ville. Cet argument balaya ses réticences.

— Vous n'avez pas cherché à entrer dans un cabinet new-yorkais, si je ne suis pas indiscrète ? se hasarda-t-elle.

— Non, d'abord vous semblez oublier la couleur de notre peau qui nous ferme tant de portes. Ensuite, je tiens à défendre nos frères et à faire avancer notre cause qui est bafouée malgré les lois. À Columbia, comme je vous l'ai dit, je partageais une chambre avec un étudiant brillant. Lui comme moi, nous y croyions. Nous nous voyions en pourfendeurs des lois ségrégationnistes. Nos études finies, il a plaidé à New York, dont entre autres des affaires similaires à la nôtre aujourd'hui. Mais il a tellement été victime de racisme, tellement vu ses plaidoiries injustement rejetées, qu'il a évolué vers des horizons différents.

Elle frémit : cette conclusion l'effrayait. Depuis son séjour en France, elle en avait presque oublié la puissance de la discrimination imposée par les Blancs. Aby avait noté sa réaction. Il ne cherchait pas à la mortifier et reprit d'un ton plus léger :

— Cet ami doit désormais sa célébrité à un tout autre domaine, un domaine que vous connaissez bien d'ailleurs : celui du chant. Je veux parler de

Paul Robeson. À présent, il se sert de sa médiatisation pour faire avancer d'une autre manière les causes qu'il voulait défendre.

Paul Robeson, bien entendu qu'elle le connaissait ! Ils avaient chanté l'un après l'autre sur une scène de Harlem, pendant plusieurs soirées : une superbe voix de basse à l'inoubliable ampleur dramatique dans un corps d'athlète. Sur son invitation, elle l'avait même accompagné lorsqu'il avait entonné sa chanson peut-être la plus célèbre : *Ol'Man River.* Un texte écrit en 1927 par Oscar Hammerstein qui évoquait la triste histoire d'un docker noir et la lutte des Afro-Américains, avec en fond de décor le flot sans fin du Mississippi. Son physique flatteur lui valait d'être recherché par les metteurs en scène. Il enchaînait film sur film en Angleterre depuis qu'il avait connu le succès avec son rôle dans une réalisation de l'Américain Dudley Murphy, *The Emperor Jones*, dans lequel apparaissait, en chanteuse de night-club, la jeune Billie Holiday.

— J'aimerais pouvoir m'entretenir avec William Pierson. Je sais bien que c'est son ex-épouse qui nous attaque, mais il était également proche de votre père, et il l'a prouvé. Par contre, je ne veux rien entreprendre sans votre autorisation, peut-être que je vais m'immiscer dans la vie de votre famille et que vous ne le souhaitez pas. C'est à vous de décider si vous acceptez ou non de me confier la défense de vos intérêts. Je ne vous cache pas que je me sens quelque peu concerné. C'est le moins que je doive à votre père !

Elle apprécia son attitude. En fait, elle le découvrait. Maintenant, elle était certaine que sa sobriété et son sérieux reflétaient ses aptitudes dans le règlement d'un conflit.

— Faites au mieux, conclut-elle après qu'ils eurent passé en revue les éléments dont ils disposaient. Et... merci !

L'après-midi même, Aby s'enquit de William Pierson. Il n'était pas joignable. Avec sa nouvelle épouse, il voyageait en Europe. Toutefois, il réussit à apprendre qu'il devait rentrer la semaine suivante. Il laissa un message lui demandant de le rappeler soit à son bureau, soit au *Spotted Cat*. Il verrait bien ce qui pourrait ressortir de leur rencontre.

En cette période caniculaire, Peter avait coutume de se retirer au jardin, dans un coin ombragé où parvenait à se faufiler un faible souffle de vent qui montait du golfe. Il somnolait une bonne heure durant avant de regagner le bureau de Philippe et s'asseyait à sa place habituelle : un fauteuil de rotin sous la fenêtre qui éclairait directement la table sur laquelle on conservait précieusement le jeu d'échecs. Combien de parties avaient-ils disputées tous les deux ? Là, il communiait avec le défunt. Comme s'ils allaient démarrer une partie, il fixait le tablier sur lequel les pièces étaient rangées, prêtes à être déplacées : les blancs pour Philippe et les noirs pour lui, comme le voulait la bienséance. Il imaginait des coups, des ripostes, mais surtout il avait l'impression d'avoir son adversaire face à lui. C'était sa façon à lui de se recueillir, et chacun la respectait.

Lucile le rejoignit au jardin. Elle hésita un instant avant de perturber sa sieste. Il l'avait entendue s'avancer vers lui et, les yeux mi-clos, il s'adressa à elle.

— J'ai bien compris que quelque chose n'allait pas. Tu peux te confier à moi, nous réfléchirons à deux. Je n'en parlerai à personne.

Elle n'attendait que cela. Sans tergiverser, elle l'aborda :

— J'ai besoin de savoir pourquoi papa a vendu Deodat. Que s'est-il passé ? Je suis certaine que tu en connais la raison.

Il opina de la tête, esquissant une grimace.

— J'avais promis à ton père de garder le silence.

— Il n'est plus là. Tu es délivré de ta parole. De toute façon, cela restera entre nous.

Devant l'air insistant et grave de sa petite-fille, il commença à parler, à lui raconter l'incendie, les différents foyers volontaires qui avaient détruit les cultures alors que Philippe fondait tous ses espoirs sur la récolte.

— Plusieurs foyers, dis-tu ?

— Oui, des champs arrosés de pétrole.

— C'étaient des Blancs ? Des membres du Ku Klux Klan ? Vous avez su qui étaient les coupables ?

Il revivait les quelques heures de cette nuit apocalyptique, la progression des flammes venues des champs les plus éloignés, attisées par un vent de mer qui les poussait vers les habitations. Il se rappelait la volonté et le courage des hommes qui se battaient contre elles malgré l'intensité de la chaleur, et surtout sa peur en découvrant Philippe gisant à terre, les craintes de tous devant son corps brisé, le diagnostic incertain du médecin : une si longue attente à ne rien pouvoir faire d'autre qu'espérer et prier. Et cette odeur âcre des brandons qui montait des champs noircis, dès les premières lueurs de l'aurore. Cette preuve que Philippe avait arrachée à son agresseur et qu'il lui avait confiée.

Les questions s'enchaînaient. Visiblement embarrassé, le vieil homme se racla la gorge, comme pour gagner du temps. Bien que d'un caractère plutôt taiseux, il était conscient que la meilleure des éloquences était encore la vérité. Parole déliée, il racontait :

— Alexandre Pierson, le fils de William Pierson, était un personnage veule, vaniteux et envieux. Il voulait Deodat pour lui et connaissait les difficultés financières de ton père. Alors, avec une équipe de voyous de ses amis, ils ont tout saccagé. C'est lui qui, encagoulé, a grièvement blessé ton père. Il espérait que Philippe, découragé, vendrait la plantation à William Pierson qui par la suite la lui léguerait.

— Tu parles de celui qui est devenu aveugle et qui s'est retiré dans une institution pour handicapés ?

— Oui, en fait, ton cousin. Il était d'une jalousie extrême, et surtout sans scrupule. C'est lui aussi qui a accusé ton frère d'agression, après avoir provoqué la scène, et l'a fait jeter en prison avec moi.

— Vous aviez des preuves ? Tu m'as dit qu'il était encagoulé et qu'on ne pouvait pas voir son visage.

— Oui ! Mais il n'a pas été difficile de le reconnaître : son léger bégaiement, mais surtout l'écusson qu'il portait sur sa botte, emblème de la famille Pierson, et que Philippe a arraché avec son sabre, ainsi que la blessure qui l'a rendu boiteux, la lame l'avait atteint derrière le genou.

Il s'interrompit, essoufflé. Puis il reprit après une longue expiration :

— C'est la raison pour laquelle Philippe n'a jamais voulu céder Deodat à William Pierson. Pourtant, je dois avouer que c'est son intervention qui nous a sortis du très mauvais pas où son fils nous avait mis lorsqu'on nous a jetés en prison. On n'est pas responsable des actes de sa progéniture, et, s'il reste son fils, William Pierson est avant tout un honnête homme.

— Et ces preuves ?

— Ton père les lui a remises.

À l'écoute du récit de son grand-père, Lucile sentait sa tête éclater. Ainsi donc celle qui les attaquait était la mère de cet Alexandre. Une mère qui défendait des biens qu'elle avait toujours considéré devoir revenir à ses propres enfants, descendants d'une ancienne lignée nobiliaire, et non pas à des gens de couleur aux ancêtres réduits en esclavage. Voilà donc d'où venait sa ténacité, voire sa vengeance !

La fatigue d'un trop long et douloureux discours se lisait sur le visage fané du vieil homme. À la fin de sa dernière phrase, il laissa échapper un hoquet libérant les larmes qu'il s'était efforcé de contenir jusque-là. À présent, il s'abandonnait à elles, elles glissaient sur ses joues sans qu'il cherche à les essuyer : larmes de mémoire, reflets d'une existence et de son chariot de sentiments. Lucile se reprocha de l'avoir tourmenté par ses questions et saisit sa main dans les siennes. Il tremblait. Elle s'excusa, profondément touchée par sa peine.

— Il vous aimait tant !

Une fois de plus, il s'interrompit pour reprendre d'une voix brisée :

— Il était heureux de savoir ton frère s'épanouir à Brest, tout comme il était fier de ton succès. Mais il a toujours eu peur pour vous. Son regret, c'est que tu ne connaisses pas à ton tour la chaleur d'un foyer, d'une famille unie… Et quand je te regarde, je ne lis pas le bonheur sur ton visage. Tu as fait tes choix : il ne s'y est pas opposé.

Elle baissa les yeux, le cœur oppressé. À son tour, elle se sentait gagnée par les larmes.

Louis était installé dans la chambre qui jadis avait été celle de son oncle Antoine. Il y retrouvait beaucoup de lui : depuis toutes ces photos qui avaient marqué les grandes étapes de sa vie, ses livres et ses carnets qui gardaient encore son odeur au fil de leurs pages. Si les vêtements de l'ancien occupant avaient consciencieusement été triés et emballés, restaient les jeux que Rosa-Lynn s'était refusée à enlever : cette chambre représentait toujours le domaine de son enfant aussi loin qu'il soit parti.

Les premiers jours, Louis y avait découvert des trésors d'autant plus précieux qu'ils avaient appartenu à cet oncle devenu breton. Il allait en avoir des choses à lui évoquer ! En revanche, il déplorait de ne pas pouvoir explorer la ville comme il l'avait fait pour Brest en compagnie de son cousin. Ici, il n'avait personne pour lui servir de guide.

Sa mère n'avait guère de temps à lui consacrer. L'ennui ne tarda pas à s'installer. Il traînait du jardin aux couloirs, de la cuisine à sa chambre, s'attardait parfois auprès de Peter, jusqu'à ce que celui-ci eût l'idée de lui proposer de lui apprendre à jouer aux échecs. Le vieil homme souhaitait retrouver avec lui la connivence qu'il avait connue avec Antoine enfant. Ensuite, se pencher de nouveau sur l'échiquier lui donnait plus que jamais l'impression d'avoir Philippe à ses côtés, et ce fut avec fierté et émotion qu'il aborda son enseignement.

À La Nouvelle-Orléans, l'été marquait également la période des grandes vacances scolaires. Mathieu, le cuisinier, avait des enfants, mais qui étaient bien plus jeunes que Louis. Toutefois, dans son commerce, le père de Mathieu employait un chef pâtissier, Roy, dont l'aîné de ses fils encadrait déjà ses cadets. Or l'un d'entre eux avait le même âge que Louis.

Depuis le temps, Roy faisait un peu partie de la famille. Sa mère, une belle mulâtre, s'était laissé séduire par un émigré italien qui avait omis de lui préciser qu'il était dûment marié avec une héritière qui avait succombé à son charme et qui lui avait donné plusieurs enfants. Lorsqu'il apprit son état de grossesse, il s'arrangea pour lui verser une somme d'argent non négligeable avant de disparaître de sa vie. La mère abandonnée avait multiplié les emplois, privilégiant l'éducation de son fils.

Roy avait une dizaine d'années lorsque les parents de Mathieu embauchèrent sa mère pour s'occuper de leurs deux garçons en bas âge et aider dans l'entretien de leur domicile. Roy s'était d'emblée attaché aux petits, qui le lui rendaient bien, puis à leurs parents. C'était un gamin joyeux, bien élevé, attendrissant et charmant. Jusqu'alors, il vivait chichement avec sa mère. Là, il découvrait le palais de la gourmandise : un pain odorant, des croissants à la pâte croquante à souhait et autres friandises savoureuses qui éveillaient d'autant plus ses jeunes papilles qu'on ne les lui refusait généralement pas. Il était fasciné par la beauté des gâteaux, surtout les plus imposants qui garnissaient les tables des mariages ou de cérémonies importantes. Aussi se découvrit-il tout naturellement une vocation de pâtissier que prit très au sérieux le père de Mathieu. Il débuta à ses côtés comme arpette, puis, avec les années, la maîtrise arriva et l'esprit de création se développa. À présent, c'était lui qui formait les apprentis et dirigeait les autres pâtissiers qui venaient compléter l'équipe.

Mathieu n'avait pas eu grand mal à déceler l'ennui de Louis. Il avait besoin de se retrouver avec des enfants du même âge que lui. Aussi proposa-t-il à Lucile de l'emmener chez Roy, au moins pour faire connaissance.

— Son aîné, Roy Junior, a quinze ans. C'est un adolescent très raisonnable auquel on peut faire confiance. C'est lui qui gère ses frères : Reggy a onze ans et le plus jeune neuf ans. Ils n'habitent pas à l'autre bout de la ville : ils ont une maison avec un jardinet dans le quartier du bayou Saint-Jean. J'en ai parlé avec Roy et son épouse. Cela ne leur pose aucun problème et je suis certain que ça ferait une belle bande de copains.

La proposition était séduisante. Mais Lucile ne voulait pas s'emballer. Elle ne pouvait s'empêcher de redouter le moindre danger pour Louis. Déjà, elle s'était attachée à lui inculquer les règles discriminantes imposées aux gens de couleur, des interdits qu'il saisissait mal. Après tout, au milieu d'une fratrie noire, il apprendrait mieux, essaya-t-elle de se persuader. Avec réticence, elle céda aux suppliques de son fils trop heureux de s'échapper en compagnie d'éventuels copains.

— Nous irons demain après-midi, l'avait-elle assuré.

Dans l'immédiat, la chose la plus importante était de répéter à Aby ce que son grand-père lui avait révélé.

Louis oublia très rapidement la monotonie de ses premiers jours de vacances. Il s'était intégré tout naturellement à la fratrie et accepta sans rechigner les directives de Roy Junior, son aîné de quatre ans : une différence significative entre un enfant et un adolescent. Avec Reggy, du même âge que lui, la complicité était totale. Il était ravi de ces vacances, elles s'annonçaient bien. Il en était encore à l'âge de l'innocence, cet âge où les enfants se reconnaissent entre eux, hors de toute considération d'origine ou de milieu.

De son côté, Lucile avait expliqué à Roy Junior l'ignorance de son fils sur les restrictions imposées aux Noirs. Des interdictions avec lesquelles, eux, ils vivaient depuis toujours et s'étaient jusque-là accommodés.

— Vous dites qu'en France on peut passer par la même entrée qu'un Blanc ou s'asseoir à ses côtés sur un banc public ?

Devant ses affirmations, l'étonnement se lisait sur son visage juvénile.

— Mais comment ça se fait ? insistait le gamin, ébahi.

Lucile ne savait pas quoi lui répondre, réalisant qu'elle lui entrouvrait la porte sur la rébellion et estimant que ce n'était pas à elle de le faire, mais à ses parents et à ses éducateurs.

Finalement, elle n'était pas mécontente de voir son fils en bonne compagnie même si elle ne pouvait pas s'empêcher de toujours redouter un malheureux imprévu. Elle baignait dans une ambiance d'autant plus perturbante qu'elle s'inquiétait pour la santé de sa mère.

Le regard de Rosa-Lynn s'était éteint et elle semblait ne rien percevoir de ce qui se passait autour d'elle. Elle s'écroulait. Elle ne comprenait pas que tout pût finir si vite, si brutalement. Elle évoluait dans le monde clos des souvenirs sans tenir compte d'un entourage qui s'efforçait de l'épauler pour surmonter sa peine. Elle vivait dans un univers de silence, un silence bien différent, un silence assourdissant qui lui martelait les tempes. Les larmes taries, les lèvres desséchées comme après une trop forte fièvre, elle affichait une vulnérabilité que décelaient tous ceux qui l'aimaient. Lucile souffrait de la voir ainsi. Et même si, disait-on, le temps guérissait les plaies, il n'en resterait pas moins qu'un piètre chirurgien. En tout cas, il n'était pas question de la tourmenter davantage.

Lucile piaffait d'impatience. Ce jeudi-là, Aby tardait à arriver. Elle lui en voulut, le soupçonnant de faire passer leur problème après ses affaires. Elle guettait sa venue. Lorsqu'elle entendit la porte d'entrée s'ouvrir, elle s'enfuit dans la salle de restaurant et s'efforça d'adopter un air détaché en s'avançant vers lui. Une neutralité qui sonnait faux alors que son cœur battait à tout rompre sous le poids de ses appréhensions. Ils s'étaient retrouvés dans le bureau, sous le regard de Philippe qui du haut de son cadre semblait veiller sur eux. Il prit d'emblée la parole :

— Me Meagher m'a appelé à la toute première heure ce matin. Nous nous sommes longuement entretenus.

Une fois de plus, elle regretta aussitôt sa réaction et ne manqua pas de s'interroger sur la défiance dont elle faisait systématiquement preuve à son égard.

— Ce n'est pas qu'il refuse de nous représenter, mais il pense que, si nous voulons mettre à mal cette pratique scélérate, il faut se faire assister par des avocats spécialisés. Il nous conseille de nous rapprocher de Houston & Houston.

Ce nom ne signifiait rien pour Lucile. C'était du domaine d'Aby et elle ne pouvait que s'en remettre à lui. Réalisant sa méconnaissance, il lui brossa un bref tableau de ce prestigieux cabinet créé en 1892. Il lui évoqua Charles Hamilton Houston, fils du fondateur et associé, un Afro-Américain hautement diplômé, dont l'idéal était de combattre l'injustice par le droit et d'en finir avec les lois Jim Crow entretenant une ségrégation qui s'appliquait à tous les services et lieux publics. Vice-doyen de la faculté de droit de l'université d'Howard, il était également le conseiller spécial de la NAACP, National Association for the Advancement of Colored People (Association pour la promotion des gens de couleur), une organisation particulièrement influente, instituée au début du siècle pour la défense des droits civiques. Walter White – au nom prédestiné – occupait les fonctions de secrétaire exécutif : journaliste et essayiste, il jouait de son ascendance majoritairement blanche qu'attestaient ses yeux bleus et sa chevelure blonde. Or les actions menées par l'équipe de la NAACP étaient connues pour le talent et le sérieux de ses avocats et l'aboutissement favorable des jugements qu'ils obtenaient.

— Même si cela doit coûter fort cher, il faut le faire !

— Non, s'ils sont déboutés, les frais seront à la charge de la partie adverse.

— Le risque demeure, répliqua Lucile qui, à présent, retardait le moment de lui révéler ce que son grand-père lui avait appris de leur départ de Deodat.

Aby se cala le dos dans le fauteuil. Il gardait les yeux baissés sur un crayon qu'il tournait dans tous les sens comme pour se donner une contenance. Un geste qui agaça Lucile. Il releva brusquement la tête avant de déclarer :

— Bien ! Maintenant, j'ai réfléchi à une éventuelle transaction. Je sais que cela vous lésera, mais c'est peut-être une solution.

Elle sursauta. Elle aussi avait envisagé une autre possibilité plutôt que d'en arriver à un procès. Cette idée d'aller en justice la dérangeait : une telle action prendrait beaucoup de temps. Or, dans moins de deux mois, elle rentrerait à Paris et elle ne voulait pas voir sa mère, si démunie, affronter la haine méprisante d'une femme qui lui reniait le droit d'avoir partagé la vie d'un Blanc et qui donc l'excluait d'une famille qui aurait dû être la sienne.

— Vous y tenez, à la maison de Baton Rouge ?

Devant son air étonné, il poursuivit sans imaginer que sa surprise venait de ce qu'elle avait envisagé la même opération.

— Vous et votre frère, pourquoi ne pas renoncer à votre part d'héritage sur cette maison ? En contrepartie, elle abandonne toute action contre vous. Votre mère n'en saura rien puisqu'elle n'est pas concernée. Bien entendu, il nous faut le consentement de votre frère.

— Et si cela ne lui suffisait pas ?... J'ai des économies, mes disques me rapportent pas mal d'argent.

— Le mieux serait de prendre langue avec William Pierson. Il est évident qu'on ne peut pas lui demander de s'impliquer dans notre affaire. Il ne va pas entrer en conflit avec son ex-épouse ni se dresser contre l'intérêt de ses enfants. Sans compter que même s'il voulait intervenir auprès d'elle, il risquerait d'obtenir l'effet inverse. On ne connaît pas les conditions de leur séparation. Il se peut que votre tante éprouve beaucoup de rancœur à son encontre, surtout depuis qu'il a refait sa vie.

— Puisque vous lui avez laissé un message, on n'a plus qu'à espérer qu'il se manifeste rapidement. Même s'il n'intervient pas, je pense qu'il sera de bon conseil, au moins pour savoir comment appréhender la situation. En attendant, nous pourrions appeler mon frère.

Le moment était opportun pour Lucile de lui répéter ce que son grand-père lui avait avoué sur la vente de Deodat, l'arrestation de son frère et sa libération. Ce jour-là, Aby s'était attardé et ils avaient partagé le repas de midi. Si l'amitié n'était pas encore au rendez-vous, une certaine confiance s'installait entre eux. En fait, Aby avait redouté de devoir se confronter à une personne bornée, voire revancharde, et ce qu'il découvrait de Lucile, son sens de la famille, sa volonté de préserver les siens, lui plaisait bien.

XXVI

Dès son retour en Louisiane, William Pierson avait rappelé Aby. Il lui avait proposé de venir le rejoindre à l'appartement qu'il occupait lors de ses séjours à La Nouvelle-Orléans. C'étaient en fait ses anciens bureaux situés au quinzième étage d'un immeuble dominant la baie. Il les avait fait aménager en un vaste logement, plutôt impersonnel malgré la touche un peu féminine qu'essayait de lui apporter sa nouvelle compagne.

Il ne chercha pas à dissimuler son effarement en apprenant la démarche de celle qui avait été de longues années durant sa femme.

— Avec la pension que je lui verse et ses propres biens, elle est largement à l'abri du besoin. Quant à notre fille, son mari appartient à une dynastie d'entrepreneurs immobiliers. Et pour Alexandre, c'est moi qui m'occupe de tout.

Même si cette action le choquait, il garda pour lui son ressentiment. Les deux hommes se faisaient face, les yeux dans les yeux, sans animosité, avec respect.

— Nous ne vous demandons pas d'intervenir, ce serait déplacé. Par contre, ce sont des conseils que nous venons chercher auprès de vous.

Les sentiments de William face aux gens de couleur avaient évolué depuis qu'il s'était lié d'amitié avec Philippe du Plaissant et après la révélation des exactions de son fils. Sa neutralité avait été mise à rude épreuve. S'il ne soutenait pas leurs revendications identitaires et qu'il continuait à penser « égaux, mais séparés », même si cette séparation n'allait jamais de pair avec l'égalité, il n'admettait pas la ségrégation violente et injuste dont ils étaient bien souvent victimes. Il appréciait ce jeune avocat dont Philippe lui avait toujours dit le plus grand bien ; quant à Aby, si Philippe du Plaissant avait tenu en amitié son beau-frère, à son tour il pouvait lui faire confiance.

La discussion se menait entre volutes de cigarettes et l'arôme d'un café fraîchement torréfié qui laissait comme un goût de noisette au fond de la gorge.

— La seule chose envisageable, c'est que j'aille voir ma fille pour la convaincre de persuader sa mère d'accepter votre marché. Je sais qu'elle au moins ne refusera pas de m'écouter et gardera pour elle ma démarche. Je vous tiens au courant, et je passerai saluer Rosa-Lynn.

Si Aby s'exprimait d'un ton ferme, il faisait preuve d'une grande diplomatie qui n'échappa pas à son interlocuteur.

— Je suppose que vous avez pensé à faire estimer la maison de mes ex-beaux-parents.

Aby hocha affirmativement la tête.

— C'est ce que nous envisageons de faire en effet, répondit-il.

— Je suppose aussi que vous ferez appel à un marchand de biens blanc prétextant que vous souhaitez satisfaire la demande d'un client de couleur. Pardonnez-moi, mais mes propos sont purement pécuniaires, et bassement orientés, si j'ose dire.

William ne poursuivit pas. À l'attitude d'Aby, il était évident que celui-ci avait saisi l'allusion : un Blanc surestimerait le bien si le client était noir. Et de cette plus-value découlerait une part d'héritage plus importante pour les enfants du défunt, minorant d'autant ce que réclamait la plaignante.

Au fond de lui, il se reprochait d'avoir autrefois réprouvé l'union de Philippe et de Rosa-Lynn. À présent, il enviait presque la force de caractère dont ils avaient fait preuve, surtout de la part de celui qui fut son beau-frère. Envers et contre tout, ils avaient vécu une belle histoire, certes interrompue trop tôt, alors que son propre couple n'avait pas su résister aux ans et au manque de communion qui avait conduit à l'incompréhension. Il chassa rapidement son amertume en songeant à sa nouvelle compagne. Désormais, le temps leur était compté et pour rien au monde il ne voulait le gaspiller.

— Même si les enfants de Philippe se trouvent lésés par ce marché, je crois – tout comme vous, je pense – qu'il nous faut être réalistes et éviter que l'affaire ne soit portée devant le juge. Un arrangement, si inique soit-il, vaudra toujours mieux. J'en suis désolé !

Ils se promirent de se tenir informés de l'avancement du dossier ; les deux hommes s'étaient quittés après avoir échangé une vigoureuse poignée de main. Aby n'était guère satisfait de la conclusion de leur entretien, mais il connaissait trop bien les embûches qui se dresseraient devant eux. Un malaise le parcourut, une sentence de Charles Hamilton Houston lui revint en mémoire : « Un avocat, s'il n'assume pas la fonction de mécanicien de la machine sociale, n'est qu'un parasite de la société. » Quelque part, au fond de lui, il avait l'impression de l'avoir trahi.

Sa présence manquait à Lucile, les jours où, retenu par ses occupations ou des déplacements, il ne venait pas au *Spotted Cat*. Il était le seul auprès duquel elle pouvait s'épancher sur les difficultés de sa famille, le seul qui l'aidait à se libérer de la lourdeur d'un secret qui les concernait tous. Grâce à lui, elle osait espérer parvenir à une solution sans que personne ne découvre quoi que ce soit.

Elle s'attachait à sauver les apparences. D'autant plus que son inquiétude au sujet de Rosa-Lynn grandissait. La force de caractère dont sa mère avait fait preuve les premiers temps de son veuvage s'effritait un peu plus chaque jour. Si elle gardait un port droit devant les personnes qu'elle côtoyait, dès qu'elle croyait se retrouver seule, ses épaules s'affaissaient, son regard se noyait dans un infini sombre, une sorte de cloaque dans lequel elle s'embourbait. Passé le premier choc suivi de l'incrédulité, elle se laissait à présent submerger par des vagues d'une tristesse profonde qui la ramenait sur toutes ces années partagées. Anesthésiée, comme après l'amputation d'une partie d'elle-même, elle n'en était pas encore parvenue à une colère salutaire qui l'aiderait à refouler la dévastation de l'épreuve. Et pourtant, elle allait devoir apprendre à évoluer de l'équilibre d'une personne en couple à celui d'une femme seule.

Chaque matin, après quelques bouchées difficilement avalées sur l'insistance de Louise, elle reprenait la route en direction du cimetière. À plusieurs reprises, Lucile l'accompagna. Pendant qu'elle marchait, elle semblait se détendre un peu. Une discussion s'instaurait. Puis le silence revenait devant la tombe ; aux larmes de tendresse succédait une sorte d'agressivité lorsque les deux femmes franchissaient la grille et se retrouvaient dans l'animation citadine. Cette réaction laissait à penser à Lucile que sa mère ne baissait pas les bras : une illusion bien vite démentie dès leur retour au *Spotted Cat*. Rosa-Lynn s'enfermait dans sa chambre. Louise essayait bien de la morigéner pour la faire se ressaisir, mais ses efforts restaient sans effet, et elle sombrait vers une dépression tout à fait inopportune maintenant qu'elle devait tenir les rênes du *Spotted Cat*.

Devant l'incapacité de sa mère, Lucile prit peur et appela le médecin qui compléta par quelques comprimés les recommandations, voire les injonctions de sa famille. Les jours passaient et Aby n'avait toujours rien à lui annoncer. Elle discernait mal leur avenir, surtout que Rosa-Lynn ne progressait pas. Son inquiétude devenait perceptible, elle redoutait qu'on la remarque.

En cette période estivale, les fêtes de charité fleurissaient. Une fin de matinée, alors qu'il avait refermé le livre de comptes et qu'il s'apprêtait à regagner son cabinet, Aby lui proposa de l'accompagner à l'une d'entre elles. Il avait formulé sa demande un léger sourire aux lèvres et le regard inhabituellement adouci.

— Comme ça, Louis y retrouvera certainement les fils de Roy. Et vous, cela vous changera un peu les idées. Vous en avez besoin !

Les semaines de Louis étaient rythmées par les trois ou quatre journées qu'il passait chez Roy, les parties d'échecs avec Peter qui avait fini par le charmer avec ses récits d'antan, sans oublier quelques rares promenades en ville avec sa mère. Il était fier de marcher à ses côtés, l'entendre lui raconter les lieux qu'elle fréquentait autrefois. Il aimait flâner le long du Mississippi, de ces entrepôts témoins d'un passé glorieux et riche où le port accueillait des centaines de bateaux, s'attarder devant la cathédrale Saint-Louis aux impressionnants clochers effilés couverts d'ardoises grises qui dominaient Jackson Square. Mais sa promenade favorite restait cette maison hantée de Royal Street jadis habitée par un couple de la haute bourgeoisie créole, tortionnaire d'esclaves que l'on découvrit enfermés dans une petite pièce sans lumière lors d'un incendie. Il se disait que, depuis, la demeure résonnait des cris de ces pauvres hères qui y furent torturés. Une histoire qui nourrissait sa jeune imagination et qu'il se voyait déjà contant à ses amis parisiens.

Mais par-dessus tout, il était sensible à la notoriété dont jouissait sa mère, l'admiration qu'elle provoquait parmi la population noire. Sa fierté était immense quand, dans la devanture d'une boutique où l'on vendait du matériel de musique, il apercevait un disque ou un portrait d'elle sur une affiche. Son excitation était telle qu'il aurait voulu le crier à tous les passants.

Les restrictions liées à sa couleur de peau lui restaient incompréhensibles, malgré tout il s'y pliait. De toute façon, il n'avait pas le choix, et d'ici quelques semaines, il regagnerait la France.

Lucile se trouva prise au dépourvu par l'invitation d'Aby. Elle connaissait peu de choses le concernant. Elle s'était risquée à quelques questions à son sujet auprès des siens. Toutefois, elle n'aurait jamais osé interroger Martha qui se montrait toujours très réservée.

— À une époque, il avait une femme dans sa vie. Je ne sais pas s'il est encore avec elle, ou avec une autre. En tout cas, ce qui est sûr c'est qu'il n'a pas d'enfants. C'est le grand regret de Martha de ne pas être grand-mère, lui avait confié Louise.

— Il n'est pas du genre à mélanger le privé avec son métier, avait surenchéri Peter avant de poursuivre : Parfois, il semble préoccupé, mais il garde tout pour lui. C'est un bon comédien, c'est ce qu'il faut pour son métier. Et puis des contrariétés, il doit en rencontrer tous les jours.

Elle avait dû se contenter de ces brèves informations.

En ce dimanche matin de début août, elle s'était attardée à sa toilette : rien de trop voyant ni de trop élégant. Juste quelque chose de bon goût et de confortable. La journée s'annonçait ensoleillée, le ciel dégagé, aucun orage n'était à craindre. Durant le petit déjeuner, Louis ne tenait plus en place.

— Alors comme ça, vous allez à une fête de charité ? interrogea pour la énième fois Peter, histoire d'attiser l'impatience du petit.

Lucile aussi était heureuse de s'échapper de la famille, de l'atmosphère pesante entretenue par l'état dépressif de sa mère. Bien sûr, cela n'aurait rien à voir avec les mondanités parisiennes. Le plus fort de ses souvenirs restait ces quelques heures passées à Belleville, auprès de Mlle Duchoiselle à apporter un peu de réconfort aux démunis.

— On prend le taxi pour y aller ? l'interrogea son fils quand enfin ils furent sur le départ.

En fait, Aby avait proposé à Lucile de le retrouver directement à son bureau de Rampart Street, au sud du faubourg Tremé qui, au temps de l'esclavage, était le quartier des personnes de couleur libres. La mère et l'enfant s'engagèrent sur Esplanade Avenue. La promenade se révélait des plus agréables ; l'artère était bordée d'élégantes résidences et abritée par le feuillage dense de chênes séculaires. Après une dizaine de minutes de marche, ils la quittèrent pour suivre Rampart Street, une allée rectiligne aux larges trottoirs. Les demeures étaient d'un style plus sobre, plus bourgeois. Aby lui avait noté l'adresse, et à plusieurs reprises Lucile vérifia le numéro. Enfin, ils parvinrent au lieu de rendez-vous : une maison à la française, avec une toiture en pente. Une enseigne mentionnait le cabinet d'avocats et tout à côté de la porte brillait une plaque de cuivre portant le nom de quatre associés, dont celui d'Aby. Elle n'eut pas besoin de frapper, il avait guetté leur arrivée.

— Donc c'est ici… se contenta-t-elle de dire.

— Oui ! Entrez deux minutes, nous ne sommes pas en retard, je vais vous faire visiter nos locaux.

Il souriait, détendu. Tandis qu'ils pénétraient dans son bureau, la sonnerie du téléphone retentit. Après un mot d'excuse pour ses invités, il décrocha. Sa voix se fit ferme, ses phrases lapidaires, son regard froid et dur. Il replongeait dans son monde de lutte, affichant une grande maîtrise de lui-même. Même si elle ne l'avait jamais vu épanoui et encore moins joyeux, il ne s'était jamais montré si impératif et cassant. Elle avait face à elle un tout autre homme qui devait certainement s'affirmer un adversaire redoutable. Il finit par couper court et prier son interlocuteur de le rappeler le lendemain. Le combiné raccroché, il s'excusa auprès de Lucile.

— Vous travaillez également le dimanche ?

— Ça m'arrive. Je me suis même installé un lit à l'arrière, pour les soirs où je reste très tard au cabinet et que je n'ai pas le courage de rentrer chez moi. En tout cas, aujourd'hui, je vous assure que ce n'était pas prévu qu'on me contacte.

Il lui expliqua sans s'étendre qu'il avait gardé le local de ses débuts et qu'il l'avait fait aménager en un appartement, certes petit, mais confortable.

— Il arrive encore parfois qu'on vienne me solliciter là-bas. C'est très rare. Mais là, ce n'était vraiment pas prévu, répéta-t-il avec un haussement d'épaules.

Il avait retrouvé une voix plus chaude, plus modulée.

Après s'être désaltérés, ils partirent tous les trois en direction de l'église Sainte-Augustine. Depuis sa construction en 1843, c'était le lieu où se réunissait pour prier la communauté catholique noire, créole, esclaves affranchis ou non. Entouré de cottages colorés, l'endroit était accueillant. Il n'avait rien à voir avec ces logements modestes de Negro Street, plus au nord, une enfilade de maisons de bois, toutes similaires et collées les unes aux autres, dont la peinture blanche s'écaillait au fil des ans par manque d'entretien : un ghetto impersonnel à la réputation de violence qui ternissait l'image de Tremé.

La messe se terminait, les gens se saluaient, les embrassades claquaient. Puis tout ce petit monde se répandit autour des tables dressées de piles d'assiettes, de verres et de couverts. Les rires résonnaient agrémentés de commentaires bruyants. Les enfants couraient dans tous les sens, heureux de se retrouver et de se dégourdir les jambes après le service religieux.

L'heure de se restaurer s'imposait. Les barbecues rougeoyaient de braises tandis que s'affairaient devant eux, manches retroussées, les cuisiniers du dimanche. Des odeurs de viandes grillées, de boudins et de saucisses se mêlèrent à celles sucrées des beignets et des pralines. Les estomacs réclamaient. Citronnade et bière coulaient à flots, et les trinqueurs entrechoquaient leurs verres sans complexe, d'autant plus que la prohibition avait été abrogée depuis avril 1933.

Des groupes se formaient. Les toilettes pimpantes des femmes ajoutaient à la gaieté ambiante. Au milieu de toute cette population de couleur évoluaient quelques familles vraisemblablement venues d'Europe, ce qui étonna Lucile.

— Des Italiens et des Polonais principalement, lui précisa Aby lui en désignant certaines. Des gens qui connaissent aussi le racisme de la part des autres Blancs, parce que pour la plupart ils sont arrivés récemment de pays où la misère sévit. Ils sont généralement épiciers ou tailleurs et ont trouvé leur place dans notre quartier au même titre que nous. La cohabitation se passe le mieux du monde. Nous sommes tous frères. C'est bien pourquoi nous ne devons pas baisser les bras et lutter avec le soutien de la loi à l'évolution des mentalités.

Les salutations pleuvaient, les présentations aussi, trop nombreuses pour que Lucile puisse les retenir. Tantôt, on lui donnait du « maître » respectueux, tantôt on l'appelait uniquement par son diminutif. De toute évidence, Aby était populaire et apprécié. L'étonnement se lisait sur le visage de ceux qui reconnaissaient Lucile. Les bégaiements arrivaient, trahissant l'admiration qu'elle suscitait. Il y avait bien longtemps qu'elle n'avait pas connu une telle décontraction. Elle oubliait tout, se laissant porter par l'ambiance jusqu'à ce que se plantât devant Aby une jeune femme au teint clair, à la chevelure naturellement souple et ondulée, retenue par un ruban.

— Tu te fais rare en ce moment. J'espérais bien que tu viendrais.

Et se haussant sur la pointe des pieds, elle l'embrassa chaleureusement. Aby paraissait heureux de cette rencontre et lui rendit spontanément sa marque d'affection. D'abord surprise, Lucile sentit monter en elle une étrange contrariété, comme si on l'écartait d'un monde où elle n'avait pas sa place. Presque le sentiment incongru d'une jalousie naissante devant cette Blanche qui se pendait au cou de son accompagnateur. Elle se reprit aussitôt. Il n'était pas question qu'il puisse discerner en elle la moindre faiblesse. Elle se morigéna.

— Je vous présente Lorenza, en fait Lorie pour les amis. C'est la fille de l'épicier italien qui est à trois rues d'ici. Là où je m'approvisionne depuis que sa famille s'est installée dans notre quartier.

— Et vous, vous êtes la chanteuse célèbre dont il m'a parlé ?

Son ton était admiratif, comme celui d'une enfant qui se délectait d'une gourmandise inespérée. Aby opina de la tête en guise d'approbation, pour s'enquérir aussitôt de ses parents et détourner la conversation.

Après que l'impétueuse jeune fille se fut écartée d'eux, il tint à préciser :

— Elle suit des études pour devenir avocate. Nous l'avons prise en stage au cabinet, l'an dernier. Elle est studieuse et brillante. Je suis certain qu'elle réussira. Une de plus acquise à notre cause !

Cette intrusion avait ébranlé l'enthousiasme de Lucile. Elle ne voulait rien en laisser paraître et fit un effort sur elle-même pour replonger dans l'ambiance festive. À plusieurs reprises, elle avait essayé d'amener la conversation sur la vie privée d'Aby. Chaque fois, il s'esquivait, revenant habilement sur Philippe du Plaissant. Là, au milieu de cette assemblée joyeuse, la parole lui venait plus facilement. Il l'évoquait en termes presque affectueux.

— Votre père avait choisi d'être heureux. C'était un homme paisible et solide. Auprès de lui, j'ai été conforté que tout était possible.

La cloche de Sainte-Augustine égrena les coups. Le soleil déclinait. Lorsqu'il disparut derrière les habitations atténuant de pastel les couleurs pimpantes et que les participants commencèrent à se disperser, elle en éprouva une sorte de mélancolie.

En revenant dans l'avenue, la fatigue l'avait gagnée ainsi que Louis. Elle héla un taxi et quitta Aby en lui décochant un sourire sincère tandis qu'il se penchait pour embrasser Louis qui instinctivement lui avait tendu sa joue.

— À très bientôt !

— À demain ! lui précisa-t-il.

À peine installée dans la voiture, elle s'en voulut de sa fuite, alors qu'elle avait bien perçu qu'il ne cherchait qu'à prolonger leur journée. Ce soir-là, tandis que la lune s'infiltrait sous les volets fermés, elle s'interrogeait sur ce qu'elle éprouvait pour cet homme qui ne répondait pas aux critères de ceux qu'elle avait fréquentés jusque-là. « Surtout que d'ici quelques petites semaines, tu rentres à Paris. Arrête de jouer les midinettes ! Ton destin n'est pas ici », se répétait-elle comme pour se convaincre.

En attendant, il restait une énigme pour elle. Elle se persuada que c'était cela qui l'avait attirée.

XXVII

Les premiers temps, le *Spotted Cat* avait accueilli des hôtes de passage, assurant une rentrée d'argent appréciable. Les quelques chambres ne désemplissaient guère, louées à l'occasion des festivités qui ponctuaient la vie de la cité. Elles étaient nombreuses. Le coup d'envoi était donné dès janvier où, le jour de l'Épiphanie, débutait le carnaval qui se prolongeait plus d'un mois durant jusqu'au Mardi gras. Les fêtes se succédaient tout au fil de l'année : la Saint-Patrick, la fête des Mères, celle de la Lumière, d'Halloween, etc. pour se terminer par la Noël et la Saint-Sylvestre à grand renfort de musique et de défilés.

Rapidement, ce commerce se révéla compliqué, car il n'était pas question de traverser la salle de restaurant avec des bagages et de venir perturber le spectacle. L'accès direct devait donc se faire par l'arrière. Il fallait sonner pour que Peter, qui assumait alors les fonctions de régisseur, aille ouvrir un portail de bois à doubles vantaux, et emprunter un escalier extérieur.

Toute cette organisation souleva des problèmes d'intendance auxquels les nouveaux dirigeants n'eurent pas envie de se trouver confrontés, d'autant plus que, pour tout logement, ils se cantonnaient dans une enfilade de chambres dans l'aile opposée.

Après quelques travaux, Philippe, Rosa-Lynn et leurs enfants se réservèrent presque tout l'étage, tandis que Louise et Peter purent jouir d'un véritable appartement de l'autre côté du jardin. L'espace restant servait à accueillir d'éventuels amis. Ce fut d'ailleurs là qu'on installa Martha. D'abord dans une simple pièce, puis on lui en octroya une seconde, lui permettant ainsi de disposer d'une habitation convenable qu'elle aménagea selon ses goûts. Chaque logement bénéficiait des commodités indispensables pour le rendre totalement indépendant.

Depuis leur journée passée à Tremé, une certaine complicité s'était tissée entre Aby et Louis. Celui-ci, à l'exception de l'appartement de Rosa-Lynn où il n'avait encore jamais pénétré, naviguait de l'un à l'autre, allant rendre visite à Peter ou à Louise, ou bien à Martha. Autant, cette dernière l'attirait, autant il la redoutait lorsqu'elle le fixait d'un regard qu'il estimait réprobateur. Alors il s'interrogeait sur ce qu'il avait fait de mal, parfois sans bien comprendre, mais n'osait pas le lui demander. Et lorsqu'elle lui signifiait son approbation d'un hochement de tête, il se sentait devenir quelqu'un d'important.

Le facteur était passé bien plus tard que d'habitude. Une enveloppe venait de France, destinée à Rosa-Lynn. Le déjeuner fini, elle était remontée chez elle sans s'attarder.

— Va porter ce courrier à ta grand-mère ! Elle sera contente d'avoir des nouvelles de Brest, surtout qu'Antoine a dû lui envoyer des photos, lui intima Lucile soupesant le pli épais.

Il avait gravi quatre à quatre les marches de l'escalier, le cœur un peu battant non pas d'essoufflement, mais de la perspective de s'introduire dans un monde qu'il ignorait, celui de ses aïeux. Tandis qu'il s'approchait, dans le couloir il perçut une musique qui s'apparentait au romantisme de Chopin. Il crut reconnaître des accords de *Polonaise* avec ses rubatos, cette technique d'avancer ou de retarder les notes qui était propre au compositeur. Il se retrouva devant une porte en partie vitrée de petits carreaux. Elle était bien plus large que toutes les autres. Il hésita avant de toquer. Trois timides coups assenés avec ses jeunes doigts qui ne produisirent aucune réaction. Il se décida à appuyer sur la poignée, la porte s'entrouvrit silencieusement.

Il resta dans l'entrebâillement. Sa grand-mère lui tournait le dos, assise devant un piano à queue qui faisait face à la fenêtre. Elle jouait, balançant sobrement son corps. Au mouvement de sa tête, il l'imagina s'appliquant à lire une partition. Elle se reprit à plusieurs fois butant sur l'élaboration complexe et subtile de l'harmonie et du contrepoint que Chopin s'attachait à créer pour sa musique.

Malgré une interprétation libre, Louis reconnut ce morceau que son professeur lui avait fait étudier. Il y avait passé des heures avant d'en comprendre son âme : un caractère en apparence spontané qui en réalité était le résultat d'une grande recherche. Il savait comment le maîtriser.

Rosa-Lynn se retourna doucement, elle avait décelé une présence derrière elle, peut-être au regard qu'elle avait senti peser sur elle.

— J'ai frappé, bredouilla Louis, mais vous ne m'avez pas répondu. J'ai une lettre pour vous.

Elle le remercia et, alors qu'elle s'apprêtait à le renvoyer, quelque chose en elle la poussa à lui demander :

— C'est vrai que tu apprends la musique depuis ton plus jeune âge ! Du piano, je crois, avant que tu ne te mettes à la clarinette.

Il hocha la tête, heureux d'échanger quelques mots personnels avec son aïeule.

— Oui, et ce morceau était l'un de mes favoris. Il est difficile à interpréter, surtout ce passage... Je peux essayer ? demanda-t-il, les yeux brillants.

Il n'avait toujours joué que sur un piano droit et rêvait de pouvoir s'essayer sur un piano aux cordes à l'horizontale. Rosa-Lynn se leva pour le laisser s'installer sur le tabouret. Il jeta un regard sur la partition et se pencha vers les touches. Il tapa les premières notes, surpris par une résonance particulièrement riche, un *sustain* plus long, un timbre plus consistant que ce à quoi il avait été habitué. Il s'y reprit à deux fois avant d'aborder le point délicat sur lequel avait buté sa grand-mère. La mémoire lui revint comme un automatisme et il franchit l'obstacle sans grande difficulté.

— Fais-moi voir, apprends-moi ! demanda Rosa-Lynn.

Il ne se fit pas prier, fier de pouvoir se montrer digne de son intérêt. Enveloppés de musique et oubliant le monde extérieur, ils passèrent un long moment ensemble. Rosa-Lynn retrouvait une sorte d'enthousiasme, une petite lueur qui se réveillait au plus profond d'elle-même et qui se lisait sur son visage. Elle l'observait de profil, il ressemblait tant à son cher disparu malgré le crépu de ses cheveux et la couleur bronze clair de sa peau ! Il était si beau !

Lorsque Louis la quitta après avoir caressé délicatement la laque noire et brillante du Steinway, elle s'installa dans le fauteuil qui fut celui de son compagnon. Fermant les yeux, elle s'imagina à Deodat. Elle revivait son ébahissement quand elle avait découvert l'instrument que Philippe du Plaissant avait fait livrer en cadeau pour sa future épouse, Mme Amélie. Rosa-Lynn n'était qu'une toute jeune enfant à l'époque.

Elle avait aimé Mme Amélie qui le lui rendait bien. Ce fut elle qui lui enseigna le solfège et lui apprit à jouer, qui l'incita à la lecture, lui prodiguant ses conseils, lui permettant d'aborder un monde de raffinement. Malheureusement, elles ne partagèrent que quelques années, la vie n'avait plus voulu d'elle alors que Rosa-Lynn sortait à peine de l'adolescence. Ce piano qui fut le sien, elle s'y consacra religieusement, comme si, à travers lui, elle communiquait avec la défunte. Et elle reporta sur le jeune veuf l'admiration qu'elle éprouvait pour Mme Amélie. Les sentiments suivirent et les embûches de l'existence finirent par les souder l'un à l'autre.

Et voilà que quelque chose s'était fané, s'était éteint. La mort s'était installée dans son cœur. Les « plus jamais » se transformaient en « pour toujours ». Pourtant, il y avait ce jeune enfant, son petit-fils, qui secouait le silence enraciné en elle et qui à présent la poussait à se ressaisir.

— Tu reviendras jouer ? lui avait-elle demandé en esquissant un sourire.

Il avait acquiescé, dissimulant sa joie et sa fierté de pouvoir partager avec elle des moments privilégiés alors qu'il l'avait jugée inaccessible.

Ce jour-là, sur le coup des 17 heures, Rosa-Lynn rejoignit sa mère à la cuisine pour prendre le thé. Tandis qu'elles échangeaient quelques banalités et que, pour la plus grande satisfaction de Louise, elle grignotait un beignet, elle observa sa mère comme elle ne l'avait jamais fait auparavant. Les gestes étaient ralentis, tremblotants, la voix éraillée. La vieillesse s'imposait. La peur l'envahit. Il était évident qu'elle ne la garderait plus très longtemps, qu'elle devait profiter d'elle et lui offrir sa présence tant qu'il était encore temps.

XXVIII

TOUTE VÊTUE DE DEUIL, petit à petit, Rosa-Lynn retrouvait ses activités et sa place auprès des siens. En revanche, elle ne dérogeait jamais à sa visite au cimetière. Ses journées auraient été tronquées si elle n'avait pas passé un moment sur la tombe de Philippe. Elle lui parlait sans que ses lèvres bougent. Langage muet d'un échange qu'elle imaginait si fort qu'il en devenait vivant.

Les orages se succédaient, aussi brefs et imprévus que brutaux. Au jardin se dégageait une odeur agréable, musquée et fraîche, annonciatrice d'une pluie aux gouttes tièdes en cette période estivale. Poussée par un vent qui se faisait de plus en violent, elle se faufilait dans les rues, s'infiltrait jusque dans les demeures aux fenêtres ouvertes.

— Le ciel est particulièrement chargé, ce matin. Tu devrais t'abstenir d'aller à Saint-Louis. On risque d'avoir une tornade. C'est dangereux ! Tu ne vois pas que tu viennes à prendre une branche d'arbre arrachée ?

Mais Rosa-Lynn ne voulait rien savoir. Elle se saisit d'un parapluie et partit à son incontournable rendez-vous quotidien avec celui qui partagerait toujours sa vie. Toutefois, redoutant l'intempérie, elle passa moins de temps auprès de lui, sur sa tombe. Elle pressa son pas pour regagner le *Spotted Cat*. L'averse arriva drue, et elle se retrouva prise dans une bourrasque qui retourna d'un coup sec les baleines de son parapluie aussitôt ouvert. Malgré ses efforts, elle ne parvint pas à les redresser. Elle accéléra son allure, mais en un rien de temps elle fut trempée de la tête aux pieds. Lorsqu'elle poussa enfin la porte du *Spotted Cat*, elle frissonnait sous ses vêtements qui se collaient à son corps.

Martha s'alarma à sa vue et l'aida à gagner son appartement. Elle entreprit de la déshabiller malgré ses protestations.

— À votre âge, c'est tout sauf raisonnable ! Surtout dans votre état de faiblesse !

Après l'avoir frictionnée vigoureusement, elle lui fit monter un thé brûlant et resta plantée devant elle jusqu'à ce qu'elle l'ait bu.

— Je ne suis plus une enfant, maugréa Rosa-Lynn.

— On ne le dirait pas ! Écoutez donc un peu les autres au lieu de n'en faire qu'à votre tête ! On vous avait prévenue qu'il ne fallait pas vous y rendre aujourd'hui avec ce mauvais temps. Ce n'est pas le moment d'attraper du mal.

Épuisée par sa course, glacée par cette douche du ciel, même si elle n'était pas vraiment froide, elle se sentait lasse et appréciait l'intervention de Martha. Quelques heures plus tard s'installa insidieusement un mal de tête qui alla s'amplifiant. Elle refusa de descendre pour dîner, prétextant que ses jambes la lâchaient. Lorsque Martha lui monta un plateau, elle était brûlante de fièvre, le front perlé de sueur.

Après auscultation, le médecin diagnostiqua un début de pneumonie. La prescription rédigée, il donna ses consignes :

— Pas de sortie dans l'immédiat ! D'ici quelques jours, quand la température sera tombée et qu'il fera beau, un peu au jardin. Il faut qu'elle s'économise au maximum pour se retaper.

Tout ce que Rosa-Lynn retenait, c'était cette interdiction de se rendre au cimetière. Elle essaya de protester, mais rien n'y fit. De toute façon, brisée par la fièvre, elle en était incapable pour bien des jours à venir.

Au souci de la santé de sa mère s'ajoutait pour Lucile l'absence de réponse de celle qui n'était sa tante que de sang. Chaque matin, c'était la première question qu'elle posait à Aby. Un « alors ? » interrogatif en guise de bonjour, qui jusque-là ne recevait qu'un haussement de sourcils de la part de l'avocat. L'échéance de son départ approchait et elle ne voyait pas comment elle allait s'organiser malgré la confiance qu'elle plaçait en lui. La rentrée des classes aussi se profilait.

Aby était parfaitement conscient de la situation. Il s'était habitué à sa présence, à leur amitié naissante. À deux reprises, il l'avait invitée à dîner ailleurs qu'au *Spotted Cat* : une échappée qui favorisait une certaine intimité entre eux. Il avait fini par se livrer, lui évoquer brièvement cette compagne qui était restée à ses côtés une dizaine d'années et qui l'avait quitté. D'un ton faussement badin, il avait conclu :

— Elle s'était imaginé mener une vie différente. J'ai été égoïste à attendre d'elle de se consacrer uniquement à notre foyer tandis que moi je ne voyais que par mon travail. Elle avait d'autres ambitions, je ne l'ai pas compris, je n'ai surtout pas voulu l'entendre.

— Vous n'avez pas eu d'enfant ?

— Non ! Elle n'en voulait pas… et moi non plus d'ailleurs. J'avais peur des contraintes que la présence d'un bébé engendrerait. J'étais trop occupé pour être là pour lui. Un enfant a besoin d'un père, j'en sais quelque chose.

Il regretta aussitôt ses paroles. Lucile n'élevait-elle pas son fils seul ? Il balbutia tout en s'excusant de sa maladresse. Les souvenirs arrivaient, insensibles à la peine éventuelle qu'ils provoquaient. Mais de leurs mains de sorcier, ils façonnaient un nouvel horizon.

Plus d'une fois, Lucile s'interrogea sur la date de leur départ. Il devenait évident qu'il faudrait la repousser. Elle avait joint Arnaud qui ne lui avait décroché que de petits contrats qui ne répondaient pas à ses aspirations. Arriverait-elle un jour à figurer au palmarès des plus grands noms de la chanson ? Les années défilaient, elle commençait à en douter. Une jeune génération s'imposait auprès d'un public international et les maisons de disque se les arrachaient. Avait-elle encore sa place ? Certes la France lui offrait la liberté, mais à quel prix ? Celui d'une éternelle seconde, voire pire ? Jusqu'à son film qui ne remplissait pas les salles. En réalité, la question qui la taraudait était tout autre : avait-elle envie de repartir ? Ne valait-il pas mieux être une reine dans sa lointaine province qu'une énième princesse dans une capitale, fût-elle Paris ? La seule chose qui s'opposait à tout ce raisonnement était la scolarité de son fils.

— C'est bien que vous reportiez votre retour. Mais voulez-vous réellement partir, même plus tard ? On a besoin de vous ici, vous le savez, avança Aby d'un ton qu'il s'efforça de garder neutre.

Elle reprit l'argument des études de Louis.

— De toute façon, vous allez devoir l'inscrire ici au moins pour quelque temps.

— Le problème, c'est qu'à La Nouvelle-Orléans il ne pourra fréquenter qu'une école noire. C'est un bon élève. Son dossier a été accepté par un lycée parisien reconnu pour la qualité de son enseignement.

À peine avait-elle lâché sa dernière remarque qu'elle se mordit les lèvres, regrettant sa maladresse aux accents sélectifs, voire restrictifs et racistes. L'air sérieux, presque vexé, Aby répliqua sèchement :

— Ce n'est pas parce que les écoles réservées aux Nègres perçoivent moins de subventions qu'elles accueillent des professeurs au rabais. Bien au contraire, nos enseignants ont conscience que seule l'éducation nous permettra d'avancer. Tous leurs diplômes sont largement reconnus.

Mal à l'aise, en guise d'excuse, elle poursuivit presque en bafouillant :

— Je vais me renseigner pour savoir quel établissement fréquente Reggy. C'est peut-être la solution… en attendant.

Ils s'étaient quittés un peu contrariés. Il semblait à Lucile qu'on lui forçait la main. Elle percevait que, si elle restait, elle serait prise dans une sorte d'engrenage et qu'il lui serait particulièrement difficile, pour ne pas dire impossible, de s'en aller un jour.

Étrange sensation de ce temps enfui, d'un passé éloigné des siens qui même encore présents figuraient déjà au panthéon de ses souvenirs. Elle les voyait différents alors qu'ils demeuraient égaux à eux-mêmes. C'était elle l'absente qui, hors de leurs repères, avait changé. Les années ne se remontaient pas. Piège ou richesse ? C'était selon ce qu'elle avait vécu auprès d'eux, ce qu'ils lui avaient offert, et qu'à son tour elle se devait de relayer, car à présent ils l'attendaient, elle, celle qui avait été l'absente.

Sa nuit fut tourmentée, bousculée d'hésitations. Si encore, comme son frère, elle avait un amour qui la retienne en France. Mais ce n'était pas le cas, loin de là ! Des amis, ou plutôt des relations elle en comptait de nombreuses, ainsi que sa cousine Emy, mais elles ne suffisaient pas à combler sa solitude sentimentale. Le point épineux restait, comme une déchirure, son renoncement à un mariage officiel avec un Blanc. Pour l'expérience qu'elle avait eue des hommes, elle s'interrogeait. Elle n'avait jusqu'à présent jamais fait les bons choix.

XXIX

Quand elle lui annonça sa décision de prolonger *sine die* son séjour à La Nouvelle-Orléans, elle décela dans les yeux d'Aby comme une petite étincelle qui lui procura une sensation confuse, indéfinissable. Pour la dominer, elle se mit à parler, à se justifier, évitant son regard qu'elle sentait peser ironiquement sur elle, alors qu'il n'en était rien.

— C'est la solution la plus sage. Vous avez bien fait. Les remords sont plus difficiles à effacer que les regrets. Votre famille est au courant ? Comment a-t-elle réagi ? Et Louis ?

Il enchaînait les questions, animé d'une curiosité inhabituelle qui n'avait rien de professionnel. Non, elle n'avait encore évoqué à personne ses projets, pas même à son fils.

— Si vous voulez, nous pourrons aller voir ensemble l'école : je connais bien le directeur, lui proposa-t-il.

Visiblement, il était soulagé de savoir qu'elle restait, persuadé déjà qu'elle ne repartirait plus. Son visage s'était détendu, et un léger sourire relevait les commissures de ses lèvres. Calé dans son fauteuil, il avait étiré ses jambes.

— Que diriez-vous d'aller fêter votre décision, ce soir ?

— Croyez-vous que cela vaille la peine d'être fêté ?

— Je le pense. Le *Spotted Cat*, c'est une affaire de femmes. Il est venu le temps pour vous de prendre le relais. Vous pourrez toujours compter sur ma mère pour vous seconder, sauf pour le côté musical, elle est plus versée dans le classique, l'opéra c'est son monde.

Elle ne pouvait effacer l'amertume que son choix lui laissait. Elle était consciente que le temps chassait les mauvais moments et amplifiait les meilleurs. Peut-être que viendrait le jour où elle regretterait ce renoncement à la liberté. Pourtant, elle pressentait qu'il lui offrait des opportunités et lui apporterait la stabilité qui lui manquait.

Face à cet homme, qu'elle voyait si sûr de lui, elle sentit la brûlure de la timidité sur ses joues et fut heureuse qu'en raison de la couleur de sa peau il ne puisse pas la remarquer.

— Nous trinquerons à vos nouvelles responsabilités, même si elles sont limitées dans le temps, conclut-il en étouffant presque la fin de sa phrase.

Il l'avait emmenée dans un restaurant italien en bordure du fleuve. Les eaux grises du Mississippi étincelaient sous les reflets luisants d'un soleil couchant. Une animation bon enfant régnait, des accents italiens portaient haut. À cette heure vespérale, l'établissement comptait déjà de nombreux clients.

— Maître Ardern ! Attendez, je vais vous trouver une table tranquille, le salua avec force gestes et sourires celui qui paraissait être le patron des lieux.

Celui-ci poussa un cri quand il reconnut Lucile qui n'eut que le temps de l'arrêter alors qu'il s'apprêtait à prévenir toute l'assistance de sa présence.

— Un honneur que de vous recevoir, *signora* !

Lucile se montra sensible à sa démonstration plutôt bruyante. Bien des regards admiratifs s'étaient tournés vers elle. Elle représentait une enfant du pays dont ils étaient fiers, et elle en était touchée. Elle apprécia l'endroit un peu retiré, près d'une large baie face au fleuve. Ici, la ségrégation n'existait pas, et les clients, quelles que soient leur pigmentation de peau ou leur origine, se côtoyaient avec décontraction.

— Décidément, vous êtes connu partout ! Je suppose que vous êtes un habitué, remarqua Lucile.

— Oui et non. J'ai surtout plaidé pour eux lorsqu'on a voulu les empêcher de s'installer ici alors qu'on les avait laissés acheter le terrain.

Devant l'air étonné de sa compagne, Aby lui expliqua les difficultés que les Italiens, comme d'autres nationalités, rencontraient : ces nouveaux venus, des rebuts d'une société européenne décadente ainsi que les considéraient les Blancs établis en Louisiane depuis des générations.

— J'aurais préféré vous inviter chez Arnaud, mais il aurait fallu réserver bien à l'avance. Un peu comme au *Spotted Cat* ! Ce ne sera que partie remise.

Malgré le brouhaha ambiant, elle trouva la soirée délicieuse. Il la surprenait, la rassurait, la charmait.

La soirée passa trop vite ; et lorsqu'elle se retrouva seule dans sa chambre, elle reconnut qu'en dépit de la couleur foncée de sa peau il l'attirait.

La scolarité de Louis ne posa aucun problème. Le directeur réserva le meilleur accueil à sa demande d'inscription, même si les effectifs étaient au complet, lui avait-il précisé. En son for intérieur, elle sourit : sa notoriété lui ouvrait bien des portes, à condition toutefois de les ouvrir que sur le monde nègre.

À présent que l'admission de Louis était entérinée, elle se devait de lui en parler. Elle ne pouvait plus reculer même si elle redoutait sa réaction : elle s'apprêtait à bousculer son univers.

— Comment ça ? Nous ne rentrons pas à Paris ?

Plus que de la surprise, elle lisait de la stupéfaction sur le visage de son fils. Pourtant, elle savait que du haut de ses onze ans, il était apte à appréhender la situation. Alors, en mots simples, elle lui expliqua, ponctuant ses remarques par des « tu comprends ? », auxquels il répondait opinant de la tête.

— Je serai dans la même classe que Reggy ? finit-il par demander.

— Oui !

Avec soulagement, elle vit le visage de son fils s'illuminer d'un large sourire. Il se plaisait à La Nouvelle-Orléans. Il y avait trouvé un véritable foyer, tout comme à Brest, si ce n'était que, ici, il jouait le rôle d'un enfant unique, concentrant sur lui toutes les attentions. Il entretenait une complicité différente avec chacun des membres de la famille : un intérêt musical avec sa grand-mère, les récits empreints de sagesse de Peter, la tendresse parfois un peu brusque de Louise, sans oublier Martha qui s'adressait à lui à la fois comme un adulte et un enfant. Quant à Aby, il le voyait en ami, tandis que Mathieu, depuis sa gloriette, se montrait plus paternaliste. Alors, oui ! Il était heureux de cette longue étape, malgré les problèmes contre lesquels sa mère ne manquait jamais de le mettre en garde. À vrai dire, jusqu'à présent, il ne s'était pas réellement trouvé confronté au sordide de la ségrégation.

Après bien des discussions par avocats interposés, la solution suggérée par Aby fut acceptée. Il obtint en outre qu'un tableau et quelques bibelots reviennent à Lucile et Antoine. Là encore, le poids de la célébrité de Lucile avait joué. Elle était suffisamment médiatique pour être redoutable.

Depuis la résolution de l'héritage, Aby se rendait moins souvent au *Spotted Cat*. Lucile se surprit à le regretter et alla même jusqu'à s'interroger sur la finalité de son apparente indifférence envers elle. Petit à petit, elle en oubliait sa carnation aussi foncée que la sienne, et ne voyait plus en lui que l'homme et ses valeurs : secret, solide, prévenant. Pourtant, elle ne se sentait pas prête à aliéner sa liberté. Une union, légitimée ou pas, supposait des contraintes au quotidien, des choix en fonction de l'autre. Sa relation avec le père de son enfant lui avait fait découvrir les difficultés d'une vie de couple. Cependant, elle convenait de la dissemblance entre les deux hommes : l'un subissait, l'autre s'imposait. Elle se sentait écartelée par son besoin inné de protection et sa volonté d'indépendance. Cet amour naissant la déstabilisait dans ce qu'elle croyait être des certitudes. Toutefois, elle prenait conscience que tôt ou tard elle devrait choisir.

Elle ne réalisait pas qu'Aby était habité des mêmes pensées et que surtout il redoutait la déception. Lui, si assuré et entreprenant pour les autres, se trouvait démuni face à des sentiments qu'il contrôlait de plus en plus difficilement. Lucile était devenue sa faiblesse et il se sentait en danger. Il voyait toute future relation à partir de l'expérience vécue avec son ancienne partenaire. Il s'interrogeait sur ses capacités d'être à la hauteur des attentes de cette femme qu'il admirait, et il érigeait devant lui de fausses barrières.

Le samedi après-midi, Louis et Reggy se retrouvaient au parc. La première fois, Louis s'était dirigé sans ambages vers un large terrain verdoyant, bien entretenu, où un groupe d'enfants se disputait une partie de ballon. Reggy l'avait rattrapé et tiré par la manche.

— On n'a pas le droit d'y aller ! Ce n'est pas pour nous, c'est pour les Blancs seulement.

Devant son étonnement, son ami l'avait entraîné vers une friche, à l'arrière, séparée des pelouses par une haute haie grillagée. Par manque d'entretien, l'endroit semblait laissé à l'abandon. En guise de poteaux, de simples bâtons marquaient la fin d'une imaginaire zone d'en-but. De nombreux jeunes se disputaient le terrain, tous étaient des Noirs, soulevant dans leur course un nuage de poussière.

L'incompréhension de Louis tourna à la rage de l'injustice. Voilà donc ce que sa mère avait tenté de lui inculquer : se contenter des rogatons des Blancs !

— Parce qu'en France, ce n'est pas comme ça ? l'interrogea Reggy.

Alors il expliqua, un pincement au cœur. La nostalgie arrivait, avivée par sa colère. Il avait déjà raconté à Reggy cette liberté offerte à tous, tandis qu'ici on multipliait les entraves. Son ami l'écoutait, le questionnait, dubitatif.

— J'aimerais bien y aller, là-bas !

Sa réflexion laissa Louis perplexe à son tour. La vie imposait ses choix, c'était ce que lui avait affirmé sa mère. Est-ce qu'un jour il lui serait possible de tout avoir à la fois ?

Avec novembre s'en étaient allés les ouragans. En raison de la proximité des eaux chaudes du golfe du Mexique, l'hiver s'annonçait clément. Les matinées et les nuits étaient frisquettes. Dans la journée, par-delà la grisaille du ciel, lorsque le soleil était assez haut, la fraîcheur se transformait alors en une chaleur d'une douceur agréable. Noël se profilait, les décorations envahissaient les devantures, faisant montre d'originalité. Dans les rues flottaient des effluves gourmands de caramel, de chocolat ou de cannelle. Le temps était à la fête.

En cette période de Nativité, il était prévu que le *Spotted Cat* fermerait ses portes pour quelques jours avant d'accueillir à nouveau ses clients pour une soirée exceptionnelle de fin d'année. Cette courte interruption permettrait aux Plaissant de se retrouver entre eux. Malgré leur deuil, ils s'obligeaient à une certaine gaieté pour ce premier Noël auquel participerait Louis. Rosa-Lynn allait mieux. Et même si sa santé restait fragilisée, elle prenait davantage part à la vie de l'établissement.

Comme chaque année, Aby passerait ces fêtes avec sa mère et la famille de sa tante. Avant de prendre congé de Lucile, l'air sombre, il lui proposa une fois de plus de dîner avec lui.

— Je connais un endroit charmant, une petite auberge cajun, près du bayou de Barataria. On prendra ma voiture, je ne vous raccompagnerai pas trop tard.

La voix rauque, son regard se faisait suppliant. Elle accéda à sa demande. À vrai dire, elle l'espérait. Comme il le lui conseilla, elle opta pour un tailleur décontracté et chaud : un pantalon aux pinces plaquées et des trotteurs confortables assortis. À plusieurs reprises, elle vérifia sa tenue dans le miroir, lissant les plis, réajustant sa coiffure et, satisfaite de l'image renvoyée, elle se laissa gagner par l'impatience.

À l'heure convenue, elle le retrouva au volant d'une Ford qu'il venait visiblement d'astiquer avec soin. Il avait abandonné sa sempiternelle chemise blanche et son austère cravate foncée pour un pull-over et un foulard aux teintes mordorées.

La voiture s'échappait de la ville en direction de Jean Lafitte, un village du nom du flibustier français. Il parlait de V8, elle simulait un intérêt pour la mécanique alors qu'elle n'y comprenait rien. L'essentiel était d'empêcher qu'un silence déroutant s'installe. Il se déplaçait assez souvent pour les dossiers qu'il traitait, il lui expliqua l'importance d'avoir son propre véhicule, d'éviter ainsi la ségrégation dans les transports publics.

— Et si vous tombez en panne ? Ce n'est pas ce que je vous souhaite, mais cela peut arriver.

Je suppose que vous ne pouvez pas vous faire dépanner dans tous les garages.

— *The Negro Motorist Green Book*, le livre de l'automobiliste nègre, en avez-vous entendu parler ?

Devant son ignorance, il entreprit de lui détailler l'ouvrage né d'un New-Yorkais, Victor Hugo Green. Il avait collecté des informations avec pour objectif de fournir des renseignements utiles et fiables aux conducteurs noirs dans tous les domaines : hôtellerie, restauration, stations-service, garages, lieux de distraction, etc. Son guide remportait un très vif succès auprès d'une population toujours soumise aux lois de Jim Crow.

Le timbre de leurs voix sonnait faux, comme si chacun redoutait de rompre le charme de leur escapade. Une demi-heure plus tard, il stoppa son véhicule devant un établissement à la façade colorée. Une partie juchée sur pilotis s'avançait sur l'eau d'un ancien bras du fleuve que les Amérindiens Choctaws avaient surnommé « *Bayuk* », en raison de son cours qui évoquait la sinuosité du serpent, et que dorénavant tout le monde appelait « bayou ». Il s'en échappait des accents créoles d'accordéon et de violon.

— C'est assez bruyant, mais j'ai fait réserver une table un peu à l'écart de l'orchestre.

Les lampions éclairaient au premier plan le dense fouillis d'une cyprière. Le décor s'arrêtait là où ne portait plus la lumière. Une lune haute et brillante s'infiltrait entre les branches noires offrant une étrange beauté aux reflets de l'eau. Une fois de plus, la présence de Lucile ne passa pas inaperçue pour plusieurs clients qui la gratifièrent d'un amical signe de reconnaissance.

— Vous serez bien près de la fenêtre ! Vous n'avez rien à craindre des maringouins : ils sont partis pour quelques mois, Sugar ! lui avait déclaré dans une affabilité spontanée la patronne.

Lucile lui répondit d'un franc sourire : ces moustiques dont elle redoutait tant les piqûres lorsque arrivait la saison des pluies ! Et ce surnom affectueux, Sugar, dont les Cadiens, créoles issus de francophones venus s'installer en Louisiane dès la fin du XIIe siècle, avaient l'habitude de gratifier ceux qu'ils appréciaient ! Elle se laissait happer par la joie de vivre ambiante. Aux huîtres frites succéda une étouffée d'écrevisses qu'elle s'empressa de décortiquer et de manger avec les doigts.

— Laisse les bons temps rouler, comme disent les Cadiens, lui avait déclaré Aby d'un air complice.

Le vouvoiement n'existait plus entre eux, il avait disparu spontanément. Mélodéon et tit-fer enchaînaient les rythmes syncopés, entraînant les danseurs au centre de la salle. Elle riait de les voir faire montre de leur enthousiasme. Elle déclina les quelques invitations, mais joignait ses applaudissements aux leurs.

Lorsque, rassasiés de nourriture et de musique, ils quittèrent le restaurant, il l'aida à relever le col de son manteau : une froidure un peu humide montait du bayou. Son geste se ralentit et il lui entoura les épaules comme pour la réchauffer. Blottis l'un contre l'autre, ils se dirigèrent vers la voiture. Durant le trajet de retour, ils se saoulèrent de paroles et de rires, se remémorant certains des épisodes cocasses qu'ils venaient de partager.

Rue Kerlerec, les lumières du *Spotted Cat* étaient toutes éteintes. Isolés dans le petit habitacle du véhicule, il leur semblait être seuls au monde. La gêne s'installa. Le moment de se séparer était arrivé. Elle se pencha pour l'embrasser sur la joue, mais ses lèvres ripèrent, et elle n'opposa aucune résistance quand il l'enlaça. Un long baiser doux, sans violence, qu'elle aurait aimé prolonger.

Il s'écarta et, lui caressant le visage, lui souffla :

— On se revoit demain ? Je t'appelle ?

La gorge serrée par l'émotion, elle laissa échapper un murmure qui s'apparentait à un « oui ».

Ils se quittèrent sans autre effusion, alors qu'elle était prête à s'abandonner à lui. Les heures s'égrenaient, elle ne parvenait pas à trouver le sommeil. Enfermée dans l'obscurité de la nuit, de cette nuit lieu des confidences, celles que l'on se fait à soi-même, elle ne pouvait pas renier les sentiments qu'elle lui portait. Elle redoutait que la brièveté de leur moment de tendresse ne soit le signe d'un intérêt moindre de sa part.

XXX

Le lendemain, après quelques brèves heures de sommeil, Lucile s'efforçait de dominer son impatience. Au petit déjeuner, elle avait l'impression que les regards étaient braqués sur elle, surtout celui de Martha. Ce qui était vrai, bien qu'elle le fasse à la dérobée. Louis était encore trop jeune pour qu'elle réalise combien une mère attentive pouvait lire dans les replis secrets du cœur de son enfant. Et Martha avait compris l'attirance qu'elle provoquait chez Aby.

Rosa-Lynn s'était jointe à leur petit groupe : on devait finaliser la soirée du Nouvel An. Dans sa tête résonnait en leitmotiv l'absence de Philippe, une absence qui pesait à chacun. C'était la première fois qu'elle passerait les fêtes sans lui. Même dans ses plus jeunes années à Deodat, il avait constamment été là, lui, le maître de la plantation qui accueillait ses serviteurs venus lui présenter leurs vœux. Il avait toujours un petit cadeau pour eux, quelques billets ou une bouteille pour les hommes, une pièce de tissu pour les femmes, des jeux pour les plus petits. Depuis, il lui avait offert bien davantage, il lui avait donné une famille, dont dorénavant elle devait assurer la pérennité comme il l'avait fait.

La carte du menu était arrêtée, de même que la décoration de la salle. Il fallait finaliser le programme musical. Depuis quelques années, celle que Lucile avait tant admirée, Bessie Smith, ne jouissait plus de la faveur des imprésarios. Alors que, peu de temps avant, elle avait été l'artiste la plus couronnée de succès et la plus appréciée parmi les chanteuses de couleur, à présent sa situation s'avérait précaire. Les plus grands théâtres du Nord lui avaient fermé leur porte. Elle était revenue dans son Sud natal où elle courait les cachets. Pourtant, sa voix n'avait rien perdu de sa beauté, de son ampleur, de sa magie. Elle avait accepté d'emblée la proposition de se produire au *Spotted Cat*. Lucile était à la fois excitée et émue à l'idée de retrouver celle qu'elle avait considérée comme une guide, comme une amie.

Sa fébrilité s'accentuait par le tournant que prenait sa relation avec Aby. Le stade de l'amitié était dépassé. Mais entre inquiétude exaspérante et espoir, lequel prédominait ? Elle ne comprenait plus rien : toutes ses certitudes s'étaient envolées. L'évidence s'imposait : il lui était complémentaire, et tout son être vibrait en repensant à cette caresse sur son visage. Ce jour-là, les heures lui parurent bien longues ! Elle essayait de ne pas trop s'écarter du téléphone : en vain, il ne résonna pas. Ce fut Martha qui, au dîner, apaisa son angoisse :

— J'espère qu'Aby réussira à obtenir la liberté conditionnelle pour son client ! Quand même, ce n'est pas normal d'arrêter quelqu'un dans cette semaine de trêve quand on n'a pas de preuve formelle ! On n'agirait pas ainsi avec un Blanc.

Lucile se détendit, il ne l'avait pas fuie. Il avait dû se rendre à Atlanta. S'intéressant apparemment à l'affaire en cours, elle interrogea Martha. Mais celle-ci ne savait pas grand-chose.

— Il ne parle pas ou très peu de ses dossiers, et surtout pas de ses clients. En tout cas, j'espère que nous pourrons l'avoir avec nous à temps.

Il avait téléphoné le lendemain tandis qu'elle s'était absentée en compagnie de Louis. Ce fut Rosa-Lynn qui décrocha. Il confirmait qu'il serait de retour tard dans la soirée et qu'il passerait le jour suivant au *Spotted Cat*. Lorsque Lucile fut informée de son appel, elle eut l'impression d'un rendez-vous manqué par sa faute. Toutefois, l'essentiel était son retour proche.

Elle sursautait comme une midinette, et son cœur bondissait à chaque fois qu'elle entendait toquer à l'entrée. Puis, enfin, elle reconnut les quatre coups qu'il frappait habituellement. Elle se précipita pour lui ouvrir. Ils se retrouvaient face à face, aussi désemparés l'un que l'autre. Autour d'eux, on s'agitait dans les derniers préparatifs. Il l'entraîna dans le bureau et ferma la porte derrière elle. Ils se frôlaient, retenant leurs mouvements. Son air sombre inquiéta Lucile.

— Problèmes ?

Interrogation lapidaire : les mots se bloquaient au fond de sa gorge. Il hocha la tête. Elle prit peur.

— Repartiras-tu un jour pour la France ?

— Ta question est prématurée.

D'un ton bravache, elle se hasarda à lui demander :

— Tu as quelque chose à me proposer ?

Il ne pouvait plus reculer. L'instant d'un amour qui engageait était arrivé. L'enlaçant, il lui murmura à l'oreille :

— Reste avec moi !

Et dans cette pièce consacrée au travail, les yeux dans les yeux, ils se laissèrent happer par un ouragan d'enthousiasme. Blottis l'un contre l'autre, dans un monde qui n'appartenait qu'à eux, ils mirent un moment avant de réaliser que dans les pièces voisines on s'affairait. Alors, se voulant discret, il la saisit par la main et, dans un éclat de rire, ils quittèrent le *Spotted Cat*.

De son côté, Louis était tout excité à l'approche de la grande veillée qui conclurait l'année. Ce serait la deuxième fois qu'il la fêterait en famille. Elle prenait une dimension différente de celle qu'il avait vécue à Brest, auprès de la famille de son oncle. Celui qui lui manquait le plus était son cousin Pierre qui s'érigeait en mentor, et Louis marchait dans ses pas. Les deux enfants entretenaient une correspondance régulière, presque un journal dans lequel ils notaient tous les faits qui leur paraissaient marquants et le jugement qu'ils y portaient.

Il avait toujours rêvé d'avoir un foyer à lui et encore plus depuis que Lucile lui avait laissé entrevoir que cela pourrait arriver. Il avait voulu l'interroger, en savoir davantage, mais elle ne lui avait rien confié de plus. Avec Aby, ils avaient évoqué une vie commune, cependant le mot « mariage » n'avait jamais été prononcé. Ce fut au matin du 31 décembre, à ce moment de convivialité que représentait le petit déjeuner, qu'Aby annonça leurs fiançailles, surprenant Lucile en lui tendant un écrin qu'elle ouvrit avec la plus grande délicatesse. Chacun s'extasia devant la bague qui scellait leur accord.

Louis explosa de joie, d'une joie qui se mua toutefois en doutes dès qu'il se retrouva seul. Il réalisa qu'il ne serait plus l'unique homme dans la vie de sa mère. Il allait devoir la partager et risquait de voir leur connivence remise en question. Elle serait moins disponible pour lui...

Peter, l'aïeul, avait perçu son trouble. Il aborda le sujet avec l'enfant, lui parlant doucement, mais fermement comme il avait coutume de faire à chaque fois qu'il le rejoignait au jardin. À présent, le vieil homme, qui ressentait davantage la fraîcheur, s'attardait moins. Calé dans son fauteuil installé sous le porche de la cour que le soleil réchauffait faiblement, il gardait ses jambes enveloppées dans une couverture sur laquelle le chat de la maison avait pris l'habitude de venir douillettement se lover.

— Tu gagnes un père. Maintenant que tu es en train de devenir un homme, tu apprécieras d'en avoir un. Et ça compensera largement, tu verras ! Sans compter que l'amour d'une mère pour son enfant est infini, tu n'as rien à craindre !

Martha était heureuse de la nouvelle, depuis si longtemps qu'elle souhaitait qu'Aby fonde une famille ! 1936 s'annonçait sous les meilleurs augures. Toutefois, elle ne pouvait s'empêcher de s'interroger quant à l'attrait des planches en ce qui concernait celle qui allait devenir sa belle-fille.

Le visage de Rosa-Lynn s'était éclairé. Comme toujours dans les moments importants, il lui semblait avoir Philippe à ses côtés. Elle partageait avec lui ces moments d'exception. Cette fois-ci, elle lui dédiait tout spécialement son sourire. Ne lui avait-il pas déclaré un jour, après leur rencontre à Chicago avec Bryan, ce compagnon éphémère :

— Je ne l'aime pas ! Il n'est pas pour elle. C'est un homme comme Aby qu'il lui faudrait !

Or voilà que ses vœux se concrétisaient, même si c'était tardivement.

Lucile retrouva une Bessie égale à elle-même, pétillante, le rire à fleur de lèvres, un peu gouailleuse, et toujours prête à défier le destin et les coups du sort. La chanteuse lui proposa de l'accompagner dans deux de ses interprétations : *Summertime*, cette berceuse reprise en contrepoint dans plusieurs scènes de l'opéra *Porgy and Bess*, composé par George Gershwin et qui, malgré sa qualité, n'avait pas rencontré l'approbation du public, et *Crazy Blues*, cette mélodie intemporelle de Mamie Smith. Lucile se fit un peu prier mais finit par accepter. Lors de leur répétition, elle réalisa que, si belle que fût sa voix, elle n'atteindrait jamais les modulations et la puissance de celle de son amie Bessie, sans parler de la nouvelle génération dominée par Billie Holiday, affectueusement surnommée Lady Day, ou la toute jeune Ella Fitzgerald et son ample tessiture dont le succès éclaboussait depuis Harlem. Elle aurait tant aimé figurer au nombre de ces cantatrices exceptionnelles… Elle devait se rendre à l'évidence, elle n'en avait pas les capacités. Elle chassa ce moment de nostalgie en se disant qu'après tout les sentiments l'avaient poussée à faire le bon choix.

L'air se faisait plus léger, annonçant un printemps précoce. Le *Spotted Cat* avait retrouvé ses habitués et faisait salle comble chaque fin de semaine. À chacun de ses passages à La Nouvelle-Orléans, Kenan Meagher et son épouse venaient y déjeuner. Mathieu s'affirmait comme l'un des plus grands chefs de la Louisiane. Il ne manquait jamais d'évoquer Louise comme son mentor. Il savait qu'il lui faisait plaisir en reconnaissant ses talents dont il s'était largement inspiré à ses débuts derrière les fourneaux que, malgré elle, elle lui avait abandonnés. Une sincère amitié les liait.

Lucile et Aby avaient fixé la date de leur mariage pour mars, avant les festivités de Pâques. Ce fut une cérémonie en toute simplicité, si ce n'est que ce jour-là Mathieu se surpassa. Il tenait à concocter un menu tout spécial qu'il avait mis au point justement avec l'aïeule. L'absence de Philippe et d'Antoine à ces épousailles était la seule ombre au tableau. Mais la distance qui séparait la France des États-Unis s'avérait rédhibitoire, tout comme elle le fut pour que les nouveaux mariés envisagent un voyage de noces outre-Atlantique. Chacun avait des obligations incontournables. Sans compter qu'Antoine redoutait toujours la virulence de la ségrégation américaine.

La vie se poursuivait avec cette épine au cœur qu'avait laissée la disparition de Philippe du Plaissant. Au début mai, vertiges et nausées furent le lot quotidien au réveil de Lucile. L'évidence s'imposait : elle attendait un bébé. La fougue des ébats du nouveau couple avait fait exploser ses sens. Dans ses bras, elle connaissait une intensité du plaisir qu'elle n'avait jamais soupçonnée. Il lui avait appris à jouer d'un amour à l'écoute de l'autre, sans crainte de lui dévoiler ses envies les plus secrètes, de les provoquer avec quelques mots tendres ou crus murmurés, jusqu'à en faire rougir l'oreiller.

Face à cette grossesse, sa première réaction fut négative : l'exaspération contre lui qui s'était laissé aller sans considération pour les risques qu'elle encourait, puis l'exaspération par cette maternité qu'elle se représentait comme une entrave à sa liberté, avec son lot de fatigue, de souffrance lors de la délivrance, les nuits blanches, et toutes ces obligations qu'elle redoutait de devoir affronter une nouvelle fois. Jamais, dans les moments les plus intenses de leur relation, elle n'avait imaginé qu'une femme de son âge s'exposait à s'y trouver confrontée. La première personne à laquelle elle se confia fut sa grand-mère.

— Enfin, une bonne nouvelle ! Surtout pour ta mère, cela va lui redonner du baume au cœur.

Cette considération la laissa perplexe. Quand Aby la rejoignit, elle lui parut soucieuse, presque rageuse. Sans préambule, elle lui jeta au visage :

— Je suis enceinte !

Il se figea quelques secondes.

— Tu en es certaine ?

Devant sa réponse positive, il ne cacha pas sa joie. Elle ne s'y attendait pas : il lui avait avoué avoir toujours privilégié sa carrière à un foyer. S'approchant d'elle, il caressa ce ventre porteur de vie.

— Maintenant que j'ai rencontré la femme de ma vie, je suis prêt. Je lui offrirai tout ce que je n'ai pas pu avoir d'un père inexistant.

Passé son premier mouvement de contrariété, Lucile, rassurée, s'abandonna à cet instinctif amour maternel, à la fois charnel et inconditionnel, qui augmentait de jour en jour.

Bien entendu, une telle nouvelle reçut le plus bel accueil des autres membres de la famille, surtout de Martha qui pour une fois se montra presque expansive :

— Depuis le temps que j'attendais ça !

Quant à Louis, les choses furent plus complexes. Il avait grandi en osmose avec sa mère. Or voilà qu'elle venait de lui imposer un homme, et maintenant un bébé... Il fallut qu'Aby use de toute la diplomatie inhérente à son métier pour qu'il accepte le nouveau venu et l'intègre à sa vie.

À partir de ce jour, Louis prit l'habitude de créer un monde qui lui appartenait. Il associait ses meilleurs souvenirs français à ce qu'il appréciait à La Nouvelle-Orléans, dissimulant ainsi ses déconvenues.

Malgré la perspective de la naissance, au sein de la famille du Plaissant, de nouveau, la tristesse prédominait. Peter s'épuisait, il devenait évident que ses jours étaient comptés. Ses jambes se dérobaient sous lui. Les escaliers se révélèrent une très lourde épreuve qui finit par s'avérer insurmontable. Il refusa qu'on lui aménage une chambre en rez-de-chaussée. Il tenait à terminer sa vie au milieu de ses souvenirs. Louise stimulait son esprit en lui évoquant des épisodes heureux qu'elle ponctuait par des « Tu te souviens ? ». Il hochait la tête et son visage émacié s'illuminait d'un large sourire qui au fil des jours ne devint plus qu'une esquisse.

Sa voix aussi s'affaiblissait, elle n'était plus qu'un mince filet. Louise s'attendait à le perdre, mais pouvait-on se préparer à la lancinante disparition de son compagnon de toujours ? L'âge imposait sans espoir son rôle destructeur. Peter s'éteignit comme il avait vécu, obéissant sans rancune à son sort, un après-midi, sa main dans celle de son épouse.

À son tour, il laissa un grand vide autour de lui. Tant qu'il était encore là, même amoindri, Louise ne parvenait pas à imaginer combien était douloureux le déchirement. Louis était sincèrement peiné par la disparition de son aïeul. Devant la tristesse affichée par les siens, les larmes lui vinrent spontanément lors de l'enterrement.

Mais à son jeune âge, les chagrins s'envolaient vite. Jesse Owens, un petit-fils d'esclave, qui à force de volonté se hissait au rang des plus grands champions de courses de sprint et de saut en longueur, était au centre de son intérêt, tout comme celui de ses camarades. Malgré ses titres internationaux, Jesse Owens devait batailler face aux instances olympiques ségrégationnistes pour intégrer l'équipe américaine qui se rendrait à Berlin pour disputer, la première quinzaine d'août, la XIe olympiade, sous la présidence d'Adolf Hitler.

À l'écoute de ses exploits, pas moins de quatre médailles d'or, ces tout jeunes adolescents se voyaient déjà partir à la conquête d'un monde dans lequel ils pourraient exprimer leur fierté d'être noirs. Ils ne réalisaient pas que les records de leur idole ne rencontraient un beau succès qu'auprès des gens de couleur et d'une infime population de Blancs. Quelques grandes parades furent organisées en l'honneur du nouveau héros, des manifestations auxquelles le président Roosevelt se garda bien d'assister.

XXXI

À LA SUITE DU KRACH DU 24 octobre 1929, le marasme perdura dans l'économie américaine : chute de la consommation, baisse de la production industrielle, chômage, misère furent le lot de la Grande Dépression. Les grèves se multipliaient, principalement axées sur des revendications salariales, soulignant l'inégalité des pouvoirs d'achat. Ces mouvements sociaux favorisèrent la solidarité entre travailleurs blancs et noirs et permirent de faire reculer le racisme parmi le peuple. Le Congrès des organisations industrielles, CIO, regroupait des ouvriers de couleur aux côtés de Blancs, avec la même « participation authentique ». Parallèlement à ces manifestations de chômeurs, le parti communiste et la NAACP s'unirent pour organiser des défilés réunissant des milliers de protestataires contre la discrimination raciale et obtenir une législation fédérale antilynchage. Les marches se multipliaient dans les grandes villes du pays, parfois férocement réprimées. Partout, la révolte sourdait. Or les instances étatiques ne s'intéressèrent qu'aux revendications salariales.

Par son administration autoritaire, le gouverneur démocrate de Louisiane, Huey Long, surnommé « The Kingfish », avait mis en place un programme progressiste d'infrastructures : routes, digues et barrages, écoles, hôpitaux. Il avait développé les installations portuaires de même que l'industrie liée à l'activité pétrolière, offrant du travail, dans une difficile période économique, à une population importante, donnant ainsi l'occasion à de nombreux habitants de La Nouvelle-Orléans d'intégrer la classe ouvrière ou moyenne.

Cependant, même si La Nouvelle-Orléans se trouva préservée de l'agitation qui perturbait la vie des grandes cités, le racisme scindait toujours autant le peuple américain. Alors qu'il rentrait de l'école en compagnie de Reggy, Louis y fut brutalement confronté. Jusque-là, il n'en avait éprouvé qu'un agacement. Un accident venait de se produire. Sur la chaussée gisait une femme blanche qu'une voiture avait renversée.

Les deux enfants se faufilèrent dans l'attroupement. On les repoussa, non pas pour leur jeune âge, mais tout simplement parce qu'ils s'approchaient trop près des Blancs. Malgré tout, ils purent suivre la scène : une scène qui resterait gravée à jamais dans la mémoire de Louis. Du sang s'échappait de derrière la tête de la victime, glissant vers son cou, descendant vers l'épaule, une tache grandissante qui s'étalait en maculant la robe claire. Happé par le spectacle de ce sang qui s'écoulait en bavant, par le regard de la blessée qui reflétait surprise et incompréhension, Louis était tétanisé.

Des policiers dévièrent aussitôt la circulation. On avait appelé une ambulance. Une Noire écarta les badauds et voulut s'approcher de la femme gisant sur la chaussée. Des bras fermes lui barrèrent la route. Elle protesta avec colère :

— Je suis infirmière, j'ai ma trousse avec moi : il faut essayer d'enrayer l'hémorragie en attendant que l'ambulance arrive !

Charity Hospital n'était guère éloigné, mais il était évident que le temps était compté. Elle se débattit :

— Il ne faut pas qu'elle s'évanouisse, il faut qu'elle reste avec nous !

Elle criait plus qu'elle ne parlait. Elle ne reçut que des propos dégradants :

— Il n'est pas question que tu mettes tes sales pattes noires sur elle !

Et la litanie continuait à l'unisson. On l'empêchait de s'approcher de la blessée.

Elle suppliait pour que l'on suive au moins ses instructions. Deux hommes se saisirent d'elle et l'écartèrent brutalement. Elle se retrouva à terre quelques mètres plus loin. Pendant ce temps-là, en guise de soins, les spectateurs commentaient.

Louis gardait les yeux fixés sur ce visage d'où la vie s'échappait, ce regard qui se brouillait, ces paupières qui se fermaient et se rouvraient de plus en plus péniblement pour finalement se clore. Il fut à son tour chassé avant de voir la tête qui se couchait sur le côté.

Les deux garçons étaient déjà bien avancés sur le chemin du retour quand ils entendirent beugler la sirène de l'ambulance. Ils marchaient en silence, retenant chacun la même question qui leur brûlait les lèvres : allait-elle s'en sortir ?

Complètement ulcéré par ce sectarisme imbécile qui préférait risquer de sacrifier une vie plutôt que d'accepter un secours non conforme, il comprit enfin la signification de la ségrégation. Il s'était confié à Aby en premier. « D'homme à homme », comme Aby avait l'habitude de lui répéter pour établir une meilleure complicité entre eux. Il lâcha d'une voix intimidée cette interrogation qui le taraudait :

— Tu crois qu'elle va s'en sortir ?

— Je l'espère ! Je prendrai de ses nouvelles et te tiendrai informé.

L'enfant restait pensif et, de son ton le plus sérieux, il déclara :

— Moi, je serai docteur chirurgien plus tard. Je veux apprendre à sauver des vies, et je soignerai les Noirs comme les Blancs.

Aby sourit sur sa volonté de fraternité. Les mœurs évolueraient-elles suffisamment pour que se réalise l'engagement que Louis venait de prendre ? Il aurait aimé pouvoir l'espérer, mais les doutes subsistaient.

Quand il chercha à se renseigner auprès de l'hôpital, on refusa de lui donner des nouvelles de la victime. On ne le laissa d'ailleurs pas pénétrer dans l'établissement. Il ignorait son nom et consulta la presse locale dans laquelle il ne trouva aucune mention de l'accident. Pour rassurer Louis, il en conclut qu'elle n'avait été que blessée et qu'elle était en voie de guérison.

En cette fin 1936, conscient du souffle de guerre qui se propageait en Europe et en Asie, le Congrès confirmait la volonté des États-Unis de leur neutralité dans les conflits étrangers. La Première Guerre mondiale s'était révélée trop coûteuse sur le plan économique et humain et ils n'avaient plus les moyens nécessaires pour intervenir.

L'ère Roosevelt bénéficiait aux syndicats. Le militantisme noir était en plein essor, nonobstant les nombreux boycotts de commerçants racistes qui continuaient à refuser d'employer des gens de couleur, alors qu'ils vendaient leurs produits essentiellement à une clientèle noire. Certes, le New Deal, mis en place par le président Roosevelt pour soutenir les couches les plus pauvres de la population, profita largement aux Noirs qui purent acquérir des logements, des terres, obtenir des prêts. Et malgré les amitiés qu'Eleanor Roosevelt, la femme du président, nouait avec des Noires qu'elle recevait à la Maison Blanche, et l'attribution d'un poste important à l'Administration nationale de la jeunesse de l'une d'entre elles, Mary McLeod Bethune, la ségrégation restait toujours aussi virulente.

La méfiance et un sentiment d'injustice guidaient Louis tout en renforçant sa volonté humanitaire. Ses résultats scolaires étaient exemplaires, à la grande satisfaction des siens. Il faisait preuve d'une maturité surprenante, observant, jugeant. Il abordait l'adolescence tiraillé par l'attrait de la terre de sa famille et le rejet des douloureux épisodes dont elle était entachée. Aby était devenu son confident.

Lucile profitait de sa grossesse. Ses craintes avaient été rapidement balayées. Malgré l'ombre des disparus, elle s'adonnait au plaisir de la future naissance prévue pour décembre. La meilleure façon de repousser la tristesse n'était-elle pas d'appeler un petit ou un grand bonheur, qui rendait le sourire ? Et ce bébé attendu focalisait les attentions.

Le nouveau couple avait investi la chambre de Lucile. Ce logement était certes trop exigu, mais il n'était que provisoire. Aby avait mis en vente l'appartement qui lui avait servi de bureau à ses débuts. Et tous les deux cherchaient de préférence une maison et son jardin où installer leur famille. Entre son étude de Tremé et Kerlerec Street, cela devait bien se trouver.

Les quatre femmes avaient donc pris en main la destinée du *Spotted Cat*. Rosa-Lynn continuait à assumer son rôle de directrice, assistée de Martha, et de Louise également qui s'investissait autant que son âge avancé le lui permettait. Elle était de ces personnes résolues à mener ce qui lui restait de vie et d'énergie avec une certaine parcimonie pour ne s'adonner qu'à l'essentiel. Quant à Lucile, elle assurait la tenue de la comptabilité, libérant Aby qui avait ainsi davantage de temps à lui consacrer. Ne se déplaçant plus, elle entretenait des relations épistolaires avec celles qui étaient devenues ses amies. Ce fut avec fierté qu'elle apprit de Lucille Campbell Green la concrétisation des actions du syndicat Brotherhood of Sleeping Car Porters, structuré par son mari Asa Philip Randolph, qui faisait de cet organisme syndical afro-américain le premier à être reconnu par la Fédération américaine du travail. Un pas était franchi dans la marche des droits égalitaires.

Pourtant, la violence à l'encontre des Noirs perdurait, notamment dans les États du Sud. L'année précédente, à Fort Lauderdale, un ancien fermier sans-abri, Rubin Stacy, avait été lynché pour une prétendue agression, alors qu'il ne faisait que mendier à boire. Son exécution publique fut très controversée. Le 13 avril 1937, à Duck Hill, dans l'État du Mississippi, deux Noirs, Roosevelt Townes et Robert McDaniels, furent suspectés du meurtre d'un commerçant et arrêtés. Après une enquête sommaire, ils furent emmenés dans les bois avoisinants, torturés avec un chalumeau pour leur faire avouer un crime dont on s'aperçut plus tard qu'ils ne l'avaient pas commis, puis finalement lynchés devant une foule de cinq cents personnes, dont de nombreux enfants et femmes, tous des Blancs. Le quotidien *The Clarion-Ledger* fut le premier à soulever l'indignation par des articles virulents. *Time Magazine* et *Life* publièrent la photographie du corps de l'un des deux suppliciés enchaîné à un arbre, choquant l'opinion et conférant à ce drame une importance nationale. De nombreux démocrates soutinrent la loi antilynchage au Sénat. Ils furent contrés par ceux du « Sud Solide », dont le chef de file, Allen Ellender, déclarait haut et fort : « Nous préserverons à tout prix la suprématie blanche d'Amérique. »

Ce fut également au printemps de l'année 1937 qu'un professeur d'un lycée du Bronx publia un poème inspiré des lynchages, *Bitter fruit*, véritable réquisitoire contre le racisme. Après l'avoir mis en musique, sa femme la chanta lors d'une réunion organisée par le syndicat des enseignants de New York. Comme une traînée de poudre, il était régulièrement repris dans les meetings politiques.

Son auteur ne pouvait pas se douter de l'ampleur que prendrait cet hymne à la souffrance quelques années plus tard lorsque Billie Holiday l'inclurait à son répertoire sous le titre de *Strange fruit.* Avec le caractère direct et incisif de son interprétation, et sa voix bouleversante aux accents de plainte, de révolte et de pleurs, elle donnerait alors l'impression d'être au pied de l'arbre qui portait ces *strange fruits,* ces fruits étranges qu'étaient les corps des suppliciés, calcinés, qui pendaient à ses branches. Une chanson qui malgré la censure des États du Sud franchirait les frontières.

1937 apporta également son lot de tristesse parmi celles qui avaient jalonné la vie de Lucile. Un soir de septembre, près de Clarksdale, dans l'État du Mississippi, la voiture dans laquelle se trouvait Bessie Smith fit une embardée pour esquiver un camion à l'arrêt. Le choc n'avait pas pu être évité. Grièvement blessée, Bessie dut être transportée à l'hôpital. Malgré l'urgence des soins à donner, le plus proche refusa son admission, il était réservé aux Blancs. Quand l'ambulance arriva enfin à l'hôpital afro-américain, elle avait perdu beaucoup de sang. Opérée dans la nuit, elle s'était éteinte quelques heures plus tard. La disparition de Bessie fut un grand choc pour Lucile. Tout comme Aby, elle n'évoqua pas auprès de son fils l'épisode malheureux de son transfert.

Ce fut peu de temps avant tous ces tragiques événements que Fleur naquit après une délivrance moins éprouvante que pour Louis. Dès qu'il avait été avisé des premières contractions, Aby était accouru et avait fait prévenir au *Spotted Cat*. Martha et Rosa-Lynn ne pouvaient pas se libérer avant le départ du dernier client. Le concierge et Mathieu prendraient ensuite le relais. Elles n'avaient pas bien loin à aller pour se retrouver auprès du bébé et de Lucile.

Le jeune ménage et Louis avaient emménagé, trois mois auparavant, dans une maison de brique surmontée d'un étage, qui donnait sur Burgundy Street, une rue résidentielle du quartier Marigny, proche de Kerlerec Street. Lucile aurait aimé acquérir l'une de ces demeures blanches, au porche soutenu par des colonnades et au gazon luxuriant, qui longeaient Esplanade Avenue. Non seulement elles n'étaient la possession que de Blancs, mais également leur prix était élevé, suffisamment pour attiser les commentaires malveillants sur l'état de ressources du couple. Durant toute sa carrière, Lucile avait économisé. Elle disposait de suffisamment de fonds pour envisager un tel achat. Après mûres réflexions, ils en avaient conclu qu'il valait mieux se montrer discrets et ne pas susciter les jalousies, surtout celles venant des Blancs.

La demeure qu'ils avaient choisie s'ouvrait sur un jardin planté de quelques grands arbres qui offraient une ombre bienvenue. Fleurs et plantes, disséminées sur la pelouse, se disputaient l'espace dans un fouillis organisé. La première chose que Lucile et Aby aménagèrent fut les chambres des enfants, et en priorité celle de Louis. Celui-ci regretta de devoir quitter le milieu du *Spotted Cat*. Il aimait son ambiance festive, la musique qui s'infiltrait en sourdine jusque tard dans sa chambre, sa parenté et tous ceux qui y travaillaient. Un clan qui le reconnaissait et auquel il était heureux d'appartenir.

— De toute façon, nous continuerons à dîner tous ensemble au *Spotted Cat*, avait tenté de le rassurer sa mère. Et puis c'est à cinq minutes à pied !

— Et moi, je compte sur tes cours de piano ! avait ajouté Rosa-Lynn qui avait perçu son malaise.

Elle s'était attachée à Louis qui lui rappelait tant son fils Antoine qu'elle n'avait pas revu depuis plusieurs années ! Il avait son sérieux, son besoin de bien faire, son air concentré, mais aussi ce côté malicieux qui parfois l'avait agacée. Quant à Louis, il considérait comme un honneur l'attention que lui portait cette grand-mère un peu secrète et que tous respectaient.

Les fêtes de fin d'année chassèrent ce ressenti qui dérangeait le jeune garçon. D'abord surpris, puis interrogatif face à ce si petit être qu'était Fleur, à la fois fragile et exigeante, il finit par éprouver quelque responsabilité. Au fil des mois, son affection grandit. Sa mère l'impliquait autant qu'elle le pouvait tandis qu'Aby s'intéressait à son parcours scolaire et l'aidait quand se présentait une difficulté. Si bien qu'il ne se sentit pas rejeté, seulement parfois un peu écarté. Alors il se renfermait dans ses rêves, ce monde entre Louisiane et France qu'un jour il se promettait d'associer.

Les nouvelles qu'il recevait de son cousin n'étaient guère bonnes. Du haut de ses seize ans, et à l'écoute des adultes, Pierre comprenait leurs craintes. En France, la vie se faisait de plus en plus difficile pour une population qui se paupérisait dangereusement : augmentation des impôts, dévaluation du franc, emprunts nationaux, assouplissement de la loi sur la semaine de quarante heures avec la déclaration d'Édouard Daladier : « Il faut remettre la France au travail ! », et jusqu'à la suppression des congés payés, autant de points qui laissaient présager d'un avenir douloureux. L'inquiétante progression des troupes nazies en Europe guidait les orientations des gouvernements qui aspiraient à la paix et ne réalisaient pas les manipulations dont ils faisaient l'objet. À l'été 1938, une première mobilisation générale eut lieu. Le 30 septembre, les accords de Munich, signés entre le Français Daladier et le Britannique Chamberlain, d'une part, et Hitler et Mussolini, d'autre part, entérinaient le démantèlement de la Tchécoslovaquie. Si une guerre devait éclater impliquant la France et durer, Pierre ne tarderait pas à être incorporé.

Aux États-Unis, les choses étaient bien différentes. Le président Roosevelt affirmait que « L'Amérique détestait la guerre » et s'engageait dans la recherche de la paix. Cependant, il obtint un milliard de dollars de crédits destinés à renforcer la flotte. Suite à la Nuit de Cristal, en novembre 1938, cette vague de violences antisémites qui submergea l'Allemagne, Roosevelt et le général George Marshall réclamèrent avec succès d'énormes crédits supplémentaires pour l'armée de terre et l'aviation. Malgré les missions diplomatiques envoyées en Europe, le gouvernement américain ne pouvait plus se voiler la face, il était évident que les puissances de l'Axe, l'Allemagne, l'Italie et le Japon, entendaient mener une guerre à outrance : il fallait se préparer à intervenir. Toutefois, lorsque le conflit éclata en Europe, les États-Unis n'avaient pas réussi à combler leur retard d'armement, ils n'étaient pas prêts à affronter les combats.

1938 fut encore une année sombre pour le clan du Plaissant. Louise s'était éteinte à l'automne. Un jour de pluie, elle avait glissé dans l'escalier.

— Fracture du col du fémur, avait diagnostiqué le médecin avec une grimace.

Chacun savait trop bien ce que cela signifiait : la vieille femme ne se relèverait pas. L'âge l'avait usée, elle était fatiguée de vivre.

— Je ne vais pas tarder à aller rejoindre Peter, avait-elle dit sans contrariété.

Rosa-Lynn s'attendait à la voir disparaître. Mais même si elle connaissait trop bien les affres de la perte d'un être cher, elle ne réalisait pas le vide que sa mort lui laisserait. Louise était le dernier maillon qui la reliait à son enfance. Qui dorénavant lui évoquerait Deodat ? Avec elle s'éteignait le principal témoin de son histoire. Le décès de Philippe lui avait apporté un profond sentiment d'insécurité, celui de son père et maintenant celui de sa mère la plongeaient dans l'abandon. Son cheminement fut difficile pour qu'elle comprenne le rôle qu'elle se devait de jouer auprès de Lucile. Elle se rapprocha de sa fille et de Martha, deux femmes qui la surprenaient par leur volonté.

Journaux et radios évoquaient les tensions en Europe, une guerre qui risquait de se propager par-delà les mers. Pour Rosa-Lynn plus que jamais, l'histoire avait le triste goût d'un perpétuel recommencement. Certes, dans son entourage, les hommes n'étaient pas ou plus en âge d'être appelés sous les drapeaux. Mais elle ne pouvait s'empêcher d'éprouver à nouveau l'angoisse qu'elle avait ressentie lorsque Antoine lui avait annoncé qu'il rejoignait l'orchestre militaire du 369e régiment d'infanterie. À compter de ce jour, elle avait constamment tremblé pour son fils. Le soulagement était arrivé à l'annonce de ses blessures sans même en connaître la gravité. Il lui revenait vivant ! Elle le revoyait meurtri dans sa chair et dans son âme, en convalescence, essayant de se reconstruire. Elle avait trop bien connu ces affres pour ne les souhaiter à personne. Alors elle espérait encore la paix, envers et contre tout.

Elle était également atterrée par les nouvelles de Brest où les événements se succédaient rapidement. Le 2 septembre 1939 fut proclamé l'ordre de mobilisation générale. Les hommes rejoignant leurs régiments se pressaient en gare. Bon nombre d'entre eux étaient ivres. Une cohue dangereuse rendait difficile la progression vers les quais des familles accompagnatrices qui essayaient de prolonger ne serait-ce que pour quelques minutes la présence de ceux pour lesquels elles craignaient tant ! Nombreuses, trop nombreuses étaient celles qui revivaient le cauchemar de la guerre précédente, la der des ders, comme on avait osé la surnommer !

Lucile suivait l'évolution du conflit en France, gardant un contact téléphonique hebdomadaire avec son frère. Elle décelait au ton de sa voix l'angoisse qui l'habitait pour son fils. Il paraissait évident que les études de médecine de Pierre étaient compromises. Mais surtout, il connaissait trop les dangers, les souffrances, l'inhumain d'une guerre pour accepter de voir son enfant plongé dans cet enfer.

Les troupes alliées s'étaient repliées à Dunkerque pour être évacuées ; les Allemands progressaient chaque jour un peu plus sur le sol français. Le 10 juin, le gouvernement français abandonnait Paris pour Tours et, quatre jours plus tard, les Allemands occupaient Paris.

— Je redoute les bombardements sur Brest, lui avait lâché Antoine.

Elle lui avait demandé, comme à chaque fois, des nouvelles de Pierre.

— Il se rebelle. À vrai dire, il se confie peu.

Cette fois-là, il n'avait pas ajouté :

— Que peut-il faire d'autre ?

À mots couverts, il lui fit comprendre qu'il avait quitté la France, puis finit par lui lâcher les quelques informations qu'il détenait. Il avait réussi à obtenir l'accord de monter à bord d'un des vaisseaux anglais évacuant leurs troupes de Brest.

— Il ne m'a prévenu qu'au moment de son départ. Par la suite, j'ai su qu'ils avaient débarqué à Plymouth. J'ignore quand j'aurai de ses nouvelles et ce qui va se passer pour lui. Nous ne pouvons que prier pour lui. Heureusement que vous êtes loin de tout ça ! avait-il conclu dans un long soupir.

Le dimanche 7 décembre 1941 allait bousculer l'attentisme américain. Ce matin-là, le Japon lança une attaque surprise sur Pearl Harbor, sur l'île d'Oahu à Hawaï, qui constituait la plus grande base navale américaine dans l'océan Pacifique. Deux vagues aériennes, impliquant plus de quatre cents avions nippons, causèrent de très importantes pertes humaines et matérielles. Dès le lendemain, le Congrès déclarait l'état de guerre contre le Japon. Le 11 décembre, en application du pacte tripartite, Hitler et Mussolini déclarèrent la guerre aux États-Unis.

Dorénavant, le pays était entré en guerre. La loi sur la conscription élargissait la mobilisation à tous les Américains entre vingt et quarante ans. Aby était désormais trop âgé, mais Louis avait fêté ses dix-sept ans. Il fallait espérer que le conflit ne s'enliserait pas comme celui de 1914-1918.

XXXII

TRAITÉS ET CONFÉRENCES entre Alliés s'enchaînaient face à une machine de guerre allemande quasi invincible. Il fallait affaiblir l'Allemagne avant de l'attaquer de front. Il fut donc décidé d'intervenir en premier lieu en Méditerranée, taper dans « le ventre mou de l'Axe ». Sous le crachin d'une nuit de novembre, les troupes anglo-américaines débarquèrent à Casablanca, dans le cadre de l'opération Torch qui allait permettre de chasser l'ennemi des côtes africaines de la Méditerranée et d'envisager de libérer la Sicile. En réaction à cette réussite alliée, la Wehrmacht franchit la ligne de démarcation et occupa tout le territoire français.

Aux États-Unis, la vie politique suivait son cours normal, tout comme la vie économique : « *business as usual* », les affaires continuaient comme avant. Ce fut l'État qui prit directement en charge l'effort de guerre. Pour parer au manque de main-d'œuvre, alors que les hommes étaient au combat, on fit appel aux Noirs et aux femmes, les volontaires affluèrent à un point tel que le chômage s'effondra et que les salaires augmentèrent.

Lucile repensait à ses années parisiennes, l'insouciance d'une population fière et progressiste, le monde de la nuit qui se saoulait de musique. Un art de vivre que s'appropriait l'envahisseur, souillant ainsi jusqu'à ses souvenirs. Les regrets s'installaient parfois. Elle les chassait en se remémorant les épisodes décevants, presque des désillusions. Bien sûr, là-bas, elle jouissait de la liberté, mais pour en faire quoi ? Alors elle se penchait vers Fleur ; elle réalisait tout l'amour qui l'entourait, elle appréciait sa situation et tout ce qu'elle était enfin parvenue à construire. L'ombre au tableau, et elle était importante, était de voir un jour Louis regagner les rangs de l'armée combattante si le conflit venait à perdurer.

Louis réussit son parcours de lycéen avec les honneurs de ses professeurs. À la rentrée de l'automne 1942, il envisageait d'intégrer une faculté de médecine. Son cursus lui permettait de prétendre à une grande université. Cependant, en raison de ses origines, le choix s'avérait limité.

Trois établissements retinrent son attention : Columbia, dont Aby était diplômé, Howard à Washington, où il savait qu'Aby avait de sérieuses relations qui épauleraient son admission, et une faculté plus modeste, mais très sélective, celle de Duke, à Durham en Caroline-du-Nord. Classée par l'Association of American University dès 1935, moins de cinq ans après l'ouverture de son hôpital, parmi les vingt meilleures écoles de médecine du pays, la faculté de médecine de Duke avant-gardiste regroupait les élites de la recherche médicale.

Et ce domaine séduisait tout particulièrement le futur étudiant.

Tous ces projets et la situation critique mondiale tourmentaient Lucile même si elle s'efforçait de le cacher. Encore une fois, l'histoire se répétait douloureusement pour Rosa-Lynn. Elle avait connu d'abord cette rupture universitaire avec Antoine, puis avait tellement craint pour sa vie durant tous ces mois passés au front ! Alors mieux que quiconque, elle comprenait sa fille et plus que jamais elle se rapprocha d'elle.

— À Duke, il n'aura pas à affronter la violence des Blancs, affirmait-elle.

Lucile hochait la tête, un malheureux sourire suspendu à ses lèvres.

— Tu sais bien que ce n'est pas ce que je redoute le plus.

C'était la première fois qu'il s'absenterait si longtemps et si loin d'elle, un départ vers l'inconnu. Comme toutes les mères, elle n'avait pas réalisé que son petit s'engageait désormais sur sa voie d'homme, avec un avenir particulièrement obscurci par la démence de tyrans.

— Je reviendrai aux vacances, affirmait-il pour la rassurer.

— Et nous viendrons te voir, lui déclara Aby. D'abord, nous t'y conduirons, ce n'est pas pratique par le train avec tous tes bagages.

Louis protesta un peu pour l'usage, mais il appréciait de savoir qu'il n'affronterait pas seul l'entrée dans ce nouveau cycle. Près de mille quatre cents kilomètres séparaient La Nouvelle-Orléans de Durham. Fleur, âgée de cinq ans, resterait au

Spotted Cat. Le trajet s'avérait trop long pour une si jeune enfant. Sans compter que les logements pour les Noirs, proposés dans le guide du *Green Book*, étaient bien souvent très rudimentaires. La petite ne fut guère enchantée de voir ses parents partir sans elle, mais bientôt elle éprouva comme une aventure de s'installer au *Spotted Cat*, le temps de leur absence, sous la surveillance de ses grands-mères qui fondaient devant elle.

Jusqu'à ce jour, Louis ne s'était encore jamais rendu sur un campus universitaire. Son émotion fut grande devant ce mélange d'architectures gothique et géorgienne qui donnait à l'ensemble des bâtiments un côté britannique. Impressionné, il écoutait toutes les instructions.

— De toute façon, au début, il vous faudra un tuteur, un élève de deuxième année, lui avait annoncé le directeur tout en ponctuant : Vous intégrez une université prestigieuse qui va faire de vous un médecin émérite. Vous allez devoir vous organiser, vous n'êtes plus dans une *high school*. Votre travail demande une implication totale, surtout dans les premières années. Il ne sera accepté aucune défaillance.

Le programme se révéla effectivement lourd, mais Louis n'en avait cure. Plus que jamais, il était certain d'avoir trouvé sa voie. Il se passionnait pour les avancées du Dr Julian Deryl Hart, un chirurgien et enseignant de Duke Hospital, qui orientait ses recherches dans la lutte contre les infections à staphylocoques en salle d'opération. Il ne comptait pas ses heures, persuadé qu'ainsi il pourrait répondre à son besoin d'aider les autres. Quelques étudiants musiciens avaient créé un groupe qui animait les fêtes de l'école. Il intégra cette formation qui souvent improvisait sur des airs de classique ou se lançait dans l'interprétation des grands succès du jazz.

Si Louis ne recevait plus de nouvelles de son cousin Pierre, en revanche Lucile et Antoine s'écrivaient régulièrement. Des bombardements allemands visèrent le port militaire de Brest dans la première quinzaine de juin 1940, jusqu'au 19 juin où la 5e Panzerdivision était entrée dans la ville, en début de soirée. La base navale revêtait une importance capitale pour accueillir les bâtiments de guerre allemands et mener les opérations contre l'Angleterre. Aussi, la Kriegsmarine s'attacha-t-elle à la remettre en état.

Désormais, le drapeau nazi flottait sur les édifices occupés par les différentes Kommandanturs. Brest ne s'appartenait plus, elle avait été déclarée zone interdite avec l'instauration d'un couvre-feu, ainsi qu'une circulation restreinte soumise aux laissez-passer pour se déplacer, entrer ou sortir de la cité. Pour les besoins du restaurant, *La Table de Ronan*, le beau-père d'Antoine, au volant de leur camionnette, partait au ravitaillement autorisé. Le prix des denrées s'envolait et il devenait de plus en difficile de trouver de quoi nourrir correctement une clientèle d'habitués.

Lorsque la Royal Air Force intensifia ses bombardements sous le feu des batteries antiaériennes nazies, Brest eut à subir de nombreux dégâts, notamment dans le quartier de Saint-Marc, somme toute assez éloigné de *La Table de Ronan*. Cependant, il fallait s'attendre à ce que les prochaines attaques soient encore plus redoutables pour une population retenue prisonnière dans sa propre ville.

1942 marqua une accalmie jusqu'au mois de novembre où les pilonnages reprirent de plus belle avec pour cible la base sous-marine qui abritait les flottes de sous-marins allemands, les U-Boot.

Au travers des lignes écrites par Antoine, Lucile ressentait toute l'inquiétude de son frère. Quand Rosa-Lynn lui demandait quelles étaient les nouvelles qu'elle venait de recevoir, elle lui cachait les épisodes les plus durs :

— Non, ils ne connaissent pas la famine ! Ce serait un comble pour un restaurant !

Elle se gardait bien également de lui évoquer ces passe-droits que l'occupant autorisait à Antoine afin qu'il puisse perdurer dans ses préparations gastronomiques. Antoine, tout comme Yves, son beau-père, supportait mal une telle situation. Leur clientèle habituelle désertait quand elle voyait s'asseoir à *La Table de Ronan* ces gradés sanglés dans un uniforme honni. D'un commun accord, les deux hommes décidèrent de mettre leur talent en sourdine. Les plats se firent de plus en plus simples pour ne finir par être que très ordinaires. Les Allemands se tournèrent alors vers un autre restaurant plus coopératif.

Il fallut attendre février 1943 pour que le sous-préfet, Pierre Trouillé, déclare la fermeture des écoles et ordonne un avis d'évacuation des non-indispensables. Dix mille personnes quittèrent la ville, dont Antoine et les siens. Dans un premier temps, son beau-père refusa de partir. Puis, le cœur brisé, il céda aux supplications de sa femme et de sa fille.

— On dit que la guerre va bientôt se terminer. Mais d'ici là, ici c'est trop dangereux pour nous, pour les enfants. Sans compter que les nazis n'aiment pas ceux qui sont trop différents d'eux, conclut-elle d'une remarque discrète qui concernait Antoine.

Ce restaurant, Yves le tenait de son père. Lorsqu'il tourna la clé dans la serrure, il ne chercha pas à contenir les larmes qui lui gonflaient les paupières : il n'en avait pas la force. Il se retourna une dernière fois vers la devanture.

— Nous reviendrons, lui glissa doucement son épouse en posant sa main sur son bras. Tu les retrouveras, tes fourneaux !

La voiture chargée de bagages, il avait démarré le moteur et avait pris la direction de Riec-sur-Bélon, où vivait leur fils aîné, ostréiculteur.

XXXIII

En Europe, la bataille du ciel avait pris une nouvelle dimension avec la nomination, fin 1943, du major général américain James H. Doolittle. Quelques mois plus tard, en mars 1944, le général Dwight D. Eisenhower se vit confier le contrôle de toutes les forces aériennes alliées. L'invasion des côtes françaises se préparait, soutenue par une aviation efficace. Il convenait de gonfler le nombre des combattants.

Tandis qu'il s'apprêtait à fêter ses vingt ans, Louis fut appelé sous les drapeaux. Sur les conseils de son entourage, il sollicita un report d'incorporation lui permettant de terminer son année universitaire. Alors qu'il s'attendait à une certaine compréhension du ministère des Armées, il vit sa demande déboutée. Un rejet qu'il attribua à la ségrégation qui persistait. Il ignorait qu'une opération d'envergure se préparait. Sa déception fut grande, d'autant plus que sa vocation médicale allait à l'encontre de devoir tuer des hommes.

— Soyez assuré que vous retrouverez votre place dans notre université, lui avait affirmé le doyen.

La feuille de route stipulait qu'il ne devait rien emporter d'encombrant, de pesant ou de fragile : juste le strict minimum, quelques sous-vêtements, un pull ou deux, pas plus. *Il s'agit de partir en opération à l'étranger sous l'uniforme que l'armée vous fournira.*

— Empaquetez ce que vous souhaitez laisser au pays. Nous pouvons garder vos affaires jusqu'à votre retour ou, si vous préférez, nous les expédierons chez votre famille.

Il avait longtemps hésité avant de se décider à se séparer de sa clarinette. Elle n'était pas bien lourde, tout au plus un kilo, mais son étui tenait de la place, de cette place dont il ne disposait pas.

— En plus, tu risques de l'abîmer, de la détruire même, insistait son compagnon de chambrée, réaliste.

Devant l'air dépité de Louis, celui-ci avait sollicité des étudiants avec lesquels ils étaient les plus proches pour organiser une petite fête en son honneur. Ils n'étaient pas nombreux, juste cinq, mais le cœur y était, il ne fallait pas le laisser partir sans une reconnaissance fraternelle. Quelques sandwichs, un peu d'alcool et au milieu de la table un minuscule paquet entouré d'un bolduc presque aussi gros.

— C'est pour toi !

Secoué par des sentiments si étranges qu'il ne comprenait plus trop bien ce qu'il était en train de vivre, Louis avait défait l'emballage.

— Ce n'est pas cet harmonica qui remplacera ta clarinette, ça on le sait, mais lui au moins, tu peux le glisser dans ta poche.

Ils s'étaient cotisés pour le lui offrir. Il ne coûtait pas bien cher, mais c'était leur geste qui touchait Louis. Après tout, Larry Adler et Dany Kane n'étaient-ils pas des harmonicistes reconnus et qui jouaient avec les plus grandes formations, notamment celle de Duke Ellington ou de Cole Porter ?

— Toi qui nous parles souvent de la France... se hasarda l'un de ses amis dans une triste ironie.

Certes, la France restait chère à son cœur. Mais il n'avait jamais imaginé y retourner les armes à la main. Dans les jours qui suivirent, il eut l'impression que ce qui l'entourait commençait à se séparer de lui. Il souffrit à l'idée de délaisser ses livres et cahiers, abandonner les êtres qu'il appréciait et surtout ceux qu'il aimait. Au fil des jours, l'angoisse s'amplifiait. Il s'efforçait de ne rien en laisser paraître.

À La Nouvelle-Orléans, le choc fut rude. De son tréfonds remonta en Rosa-Lynn une peine qu'elle pensait éteinte, mais qui en fait ne l'avait jamais quittée. La réaction de Lucile fut plus violente : on ne pouvait pas lui prendre son fils pour quelque raison que ce soit ! Son incapacité à le défendre contre le destin la culpabilisait. Désormais, elle allait vivre la peur chevillée au corps.

Louis avait été affecté à la 29e division d'infanterie, celle que l'on surnommait la « bleue et grise » en raison de la présence de soldats ayant combattu des deux côtés lors de la guerre de Sécession : les troupes du Nord revêtues d'un uniforme bleu, tandis que celui des Sudistes était gris. Basée dans la baie de Chesapeake en Caroline-du-Nord, elle préparait les hommes au combat dans l'attente de leur embarquement. L'entraînement était rude, sous le fléau de la ségrégation qui isolait les Noirs et les maintenait dans l'ignorance. Ils ne faisaient qu'obéir aux ordres hurlés. Enfin vint le départ pour l'Europe. Ils n'avaient été prévenus que la veille et ne connaissaient pas leur destination précise.

Le paquebot fendait les flots sans brusquerie. La mer était calme, d'un calme qui précédait l'orage. Comme à chaque fois qu'il se trouvait sur le quai avant de monter à bord, Louis avait été impressionné par la masse du bâtiment. Mais, cette fois-ci, son appréhension était toute différente, elle était teintée d'angoisse. Ils étaient si nombreux à embarquer ! Presque cinq jours de traversée pour atteindre les côtes anglaises !

— À quoi songes-tu ?

Un coup de coude le tira de ses pensées. Il regarda son interlocuteur et lui sourit sans répondre à sa question. Comment aurait-il pu raconter à ce compagnon d'aventure, aussi mal loti que lui parce que noir tout comme lui, le luxe dans lequel il avait voyagé avec sa mère sur des paquebots français où ils étaient des passagers semblables à tous les autres ? Une sorte de détresse s'empara de lui devant l'inconfort dans lequel les Américains les maintenaient. Jamais il n'aurait imaginé regagner la France dans de telles conditions !

Au loin se profilait la terre des Highlands. Le temps s'était arrêté. On approchait au rythme lent et répétitif des machines. Une côte découpée, où se mêlaient le vert tendre d'une nature ravivée par le printemps et l'or des genêts, et qui égayait l'ambiance grisâtre d'un ciel mouillé. Le navire se dirigeait droit vers les lochs, en direction de l'estuaire de la Clyde qu'il s'apprêtait à remonter pour atteindre Greenock.

Les ordres pleuvaient, il fallait se regrouper par unité. Louis intégra une file. Il releva le col de sa capote, on était loin de la douce température de la Caroline. L'humidité accentuait cette impression de froidure. Les quelques grandes bâtisses qu'il apercevait au loin avaient été construites de cette même pierre grise utilisée pour Duke. Seul avec sa tristesse au milieu de l'excitation de ses compagnons, il avançait comme un automate.

Depuis le port, ils avaient directement été transférés à la gare. Il finit par succomber aux cahotements du train et à la chaleur de la promiscuité. Entre somnolence et endormissement, il s'abandonna dans un monde sans rêves. À Londres, ils durent changer de gare. Encadrés et dans l'ordre, ils s'étaient engouffrés dans le métro pour gagner Waterloo Station en direction de Portsmouth.

Au nord de la ville, Southwick House abritait le quartier général des forces alliées. Ce n'était pas leur destination. Les nouveaux arrivants furent dirigés vers un campement dressé en forêt : ainsi pouvaient-ils se cacher de l'ennemi et ne pas trop éveiller la curiosité de la population. Ils furent accueillis par un commandement blanc qui leur lâcha les premières instructions avant de les laisser aux mains de gens de couleur qui les entraînèrent vers les tentes où ils allaient dormir les nuits à venir avant un départ imprécis vers la France. Parmi toutes les consignes, celle qui interdisait toute correspondance lui parut la plus dure.

— Personne ne doit pouvoir vous localiser. De nos prochaines opérations dépend la fin de la guerre. Donc, pour tous, vous avez momentanément disparu.

Le lendemain aux aurores, ils se présentèrent devant le même aréopage d'officiers blancs. À l'avant se tenait bien droit un major qui, muni d'un porte-voix, entama un discours, martelant en préambule leur appartenance au 320e Barrage Balloon Battalion, une unité non combattante chargée de dresser des barrages de ballons pour empêcher les attaques à basse altitude de l'aviation ennemie. Puis il fut procédé à l'appel et à l'affectation de chacun.

— Plaissant Louis !

Louis sursauta ; pourtant, il s'attendait à être appelé. On avait omis la particule de son nom, il en ressentit comme une amputation. Il s'approcha de la table.

— Vous étiez étudiant en médecine ?

Louis précisa qu'il était en deuxième année.

— Bon, vous assisterez l'infirmier Jones. Il vous dira ce que vous aurez à faire. Vous pouvez disposer.

Il salua et regagna sa place dans les rangs. Quand on les libéra, il chercha des yeux l'infirmerie. Même s'il ne savait pas ce qu'on attendait de lui, il avait retenu qu'il ne serait pas au nombre des combattants. Il en était soulagé. Ce n'était pas de la lâcheté, car il réalisait déjà à quelles douloureuses situations il aurait à faire face. Non, le serment des médecins était de sauver des vies, pas de les détruire !

Les hommes de la division furent soumis à un entraînement redoutable : il fallait tester leur force physique. Dans cette fourmilière parfaitement organisée, les journées étaient longues. Même s'ils devaient endurer les épreuves, les soldats de couleur assuraient également l'intendance de la totalité du camp répandu sur des hectares aux alentours qui abritaient leurs congénères blancs.

Alors qu'enfin on leur permettait le repos, les groupes se formaient, fumant, discutant, racontant. D'un geste lent, il avait sorti son harmonica. Il ne lui avait guère été difficile de le maîtriser. Allant chercher sa respiration du plus profond de son ventre, il releva la tête, le dos bien droit, les mains placées de manière à servir de caisse de résonance, il entama *The Yellow Rose of Texas*, la rose jaune du Texas, une rose jaune pour désigner la jeune métisse à la peau claire dont le *darkey*, le noiraud, était amoureux. Une chanson aux accents racistes dont l'armée confédérée avait fait son hymne au cours de la guerre de Sécession. Autour de lui, dans la plénitude d'une soirée de fin de printemps, s'imposait un silence murmurant des choses que les mots ne savaient pas exprimer.

Au fil des jours, les effectifs augmentèrent. Au début juin, une effervescence inhabituelle régnait sur les campements. Il se disait qu'on allait bientôt passer à l'action. Mais le secret restait bien gardé. Les équipements étaient regroupés. Les gros rouleaux de treuils et de câbles d'acier, le matériel de gonflage, sur lesquels le 320e bataillon s'était entraîné, étaient entreposés dans les camions. Chaque homme avait reçu un paquetage contenant un gilet pneumatique de sauvetage, un masque à gaz, un outil de terrassement, un couteau, des pansements et des rations. Une boîte à pharmacie complétée du nécessaire pour premier secours avait été ajoutée à celui de Louis. En revanche, aucun d'entre eux ne comportait d'armes, de munitions ni de grenades.

Depuis deux jours, les entraînements n'étaient plus aussi soutenus. En ce dimanche du 4 juin 1944, le ciel était bas, alourdi de gros nuages gris, le vent soufflait en tempête sur la mer. Dans l'après-midi, les soldats avaient eu la permission de se reposer. Le lendemain, le temps était moins morose, le vent s'était affaibli et le soleil cherchait à percer. Une fois de plus, on leur répéta les consignes, mais on ne leur imposa pas d'entraînement épuisant. En tout début de soirée, on percevait le bruit de mouvements de troupes aux alentours. Après le dîner, alors qu'ils s'apprêtaient au sommeil, les ordres retentirent : « *Let's go !* », « Allons-y ! », la devise qu'avait fait sienne la 29e division d'infanterie. Avec la France pour horizon !

Voilà plus de deux mois que Lucile n'avait plus de nouvelles de son fils. Elle guettait chaque matin le facteur, espérant une lettre, juste quelques mots pour la rassurer, et redoutant par-dessus tout d'y découvrir le fatal câblogramme frappé du timbre de l'armée. Les radios déversaient tellement d'informations dont on pouvait se demander d'où elles les détenaient ! Elle ignorait sur quel front il avait été affecté.

— Nos armées avancent par attaques surprises. Ils ne peuvent pas se permettre de laisser filtrer la moindre indiscrétion, essayait de la convaincre son entourage.

— Il doit être confronté à tant d'horreurs... soupirait-elle, toujours aussi angoissée.

Elle était loin de se douter de la dramatique situation qui était la sienne et celle de tant d'autres soldats : des dizaines de milliers qui depuis le matin du 6 juin, après une nuit bousculée par le froid et les vomissements provoqués par une mer agitée, débarquaient sur les rivages normands. Le jour se levait lorsqu'une longue bande de sable, légèrement incurvée et encadrée de falaises rocheuses à chaque extrémité, se dessina : Omaha Beach, du nom d'une ville du Nebraska d'où était originaire l'un des officiers présents lors des préparatifs du D Day, une plage qui s'étirait sur plusieurs kilomètres de Vierville-sur-Mer à Colleville-sur-Mer.

Dans le chaos d'un enfer de balles et d'obus, Louis et ses compagnons sautèrent de la barge sur laquelle ils avaient été transbordés pour approcher le plus possible de la zone qu'ils devaient couvrir. Quelques dizaines de mètres à parcourir pour l'atteindre. Les jambes engourdies par le froid de l'eau, sous le feu incessant de l'ennemi depuis ses positions fortifiées construites sur la crête, ils progressaient péniblement au milieu des innombrables cadavres des GI débarqués avant eux.

Plongés dans un univers apocalyptique, ils devaient accomplir leur mission. Le matériel déchargé, une équipe entreprit de dérouler les treuils. Les porteurs de ballons, en réalité de simples gros sacs en caoutchouc gonflés à l'hydrogène, vérifièrent une fois de plus les détonateurs qui y étaient fixés. Puis les reliant au sol par un câble d'acier, à l'aide d'un winch, ils les élevèrent à différentes altitudes selon les ordres reçus.

Non seulement ces ballons obligeaient les pilotes allemands à voler plus haut, réduisant ainsi la précision de leurs bombardements, mais leurs câbles représentaient également pour eux un véritable danger lorsqu'ils ne pouvaient pas les distinguer et qu'ils se prenaient dedans. Aussi convenait-il de dissimuler certains ballons dans la couverture nuageuse quand celle-ci était basse. Toutes ces manipulations maintes fois répétées étaient devenues des automatismes pour Louis. Son propre ballon fut détruit au bout de quelques heures. Instinctivement, il se précipita et prit la place d'un de ses camarades touché qui ne pouvait plus diriger son filin.

Quand il l'avait vu s'écrouler, une rage folle s'était emparée de lui, une haine qui attisait sa volonté de survivre, de vivre ce que lui promettaient ses jeunes années. Il avait hurlé son nom :

— Jimmy !

Son cri n'avait pas trouvé d'écho. Le blessé gisait face contre terre. Louis rampa jusqu'à lui. Jimmy était inconscient, mais vivant. Dans l'odeur du sang, celui de la marée montante, dans la fumée et la poussière des explosions, il s'acharna à creuser le sable, le seul abri qui s'offrait à lui et à son camarade en attendant la relève. De là, il pouvait manœuvrer le ballon.

Le blessé avait été touché à la poitrine, à la hauteur du bras. La plaie était spectaculaire. L'entaille entravait ses mouvements, lui provoquant de vives douleurs.

— Laisse-moi voir !

Louis écarta son blouson et lui fit remuer lentement le bras. Les élancements lui tirèrent des grimaces.

— Il faut arrêter le sang.

Il sortit de sa trousse de quoi lui permettre d'assurer les premiers soins.

— Il faudrait que tu puisses aller à l'hôpital.

Cette remarque leur arracha un pauvre sourire. Les heures passaient, le chaos persistait. Les GI progressaient pourtant. Des ordres retentissaient de tous les côtés. Pendant tout ce temps écoulé l'un auprès de l'autre, les deux hommes avaient largement évoqué leurs souvenirs. Louis interrogeait, il fallait que Jimmy reste éveillé, que surtout il ne sombre pas dans un sommeil, prémices de la mort. L'évacuation des blessés se déroulait difficilement sous la mitraille ennemie. Jimmy se confondait en remerciements envers son compagnon d'infortune. Et lorsque ce fut son tour d'être secouru, il lui réitéra sa promesse de faire parvenir un message à sa mère, au *Spotted Cat.*

Puis le crépitement des balles se fit moins fort, les combats terrestres semblaient s'éloigner. Seuls persistaient, presque aussi intenses, les bombardements aériens qui visaient les bâtiments maritimes. La relève ne venait toujours pas et le brancardier interrogé n'avait pu l'éclairer.

En ce début juin, les journées étaient longues même si le ciel restait gris et bas. Louis observa les alentours, se disant que s'il voulait échapper à cet enfer, il devait attendre que l'obscurité commence à tomber. Il remarqua un passage, pas même un sentier, juste un sillon qui se faufilait entre deux dunes et qui semblait monter dans la colline. Il vérifia : le ballon était bien arrimé.

Entre les blessés que les équipes de secours avaient ramenés à bord des barges et les tués gisant autour de lui, c'était le désert. La désolation s'abattit sur lui, la volonté de vivre l'emportait sur la peur. S'il se trouvait face à face avec un Allemand, il ne serait pas en mesure de se défendre : on ne leur avait pas fourni d'armes. Jusqu'à l'armée qui les considérait comme des sous-hommes. La rage au cœur, il élaborait comment se sortir de cet enfer. Il n'entendait pas déserter, seulement se protéger, se mettre à l'abri avant de reprendre un combat à armes égales et ne plus servir uniquement de cible.

Depuis le début de l'après-midi, les GI gagnaient du terrain. D'autres hommes de son bataillon avant lui étaient partis. Alors que les ombres s'allongeaient, il avait longtemps rampé, s'arrêtant fréquemment pour inspecter les alentours et guetter les bruits suspects. La nuit était enfin tombée. Il avançait courbé dans un chemin creux sans savoir où il aboutissait. L'essentiel était de progresser sur la terre ferme.

Une lune pâlotte éclairait vaguement la campagne. Le regard fixé sur l'horizon, essayant de décrypter le paysage, il discerna un grand corps de bâtiment qui devait vraisemblablement être une grange, puis un peu plus loin la forme allongée de ce qu'il estima être une maison d'habitation. Un rai de lumière perçait sous des volets clos.

Il s'approcha avec précaution de la grange. Une porte était restée ouverte, des ballots de paille étaient empilés sur le côté. Il s'écroula dessus, tellement épuisé qu'il ne sentait ni la faim ni la soif qui le tenaillaient. Dans la chaleur de l'étable, il sombra dans un sommeil comateux.

Le lendemain matin, il se réveilla tôt, le corps endolori de la tension nerveuse de la veille et de sa marche à travers les dunes. Il s'étira tout en essayant de mettre en ordre ses pensées. Un cri l'en arracha :

— Maman !

Il entrouvrit la porte : une femme gisait à terre sous les yeux d'un garçonnet. Il n'hésita pas un instant et, comme un diable sortant de sa boîte, il se précipita. Tétanisé, l'enfant le regardait tandis qu'il se penchait vers la femme qui reprenait ses esprits. Tentant de l'aider à se lever, il comprit qu'elle était enceinte, une grossesse proche de l'échéance.

— Vous êtes américain ? C'est la libération ? lui demanda-t-elle d'une voix qui venait de loin.

Il opina de la tête.

— Vous parlez notre langue ?

Il lui sourit et en deux mots lui expliqua qu'il avait vécu plus de dix ans en France.

— C'est pour quand ?

— D'ici une quinzaine, mais j'ai bien l'impression que ça va arriver plus tôt que prévu.

Une douleur lui tordit le ventre, lui arrachant un petit cri. Elle se tourna vers son fils :

— Va prévenir ton père qu'il aille chercher Odile, dis-lui bien que le moment est arrivé. Il faut qu'elle vienne vite. Ton père est au champ de la Fresnaie.

Le gamin hésita un bref instant, le regard pointé vers Louis.

— Vas-y ! Je m'occupe de ta maman.

Tandis que le petit courait dans la campagne rejoindre son père, Louis parvint à relever la fermière. Il la soutenait fermement, elle avançait à petits pas rasant le sol, comme une personne fragilisée par l'âge.

Sur les instructions de la parturiente qui se mouvait avec difficulté, il ouvrit la grande armoire de bois qui trônait dans la chambre, en sortit le linge nécessaire pour protéger le lit. Quand il se proposa pour l'aider à se déshabiller, elle manifesta sa gêne.

— Je suis étudiant en médecine.

Le garçonnet avait fait vite et le père encore plus. Une heure à peine s'était écoulée depuis qu'il était parti le chercher. Les contractions se rapprochaient. La délivrance ne tarderait guère. L'eau bouillait sur le feu. Tout était prêt pour l'intervention de la sage-femme. Les hommes se retirèrent à la cuisine avec le petit. Malgré les échos des douleurs de son épouse, le futur papa manifestait une certaine joie :

— Vous êtes venus nous délivrer ! Enfin ! Ça a dû être dur là-bas sur les plages ! Tout ce fracas !

Louis hochait la tête, il ne souhaitait pas se replonger dans ces heures d'horreur. Il avait envie de pleurer : hier, il côtoyait la mort, la souffrance des blessés, aujourd'hui cette souffrance était d'un tout autre ordre, elle apportait la vie. Lorsqu'ils entendirent les premières vociférations du bébé, ils se précipitèrent. Devant cette toute petite fille dont les poumons hurlaient sa joie d'être venue au monde, il sentit comme une boule se former au fond de son estomac. C'était le premier accouchement qu'il voyait de près, cette magie de la vie, il ne put contenir une larme. Non ! Il n'était pas fait pour tuer, mais pour aider la vie ! Sa vocation était définitivement ancrée en lui.

XXXIV

Après deux jours passés dans la ferme, Louis quitta ses nouveaux amis. Il devait rejoindre la 1re armée américaine.

— Mon gars, si tu t'en reviens de par chez nous, t'auras toujours ta place ! lui avait assuré son hôte.

C'était d'ailleurs lui qui, dans la confusion générale, l'avait conduit au campement installé à proximité de Vierville-sur-Mer. Là, au large de la plage « sanglante » d'Omaha Beach, l'armée américaine s'activait dans la construction d'un *mulberry* : un port artificiel constitué de brise-lames, de quais de déchargement et de jetées reliant les quais à la côte. Il se trouva aussitôt englobé dans une fourmilière humaine au service d'une entreprise grandiose qui utilisait les *blockships*, ces navires sabordés, des caissons métalliques et d'autres bien plus gros faits de béton.

Les nouveaux arrivants étaient dirigés vers le bureau de l'état-major. Il convenait de vérifier les identités et les appartenances militaires. Après une assez longue attente, Louis se soumit au questionnaire. Il dut justifier son éloignement de la plage, le temps mis pour réintégrer l'armée.

L'officier qui l'interrogeait n'éprouvait aucune compassion. Louis n'était pas le premier Noir à s'être présenté à lui, sans arme, selon les instructions du haut commandement ; il ne pouvait l'affecter qu'à des tâches subalternes. Il aurait pu continuer à assister l'infirmier, si toutefois celui-ci l'acceptait, estima-t-il, dubitatif. Quel blessé blanc tolérerait de recevoir les premiers soins d'un métis ?

— Tu parles français ?

Devant sa réponse positive et après lui avoir donné des consignes toujours aussi restrictives, il pointa les cuisines, plus loin, sur la butte.

— Tu vas rejoindre l'équipe du ravitaillement ; là-haut, on te désignera ton équipier. Pour dormir, on te dira où. Là-bas, les Noirs, vous vous débrouillez entre vous. Et tiens-toi tranquille !

Un coup de tampon sur un feuillet, une signature à apposer au bas, et il renvoya Louis. Au cours de l'entretien, jamais il n'eut droit au moindre sourire, à une simple parole de réconfort ou d'encouragement.

Finalement, cette exclusion du monde des Blancs américains ne lui fut pas pesante. Entre gens de couleur, ils se comprenaient et se respectaient. En compagnie d'un de ses camarades, il faisait le tour des campagnes pour s'approvisionner en laitages. Ils payaient bien et on les voyait en libérateurs. En outre, grâce aux caisses de victuailles larguées par leur armée sur les plages voisines, ils avaient les poches emplies de tablettes de chocolat, chewing-gums et cigarettes qu'ils offraient volontiers aux petits comme aux grands. Le café soluble était une découverte d'importance pour les habitants privés de café ou de chicorée depuis le début de la guerre.

À plusieurs reprises, il était retourné à la ferme de sa première nuit sur le sol normand. L'accueil était toujours aussi chaleureux. Si Louis avait l'habitude de cette fraternité à la française, son partenaire n'en revenait pas.

— C'est ici que je veux vivre quand la guerre sera finie ! lui déclara-t-il à maintes reprises. Je ne comprends pas que tu aies quitté ce pays !

— J'ai ma famille en Louisiane, et puis je ne pouvais que suivre ma mère.

— Mais tu ne regrettes pas ?

Louis ne répondait pas et restait songeur. Maintenant qu'il avait goûté à nouveau à ce mode de vie, comment réagirait-il à son retour aux États-Unis ? Au fur et à mesure que les jours passaient, cette question l'envahissait. Il était habité par ce paradoxe malsain, au point d'en être douloureux, de devoir subir le manque de considération et les injustices de ses compatriotes, alors qu'ici il connaissait la liberté d'être pleinement un homme. Il étouffait, prisonnier des frontières du campement, infime territoire obsessionnel dans l'immensité d'une nation égalitaire. Mais, même s'il lui devenait de plus en plus difficile de s'y soumettre, il ne pouvait pas fuir, c'était un soldat : outre la probabilité d'être rattrapé et condamné sans appel, il avait à cœur d'assister les Français dans leur libération. Alors, dans le calme enfin retrouvé de la soirée, il sortait son harmonica, rêvait à travers les airs qu'il en tirait, entraînant avec lui un auditoire nostalgique.

L'armée américaine se renforçait et progressait malgré un mauvais temps qui retardait les débarquements et endommageait les installations, lorsqu'elle ne les détruisait pas comme à Vierville. Le port artificiel d'Arromanches, réparé après la tempête du 19 juin, fonctionnait à plein. Les têtes de front alliées gagnaient du terrain plus lentement qu'envisagé en raison des difficultés présentées par le bocage normand aux chemins et aux routes bordés de haies vives formant une véritable ligne de défense naturelle.

Les équipes de logistique, dont celle de Louis, restaient basées à proximité des plages, assurant la liaison avec les campements. Tous les jours, les parachutages fournissaient les vivres et tout ce qui était nécessaire au quotidien des GI. Les colis étaient aussitôt récupérés, triés puis entreposés avant d'être répartis selon les secteurs. Au volant de son GMC au plateau bâché, Louis et son équipier se chargeaient des livraisons.

Finalement, il appréciait de ne pas se retrouver mêlé aux combats aux côtés des Blancs. Pas par lâcheté, mais par simple conviction humaine. À sa manière, il contribuait à la victoire, sans arme, s'enthousiasmant sur les succès et s'attristant sur les blessés et les morts.

Alors que Cherbourg avait été libérée le 26 juin, la progression des troupes était fortement ralentie à l'intérieur du Cotentin. Démoralisés par la pluie continuelle, la litanie des morts, les incessants tirs d'obus ennemis, les soldats étaient de plus en nombreux à craquer. Durant toute la première moitié du mois de juillet, les GI livrèrent des combats difficiles pour grignoter la résistance germanique.

Ce fut à cette période que fut annoncé un parachutage spécial. La consigne fut donnée de réunir un grand nombre de camions à proximité des plages où avait eu lieu le débarquement. Au jour dit, on vit de grosses caisses de bois, toutes identiques, larguées par parachute sur les côtes du Calvados. Elles flottaient dans le ciel, se balançant à peine tant elles devaient peser. Leur atterrissage s'avéra plutôt musclé. Les premières parvinrent intactes. Chacune d'entre elles était frappée d'un sigle noir ; deux grandes lettres : *VP*.

Un peu plus loin, Louis en remarqua une disloquée sous le choc de son contact avec le sol. Il entreprit de la libérer de son parachute. On vint l'aider. Les planches étaient solidement clouées et il leur fut difficile de dégager le contenu. Au fur et à mesure du déballage, la stupéfaction augmentait. Un piano d'un vert olive inhabituel ! Une cargaison de Victory pianos absolument inattendue dans cet univers apocalyptique !

Louis et ses compagnons étaient restés un moment interdits avant de se décider à le sortir entièrement de son emballage, à même la plage. Il était frappé de la prestigieuse marque Steinway, comme celui de sa grand-mère, mais il était droit et d'une petite taille surprenante. Des cales avaient été prévues pour garantir sa stabilité sur des terrains inégaux. Ils l'installèrent à même le sable durci de la marée qui s'était retirée. Louis le caressait lentement comme pour s'assurer qu'il ne rêvait pas.

Aussitôt un attroupement se forma. Chacun s'interrogeait du regard. Louis était transporté ailleurs, dans un monde où la douceur de la mélodie l'emportait sur les bruits ambiants. Il ouvrit délicatement le couvercle. Plus rien n'existait que ces touches dont les blanches étaient revêtues d'une couche de Celluloïd. Quelqu'un glissa une caisse derrière lui en guise de siège.

Il ne s'interrogeait pas sur l'histoire de ces pianos. Il referma ses mains puis les étira et positionna ses doigts sur le clavier. Il se lança dans une alerte composition bien connue de Duke Ellington, *Take the A train*. Il trébucha sur les premières notes, se reprit et finit par entraîner dans son évasion spirituelle tous ceux qui l'entouraient.

Le concert improvisé terminé, il fallait les charger à bord des camions, pour les répartir selon un planning qu'un officier venait de lui remettre. Il essaya de les compter : il en dénombra une bonne centaine. D'autres étaient annoncés pour les jours suivants. Leur arrivée surprise avait été mûrement réfléchie : il s'agissait de divertir les troupes pour leur redonner le moral. Et comme les GI, eux aussi avaient un rôle à jouer dans cette histoire.

Avec l'entrée en guerre des États-Unis, suite à l'attaque de Pearl Harbor, le gouvernement monopolisa, au profit de l'effort de guerre, tous les approvisionnements en cuivre, fer, laiton qui entraient pour une part importante dans la fabrication de pianos. En conséquence, la firme Steinway & Sons avait dû orienter son activité vers la conception de cercueils, ainsi que vers la construction de pièces de bois destinées aux planeurs qui avaient pour mission de ravitailler les soldats bloqués derrière les lignes ennemies.

À l'automne 1942, le gouvernement américain, dont les troupes combattaient âprement dans le Pacifique, comprit qu'il fallait entretenir le moral de ses soldats. Et pour ce faire, rien de mieux que la musique ! Il avait donc passé une commande très précise à la firme Steinway d'un nombre important de pianos droits. Leur poids devait avoisiner les deux cent cinquante kilos. Leur taille, dont la hauteur dépassait tout juste le mètre et la largeur était inférieure à un mètre cinquante, devait permettre de les transporter dans les remorques attelées aux Jeep.

Quant à la couleur qui avait tant étonné Louis, il ne tarda pas à apprendre que ces pianos étaient déclinés en plusieurs teintes : le vert olive, celui de la couleur des Jeep, était destiné à l'armée de terre, le bleu était réservé à la marine, le gris à l'armée de l'air, et quelques rares spécimens ébène pour les officiers et leur état-major.

Tandis que Louis et ses compagnons s'oubliaient sur cette plage où ils avaient si péniblement débarqué, ils ignoraient que, ce même 6 juin, quatre des fils de Theodore Steinway, le président de cette firme prestigieuse, avaient été parachutés sur Omaha Beach.

XXXV

Jimmy, secouru par Louis sur la plage d'Omaha, avait tenu sa promesse. Il avait écrit à Lucile pour lui donner ce qu'il possédait de nouvelles de son fils, insistant sur son courage.

— Ainsi donc il est en France, et il n'est pas supposé se battre ! soupira-t-elle avec un certain soulagement qui cependant n'annihilait pas sa peur.

Malgré tout, son frère Antoine n'avait-il pas été blessé alors que l'armistice avait été signé et avait mis fin aux combats.

Devant la difficulté à ouvrir la route de la Bretagne à leurs armées, les Alliés avaient mis au point l'opération Cobra qui devait permettre d'enfoncer plus efficacement les lignes de défense allemandes. Cette offensive était soutenue par un bombardement aérien de saturation qui n'épargnait aucune commune aux mains des troupes ennemies. Périers, Coutances, Saint-Lô, Vire, autant de villes pilonnées et réduites en ruines. Dans ces monceaux de gravats, décor dantesque, les Américains progressaient vers Brest.

Au fil des campements, Louis était devenu l'animateur incontournable des soirées. Les Blancs se regroupaient autour du piano tandis que les soldats noirs se tenaient plus à l'écart. Tous étaient fascinés par l'agilité de ses doigts courant sur les touches. Avec dextérité, il entamait des morceaux connus puis improvisait au gré de son âme. Sa musique faisait oublier à tous l'environnement surréaliste dans lequel ils étaient plongés. Elle leur rappelait le pays, leur foyer, la paix. Et tout naturellement, on lui attribua le surnom de « pianiste ».

Sur le chemin pour Brest, l'effarement de Louis allait croissant. Une fois de plus, une peur impatiente s'installa en lui. Comment allait-il retrouver cette ville où il venait passer ses vacances, et surtout qu'était-il advenu de la famille de son oncle ? Il espérait que la cité brestoise ne serait pas réduite à un champ de ruines comme tous les villages et villes traversés.

Les Allemands avaient d'emblée été conscients de l'intérêt stratégique de Brest, de son port en eau profonde ouvrant sur l'océan. Ils en avaient fait une base pour leurs sous-marins. Dans le cadre de l'organisation Todt, ils l'avaient protégé en érigeant des fortifications dissimulant des canons navals et antiaériens, ainsi que des armes de tous calibres assorties d'une considérable quantité de munitions.

Lorsque le 7 août les troupes américaines arrivèrent enfin à Brest, elles trouvèrent face à elles une garnison allemande bien retranchée alignant environ quarante mille hommes. Rue par rue, les GI avançaient au milieu des décombres tandis que Louis et ses camarades avaient la charge de secourir et d'évacuer les civils ensevelis sous les gravats. Le soir, épuisés et désorientés par la souffrance qu'ils essayaient de soulager, ils n'avaient plus guère le cœur à se retrouver autour du piano. Parfois, dans l'obscurité frileuse de cette fin août puis d'un automne précoce, Louis prenait son harmonica : il en sortait des sons étouffés, retenus par une pudeur instinctive, mais qui malgré tout apportaient une indispensable évasion nostalgique.

Il fallut plus de quatre-vingt-dix jours de combats aux Alliés pour enfin obtenir la reddition des Allemands. Comme un symbole, le panneau indicateur à l'entrée de la ville se tenait toujours droit sur son pied, bien que criblé de balles qui l'avaient partiellement endommagé. En revanche, à l'exception de quelques fortifications médiévales qui, elles, avaient résisté, la plupart des rues n'étaient plus que des alignements chancelants de squelettes de pierre. Face à ces témoignages d'une époque ancestrale anéantie qui désormais n'appartiendrait plus qu'aux souvenirs, une mémoire qui s'étiolerait au fil des générations, c'était encore pire que tout ce que s'était imaginé Louis.

Rapidement, la vie s'organisa et, devant la fatigue des troupes, il leur fut accordé une permission. Louis n'attendait que cela. Essayant de se repérer, il se dirigea, anxieux, vers la rue Louis-Pasteur. De là, il saurait comment gagner *La Table de Ronan*, le restaurant de son oncle.

Il enjambait ce qui restait des immeubles, s'arrêtant fréquemment pour s'orienter. Mais dans cet amoncellement de gravats, il perdait le sens des distances. Plus loin se dressait envers et contre tout un îlot de maisons qu'il lui sembla reconnaître. D'un seul coup, son cœur se mit à battre si fort qu'il lui résonnait jusque dans les oreilles. Il intensifia son allure. Parvenu presque au bout de la rue Pasteur, là où la chaussée était dégagée, il bifurqua sur la droite. Le souffle brûlant, il s'arrêta un bref instant puis se mit à courir. La respiration lui était difficile sous l'emprise de l'appréhension. Le sol était jonché de vitres brisées. *La Table de Ronan* s'imposait devant lui, fière et robuste.

Il frappa. Sans réponse, il essaya de pousser la porte un peu de guingois. La poignée résista. Il appela, assenant de grands coups de poing sur le bois : l'idée d'être arrivé jusque-là et de ne rien trouver lui était inconcevable. Il ne s'entendait pas hurler. Finalement, dans un grincement de gonds, elle s'ouvrit.

— Germain ?

Question inutile, formulée sous le coup de la surprise, car malgré les ans et les épreuves qui l'avaient prématurément vieilli et amaigri, il l'avait parfaitement reconnu. En revanche, Germain hésita.

— Louis ? C'est toi, Louis ?

Son interrogation s'avérait justifiée. La dernière fois qu'il l'avait vu, Louis n'était qu'un adolescent. Louis acquiesça d'un mouvement de tête et d'un sourire.

— C'est toi, petit ! Tu es devenu un homme et même un soldat !

Germain balbutiait. Les larmes lui montèrent aux yeux. Il ne chercha pas à les essuyer, les laissant s'écouler dans le sillon de ses rides. Il entoura le jeune homme de ses bras. Bien que secoué de hoquets, Louis réussit à reprendre la maîtrise de lui-même.

— Et...

Il n'eut pas besoin de poursuivre, Germain avait compris.

— Ils ont quitté Brest il y a plus d'un an. Yves refusait de s'en aller, mais ça devenait trop dangereux, déjà par les bombardements, mais aussi par le manque de ravitaillement auquel entendaient suppléer les Allemands. Ce que ni Yves ni Antoine n'acceptaient. Ils ne voulaient pas cuisiner pour eux. Ils sont partis chez le fils d'Yves, à Riec. Je crois que tu connais bien !

Certes, il s'en souvenait ! Il y avait passé des vacances avec son cousin Pierre, et notamment les dernières pour Pâques, avant leur embarquement pour la Louisiane. De merveilleux souvenirs au milieu des parcs à huîtres !

— Quant à Pierre, Antoine a pu savoir qu'il avait gagné l'Angleterre, mais rien de plus. Il connaissait les dangers d'une correspondance.

— Pourquoi ne les as-tu pas suivis à Riec ?

Les larmes s'étaient taries. Une expression de souffrance tira les traits de Germain.

— C'était la maison de mes grands-parents. J'y suis né, mes enfants aussi, et c'est là que ma femme est morte en janvier 1943, juste avant leur départ pour Riec.

Il parlait sans fioriture, d'une voix atone et hachée.

— Je leur ai promis que je veillerais sur *La Table de Ronan*. J'y passais tous les jours. Puis lorsque ma maison a été détruite, je me suis installé là, conclut-il, la gorge nouée.

Louis resta le temps de sa permission auprès de Germain, logeant dans la chambre de son cousin. Il n'en émanait plus les chaudes odeurs d'encaustique qui se mêlaient aux effluves qui montaient des cuisines. La poussière soulevée par les déflagrations environnantes les avait étouffées. Alors que chaque jour il revenait au campement américain pour chercher ses rations alimentaires, les sarcasmes pleuvaient de la part des GI.

— Fais attention, le pianiste ! Tu sais le sort qu'on réserve aux gens de ta race s'ils fricotent avec une Blanche. Tu ne pourras pas dire qu'on ne t'a pas prévenu.

Écœuré par ce mépris qui confinait à la haine, il ne s'attardait guère. La besace pleine, une incontournable caresse au piano, et il reprenait la direction de *La Table de Ronan*. Germain et lui avaient entrepris de remettre en état l'immeuble, de le nettoyer de fond en comble pour qu'à leur retour Yves et les siens rentrent dans une maison prête à les recevoir.

De son côté, Yves trépignait d'impatience. Mais jusque-là les routes n'étaient guère sécurisées. Tant de nouvelles se répandaient !

L'annonce de la libération de Brest avait fait grand bruit. Le lendemain, Quimper, dont la population avait subi des déportations en masse, était libérée à son tour. Il fallut attendre le 19 septembre pour que la presqu'île de Crozon soit enfin débarrassée de l'occupant. À cette nouvelle, Yves et Antoine décidèrent de regagner aussitôt Brest.

Après une heure et demie de route, ils parvinrent à destination. Effarés devant le spectacle qui s'offrait à eux, devant les difficultés pour atteindre leur quartier, si toutefois il en restait quelque chose, ils abandonnèrent leur véhicule pour se frayer à pied un chemin parmi les décombres. La femme d'Yves ne pouvait contenir ses pleurs. Tandis que Maëlle, les mâchoires serrées, ne réussissait plus à décrocher le moindre mot. Ils progressaient lentement dans le silence d'un ciel de fer, dans ce qui restait de la démence des hommes.

Dans toute cette tourmente, ils eurent presque honte de se réjouir en constatant que *La Table de Ronan* avait survécu. Yves extirpa un trousseau de clés de sa poche. Avant même qu'il se penche sur la serrure, la porte s'ouvrit.

XXXVI

Louis et son bataillon avaient pris la route en direction de la Belgique. Après l'échec de l'opération Market Garden d'Arnhem, menée par le maréchal britannique Montgomery, pour permettre aux troupes alliées de déboucher sur le bassin de la Ruhr, les forces américaines et anglaises se concentrèrent sur les Ardennes.

Même s'il ne s'habituait pas à la désolation des campagnes et des villes meurtries, une certaine routine guidait son quotidien. Malgré tout, la souffrance avait une odeur persistante pour l'étudiant en médecine qu'il avait été et qu'il espérait être de nouveau.

Toujours à l'arrière, assurant le ravitaillement, il était fêté par les populations qu'il croisait et s'y montrait très sensible. D'autant plus que lui et ses congénères se retrouvaient en butte aux sarcasmes constants des GI blancs. Il n'y échappait que lorsque l'on venait solliciter le « pianiste ». Dans ces moments-là, si on ne lui reconnaissait pas son intégrité d'homme, on le réclamait comme amuseur et, appréciant son talent, on s'intéressait à lui comme à un animal bien dressé.

Combien de fois, les corvées terminées et le piano refermé, alors qu'il cherchait le sommeil, il ressassait la conversation qu'il avait eue avec son oncle Antoine, pendant les deux journées qu'ils passèrent ensemble. Chacun évoquait en phrases sobres sa guerre. Les détails et les fioritures n'y avaient pas leur place.

Louis connaissait les faits d'armes de son oncle, et sa fierté pour ses décorations. Sa guerre à lui était bien différente. Il la faisait sans arme, à l'arrière des combats. Toutefois, les traitements que les Américains blancs leur réservaient ne différaient guère malgré les années écoulées. Les mentalités ne changeaient pas. On les confinait dans les mêmes tâches subalternes, ils devaient se tenir à l'écart, comme si la couleur de leur peau était contagieuse et porteuse de maladies ou de perversité.

La considération, il l'avait connue en France, et il l'avait perdue à La Nouvelle-Orléans, malgré la renommée de sa mère. Au fond de lui, il lui en avait toujours voulu d'avoir quitté la France même si maintenant, devenu adulte, il en comprenait les raisons.

— Pourquoi ne restes-tu pas en France, une fois la guerre terminée ? lui suggérait Antoine.

— Et mes études ? Je suis inscrit à Duke.

— Il y a de nombreuses universités de médecine dans notre pays. Des excellentes !

Louis sourit en entendant son oncle s'approprier ce pays dont il avait pris la nationalité.

— Tu n'as jamais regretté La Nouvelle-Orléans ?

— Bien sûr ! Mais ici j'avais la chance d'avoir Maëlle. Cela m'a bien aidé. Et puis, tu sais, la liberté, c'est quelque chose de subtil qui naît du respect : celui que tu te dois à toi-même, celui qu'on éprouve pour toi et celui que tu portes aux autres. Elle commence là où l'ignorance finit, et elle nous offre la possibilité de choisir. Or choisir c'est toujours renoncer à quelque chose. Et ce choix, tu es le seul à l'assumer. C'est déjà énorme ! Parmi tes compagnons, combien le réalisent-ils ou l'envisagent-ils ?

Leur discussion se poursuivait, affrontant arguments contre arguments que démontait Antoine, sans brusquerie, usant d'une sagesse qui se voulait persuasive. Une petite lueur s'était allumée dans l'esprit de Louis. Il devrait choisir un jour, c'était l'évidence !

La correspondance entre les soldats et leur famille avait enfin repris. Chaque jour, le vaguemestre suscitait un attroupement enfiévré. Les nouvelles n'arrivaient ni ne s'échangeaient régulièrement. Le courrier libre, dispensé d'affranchissement, était assuré par des réseaux extérieurs à l'armée et demandait environ un mois pour parvenir à son destinataire. Le V-courrier, écrit sur une simple page de papier à lettres standard, était microfilmé après avoir obtenu l'accord de la censure. Son acheminement se réduisait à une semaine. Toutefois, il présentait l'inconvénient, outre celui de devoir être bref, d'être parfois déformé par celui qui le retranscrivait.

Au *Spotted Cat*, sa première missive provoqua une si forte émotion chez Lucile que des larmes, celles de la joie incommensurable d'une mère tranquillisée sur le sort de son fils, lui montèrent aux yeux au moindre mot. De la journée, elle fut incapable de se maîtriser et d'assumer sa part de travail. Heureusement, Rosa-Lynn, bien que tout aussi transportée qu'elle à la lecture de ces nouvelles qui évoquaient également Antoine, et Martha se chargèrent de tout.

Elle s'empressa de lui rédiger une longue lettre, empreinte d'amour, la première d'une correspondance assidue qu'elle lui adresserait sans même attendre qu'il lui réponde : des lettres qui, en raison des difficultés des transports postaux, ne lui parviendraient pas dans leur ordre chronologique. À présent, chaque jour, elle guettait le cœur plein d'espoir un courrier venant de son fils. Elle savait que de son côté il attendait avec la même ferveur.

— Le pianiste !

C'était la distribution du courrier. Les nouvelles arrivaient régulièrement de Brest. Parfois, juste quelques mots, d'autre fois une carte postale. L'essentiel était ce lien que ces lignes entretenaient. Ce jour-là, il reçut l'un de ces V-courriers marqués d'un cachet officiel, celui du ministère de l'Information. En l'ouvrant, la première chose qu'il découvrit c'était qu'il n'était pas contresigné par l'officier chargé d'en vérifier le contenu. Son regard se porta aussitôt sur la signature : Pierre, son cousin !

C'est papa qui m'a transmis ton adresse militaire. En peu de mots, il lui expliquait qu'il avait été nommé à la Direction des informations, à un poste important, en reconnaissance de son action pendant l'Occupation. Bien entendu, il lui communiquait son adresse et son téléphone en lui proposant de venir le retrouver à Paris dès qu'il aurait une permission. *Nous avons tant de choses à nous raconter !* concluait-il.

Alors qu'ils progressaient dans la froidure et l'humidité, Louis se prenait de plus en plus à rêver de paix et de liberté. Les siens lui manquaient et Brest lui paraissait tout aussi lointaine que la Louisiane. Le jour tombait vite en cette fin d'année 1944. À l'arrière des lignes combattantes, on se réchauffait autour de feux de camp et on se ragaillardissait l'âme à l'écoute des concerts improvisés de Louis.

De plus en plus, il jouait ce qui lui plaisait sans tenir vraiment compte des sollicitations. *Vivre*, la chanson fétiche de sa mère qu'il savait avoir été composée avec son oncle, revenait immanquablement. Toutefois, on l'avait interrompu dès les premiers accords de *Strange fruit*.

— Vos lamentations nègres, on n'en a que faire !

Sa dignité se rebellait, mais il ne trouvait pas d'écho et était conscient qu'une riposte pourrait lui coûter cher. Alors il se taisait, plaquait ses mains sur les touches et, le regard perdu dans un univers abstrait, il interprétait ou improvisait. Il communiait avec son piano dont il prenait le plus grand soin. C'était son ami, le prolongement de lui-même. Chaque matin, il l'emballait de couvertures et le laissait à l'abri des intempéries. Il avait récupéré une solide bâche pour son transport en remorque à l'arrière de la Jeep qu'il conduisait.

À présent, la musique était entrée dans les campements. À la demande du président F. D. Roosevelt, une société de bienfaisance, la United Service Organizations, USO, avait été créée dès 1941. Son but était d'offrir des spectacles au personnel militaire. Et pour les troupes où il n'était pas possible de se produire, en accord avec le ministère de la Guerre, il avait été gravé un nombre considérable de V-discs, tout comme pour les pianos, ce « V » pour Victory, des soixante-dix-huit tours fragiles et lourds accompagnés de gramophones.

Certains artistes incorporés étaient également largement sollicités. Ce fut le cas du déjà emblématique Glenn Miller avec son standard swing *In the mood*, « de bonne humeur », qui lui avait assuré un record de ventes. L'émotion avait été grande lorsqu'on apprit, le 15 décembre 1944, que son avion avait disparu au-dessus de la Manche.

Le lendemain de cette triste date, un samedi, débuta l'offensive allemande dans les Ardennes. Le temps exécrable empêchait les reconnaissances aériennes. Des Allemands infiltrés, revêtus d'uniformes américains, à l'instigation d'un plan d'Hitler, parvinrent à capturer une centaine d'artilleurs américains à Baugnez. Là, dans ce hameau de la commune de Malmedy, dans la province de Liège, sur l'ordre du lieutenant-colonel Joachim Peiper, ils allaient être purement et simplement exécutés. La nouvelle répandue par le quotidien des forces armées des États-Unis en service à l'étranger, *Stars and Stripes*, avait choqué et galvanisé les unités américaines dans leur désir de vengeance.

Ce Noël 1944 n'en fut pas un. La neige était au rendez-vous, mais une neige verglacée noircie de boue par le passage des troupes, comme autant de grimaces soulignant la souffrance des combattants et celle des populations. Dans un froid sibérien où l'on vit le thermomètre descendre jusqu'à moins vingt-huit degrés, sous un brouillard pénétrant, nombreux étaient les blessés à évacuer. Le ravitaillement s'avérait difficile et il fallut attendre les derniers jours de décembre pour que munitions, équipements chauds, cigarettes et dindes prévues pour la Nativité parviennent enfin dans les campements.

Les journées étaient harassantes. Louis examinait les blessés, leur administrait les premiers soins et triait ceux qui nécessitaient d'être rapidement orientés vers un hôpital de campagne. Les premiers temps, il s'était retrouvé sous la supervision d'un infirmier blanc. Bientôt, celui-ci, débordé et confiant dans ses aptitudes, le laissa agir comme il l'entendait. Ses gestes étaient devenus des automatismes, et aucun de ces pauvres bougres meurtris dans leur chair ne se soucia de la couleur de sa peau.

La nuit tombait vite, on en était aux jours les plus courts de l'année. Le piano avait été installé sous une large tente qui pouvait contenir plus d'une centaine de soldats. On l'avait dispensé des corvées de vaisselle et de rangement. Alors, le souper terminé, il s'asseyait devant le clavier, posait délicatement ses pieds sur les pédales, prenait une grande aspiration et entamait un concert rassérénant.

La réputation de Louis avait, elle aussi, franchi les rangs de l'armée. On ignorait bien souvent son nom. Avait-on envie de le connaître ? Sa couleur de peau le rendait invisible pour les Blancs ; il était simplement « le pianiste », sans autre commentaire : un qualificatif qui voulait tout dire.

XXXVII

Tout comme Louis, un autre soldat à peine plus âgé que lui et originaire de Californie, était relégué à l'arrière des lignes de combat. Les deux jeunes gens affichaient de nombreux points communs ; tout d'abord leur aversion à participer à des affrontements où leur propre survie ne dépendait que de la mort de celui qui leur faisait face, alors que leur vocation se portait sur la médecine : humaine pour Louis, animale pour David Warren Brubeck. Ils appréciaient donc de rester en retrait. Ils cultivaient une même passion, celle du jazz. Pour tous les deux, et peut-être encore plus pour David qui l'idolâtrait, Duke Ellington représentait la sommité de cette musique partie pacifiquement à la conquête du monde.

Après avoir été réserviste au 17e dépôt de remplacement situé en vallée de Chevreuse, le soldat Brubeck avait rejoint la 3e armée américaine, sous le commandement du général George S. Patton, qui opérait du côté de Metz et des Ardennes. Louis et David s'étaient croisés à Bastogne et avaient même échangé quelques morceaux sur le Victory piano. La conversation n'avait pas tardé à s'installer.

— Appelle-moi Dave, comme le font tous mes amis ! Ton nom, du Plaissant : tu as un lien avec cette chanteuse qui a connu le succès, il y a une bonne dizaine d'années, et dont malheureusement on n'entend plus parler ? Une belle femme et un talent remarquable !

À l'évocation de sa mère, Louis se sentit fondre : un Américain blanc qui avait admiré Lucile ! Il opina de la tête, la gorge nouée par l'émotion.

— Donc je suppose que tu as rencontré bon nombre de ceux que nous considérons comme nos maîtres aujourd'hui. En plus, si tu es de La Nouvelle-Orléans…

Avant de se séparer, ils s'étaient promis de garder le contact. David, entraîné comme tireur d'élite, comprenait qu'il ne tarderait pas à rejoindre le front. Mais le hasard avait toujours été un grand manipulateur. Un soir, il fut remarqué par un colonel lors d'une prestation qu'il avait dû donner au pied levé pour accompagner trois choristes en manque de pianiste.

— Il vaut mieux que tu fasses de la bonne musique plutôt que d'être tué ! lui avait déclaré l'officier.

Les spectacles offerts aux soldats se multipliaient. Nombreux étaient les chanteurs connus à venir distraire les après-midi de repos : Bob Hope, Bing Crosby et bien d'autres étaient acclamés sur des scènes provisoires. Dave Brubeck reçut alors la proposition d'engager deux autres musiciens afin de constituer un petit ensemble. Les talents ne manquaient pas, mais il fallait dénicher les meilleurs.

Tout naturellement, il fit appel à Louis qui lui avait évoqué sa formation de clarinettiste. Son affectation ne présenterait aucune difficulté. Louis se montra très enthousiaste à l'idée de se joindre à son ami. Le seul problème était de lui trouver une clarinette.

Tout d'abord, il envisagea d'écrire à son cousin pour lui demander de lui en acheter une qu'il lui rembourserait le plus rapidement possible. Lucile, qui n'était plus revenue en France, avait gardé un compte bancaire à Paris destiné à recevoir ses cachets et ses droits. Certaines de ses compositions avaient été reprises et, jusqu'à ce qu'éclate la guerre, elle continuait à toucher des émoluments. Avant qu'il ne quitte les États-Unis pour l'Europe, elle avait établi une procuration à son fils. Il disposait donc d'un capital honorable dans un pays où il ne se sentait pas étranger.

Toutefois, l'acquisition d'un tel instrument était trop individuelle. Il était important pour une prestation de qualité de juger par lui-même du rendu sonore, de repérer le clétage le plus performant. Tout était à examiner : bec, ligature, les anches à adapter à l'ouverture du bec… L'achat ne pouvait pas se faire par personne interposée même si son cousin avait des notions de clarinette à travers son père.

Il demanda à disposer d'une journée pour se rendre à Bruxelles avec sa Jeep. Au début septembre 1944, les troupes alliées flanquées d'un corps belge, la brigade Piron, avaient libéré la ville qui n'avait pas subi de destructions majeures. Il avait dû affronter les réticences de ses supérieurs, mais avait réussi à les fléchir en contrepartie de certaines courses dont il se chargerait pour eux.

Il lui suffit d'une heure et demie de route pour arriver au centre de la capitale belge. Là, il se renseigna pour obtenir l'adresse d'un facteur d'instruments et, après quelques démarches infructueuses, finit par trouver un vendeur qui proposait aussi bien du matériel neuf que d'occasion. Il disposait de peu de modèles : la clarinette n'était guère recherchée.

La première que le marchand lui présenta était faite de métal. Certes, elle offrait un son plus brillant, mais elle correspondait à la tradition musicale des Juifs ashkénazes. Celle qu'il souhaitait acquérir devait produire des accents plus mélodiques, un vibrato d'une extrême sensibilité, une suavité à la fois puissante et délicate, une sonorité que seul le bois apportait.

Le vendeur s'éclipsa quelques instants et revint avec un étui râpé.

— Voilà ! Elle n'est pas toute jeune. En fait, c'est quelqu'un qui me l'avait laissée en dépôt avant la guerre.

Louis regardait comme fasciné. Il ne s'attendait pas à trouver une clarinette en grenadille, un bois d'exception qui ne se fendait pas facilement et résistait aux chocs : l'ébène du Mozambique, un bois idéal dense et lustré qui variait entre le rougeâtre et le noir. Et l'exemplaire qu'on lui tendait était d'un noir pur. Il répondait exactement à ce qu'il recherchait. Restait à l'essayer. Certains accessoires étaient à changer. Les deux hommes y consacrèrent une bonne heure avant de parvenir à satisfaire Louis.

— Et donc, vous jouez également du piano ?

Louis ne se fit pas prier pour lui évoquer ces pianos Victory.

— Des Steinway petit format ? Incroyable ! Je n'en ai encore jamais vu. Savez-vous que pas très loin d'ici se trouve le siège d'un important facteur de pianos, de la fabrication jusqu'aux restaurations ? Outre ses propres productions reconnues pour leur qualité, il y a longtemps aussi qu'il importe des Steinway. En fait, c'est le plus grand commerçant de pianos de notre pays.

Bien entendu, Louis l'ignorait et le sujet piquait sa curiosité.

— Ce n'est pas très loin de Bruxelles, l'usine est à Vilvorde, mais ce n'est pas tout à fait sur votre route.

Il aurait aimé s'y rendre, mais le temps lui était compté. Il prit note du nom et de l'adresse, envisageant de revenir dans la région. Ce fut un peu à regret qu'il prit le chemin du retour, mais son acquisition le rassérénait et l'enthousiasmait.

Le soir précédant son départ, ses mains tremblotaient en martelant les touches. Son plus grand regret était de quitter ce piano, son piano, sur lequel il s'oubliait parfois, une fois son cylindre refermé. La tête enfouie dans les bras appuyés sur le couvercle, les yeux fermés, il communiait avec sa mère. Il lui semblait l'entendre, la voir, toujours aussi belle, d'une fragilité qui n'était qu'apparente. Elle lui manquait tant sur ces chemins d'errance ! Le temps avait perdu sa mesure. Lorsque enfin il revint tout désorienté à la réalité, dans sa tristesse de se séparer de ce compagnon d'infortune, il voulut lui marquer sa reconnaissance. Il souleva le couvercle et, sur le côté intérieur, il signa un *merci* d'une encre indélébile.

— Peut-être qu'un jour nos routes se recroiseront, soupira-t-il en le caressant pour la dernière fois.

XXXVIII

Entre les deux musiciens, l'amitié fut au rendez-vous. Dave, qui était né et avait grandi en Californie d'une famille à l'abri des problèmes financiers, n'avait jamais toléré la discrimination raciale. Elle lui était incompréhensible. Même si les États de l'Ouest n'étaient pas aussi violents vis-à-vis des Noirs et des Amérindiens, la ségrégation y sévissait néanmoins. Le troisième musicien, un tromboniste, auquel il fit appel était également un Afro-Américain. Il l'avait choisi tout simplement parce qu'il jugeait qu'il était le meilleur parmi les musiciens militaires de sa connaissance.

Tous les trois formaient un combo, un petit ensemble, qui faisait la joie des soldats et des autorités des régions où ils se produisaient. Ils offraient une musique aux sommets émouvants, faisant preuve d'une improvisation imaginative et originale, et de par la composition de leur groupe ils donnaient au jazz une valeur sociologique.

Une fois les spectateurs partis, tout était à refaire : l'intolérance reprenait le dessus au grand dam des trois amis. Malgré les protestations de Dave, combien de fois, dans les campements, refusa-t-on l'accès du restaurant et de l'hébergement aux deux Afro-Américains… En l'espace de quelques heures, ils plongeaient dans des mondes si différents, de l'amour à la répulsion, de l'admiration au mépris. Et cette situation, Louis la supportait de plus en plus difficilement malgré sa passion pour la musique.

Alors qu'ils se produisaient dans la cour carrée de l'arsenal à Metz, devant un groupe de médecins et de membres de la Croix-Rouge, ils furent conviés ensemble à trinquer, une fois le concert terminé. Ce qui était inhabituel ! Les questions s'enchaînaient, les échanges étaient cordiaux. Louis était sensible à l'intérêt qu'ils suscitaient.

Apparemment, Français et Américains travaillaient conjointement à l'hôpital Legouest, du nom de Léon Legouest, un chirurgien émérite d'origine messine. L'établissement avait été utilisé par les autorités allemandes de 1940 à 1944. Depuis la libération de la ville, suite à la reddition du général Keitel le 22 novembre 1944, il était occupé par le 20e corps américain qui l'avait rebaptisé « 34e American Hospital ».

Si la musique avait détourné Dave de son souhait de devenir vétérinaire, vraisemblablement motivé par la profession d'éleveur de bétail qu'exerçait son père, la vocation médicale de Louis se trouvait plus que jamais ravivée dans le contexte présent. La musique ne représentait pas pour lui une fin en soi. Alors que la plupart des invités ignoraient Louis, il réalisa qu'on l'interpellait.

— Vous étiez étudiant ? Vous fréquentiez quelle université ?

Louis se déplaça un peu sur le côté pour pouvoir faire face à son interlocuteur. Il découvrit un homme d'une belle taille, le port raide, un regard perçant sous des lunettes rondes. À son accent, il venait très probablement du Nord, de la région de Chicago.

— Duke, en Caroline, répondit-il.

— En médecine ? Avec le Pr Hates ?

— Oui ! Un excellent professeur ! Vous le connaissez ?

— Sachez, jeune homme, que les grands chercheurs auxquels il appartient sont nos maîtres à tous. J'ai eu l'occasion de le rencontrer à Columbia.

La conversation tourna autour de ce chirurgien qui se consacrait désormais à l'enseignement de la médecine. Dans son enthousiasme, Louis ne se rendait pas compte qu'en fait il subissait un véritable interrogatoire.

— Si je comprends bien, vous souhaitez reprendre vos études et intégrer le monde médical.

— Oui, quand je serai démobilisé... Je ne sais pas quand. C'est le problème !

— Ne perdez pas la main ! En attendant, rejoignez-nous au « 34e » ! Nous ne serons jamais assez nombreux. Les mutations sont toujours possibles.

Le ton était directif. Devant son air sidéré, son interlocuteur lui tendit un petit carton au format d'une carte de visite.

— Contactez-moi quand vous aurez pris votre décision. Mais ne tardez pas ! De toute façon, vous pourrez continuer à vous produire lors de concerts comme celui auquel nous venons d'assister. Du moment bien entendu que ce soit à Metz ou dans la proche région.

Louis avait balbutié une phrase de remerciements tout en ajoutant une promesse de réfléchir à l'offre. Ce fut à cette époque que Dave entreprit de monter un groupe plus étoffé qui devait prendre la route de l'Allemagne. Bien entendu, Louis y avait sa place. Contre toute attente, il déclina la proposition de son ami.

— Je ne ferai pas partie de ton Wolf Pack Band. Je reste à Metz, pardonne-moi !

Sa décision était arrêtée, il allait intégrer l'hôpital.

Le médecin-chef était autant respecté que craint de ses subalternes. Pourtant, il savait établir un contact rare avec les malades, et surtout il refusait les relents de racisme. Il prit Louis sous son aile qui accepta sans mot dire ses remarques parfois aussi cinglantes que lapidaires. Décelant en lui une réelle vocation, il l'inclut à sa tournée des patients.

— Ce n'est pas en vous limitant aux toilettes ou aux pansements que vous allez apprendre. Je vais vous former ! Vous pourrez être accepté sans problème dans n'importe quel hôpital universitaire plus tard.

C'était tout ce qu'attendait Louis. Alors que la tournée s'achevait, ils se retrouvèrent dans une salle séparée, réservée aux blessés de couleur. Ils étaient peu nombreux. À sa grande surprise, ils côtoyaient d'autres blessés, des Blancs.

— Prisonniers allemands, lui souffla un infirmier.

Le médecin-chef s'adressa à eux comme à tous les autres, sur le même ton encourageant. Lorsque son inspection fut terminée, il appela Louis :

— Quelque chose vous a gêné dans ce que vous avez vu ?

Louis répondit d'un non hésitant.

— Ici, nous sommes dans un hôpital. En temps de guerre, les médecins n'ont pas de patrie ni de considération ethnique, conclut abruptement le maître.

Les mois passaient. Louis ne regrettait pas son choix. Malgré les rigueurs du climat, il se plaisait à Metz, sa vieille ville nichée entre Moselle et Seille qui dessinaient les contours arborés d'îles reliées au centre par des ponts moyenâgeux. Il aimait son architecture riche d'un fort héritage médiéval, d'influence à fois française et germanique, aux monuments imposants égayés par le jaune ocre de la pierre de Jaumont. Il y avait pris ses habitudes, flânant dans ses ruelles à l'ombre de la cathédrale, où s'attardait une jeunesse en quête de distraction.

Il passait ses permissions à Paris, en compagnie de son cousin Pierre. Rituellement revenait la question sur ses orientations une fois démobilisé.

— Je peux t'aider, t'introduire dans le milieu médical. Il faut que tu demandes la nationalité française ! Tu l'obtiendras sans problème. Ce qui ne t'empêchera pas de retourner comme tu le souhaites aux États-Unis.

Et pour mieux le persuader, Pierre l'avait à plusieurs reprises entraîné dans des soirées où il avait eu l'occasion de rencontrer des personnalités du monde médical. Louis y était de plus en plus sensible, surtout depuis que son regard avait croisé celui d'une collaboratrice du Dr Robert Debré qui poursuivait ses recherches à l'hôpital des Enfants malades. Elle ne tarissait pas d'éloges sur cet homme, issu d'une famille de rabbins alsaciens, qui avait réussi à traverser la guerre tout en gardant son poste et apportant son assistance à la Résistance.

Leurs premiers échanges furent principalement professionnels, puis ils se firent plus personnels. Elle n'avait jamais été mariée et n'entendait pas l'être. Elle tenait à sa liberté et avait pour famille tous les petits patients dont elle s'occupait. Sous une neutralité de bon aloi que démentait la profondeur de son regard, Louis percevait sa nature passionnée. Visiblement, il lui plaisait et elle ne le lui cacha pas.

— À mon âge et de par ma profession, je n'ai pas de temps à perdre. La sentimentalité, ça ne m'intéresse pas. Comme on dit, il faut que le corps exulte. Et une amitié est une réelle richesse, lui avait-elle déclaré avec le plus grand sérieux, alors qu'elle venait de l'entraîner chez elle.

Louis n'avait pas réfléchi et s'était laissé faire. Elle devait avoir une bonne dizaine d'années de plus que lui. Son intelligence gommait la différence d'âge et la lui rendait séduisante. Ensuite, il ne souhaitait pas non plus se retrouver lié par un amour qui freinerait ses perspectives. Sans compter qu'elle n'était pas réellement le type de femme avec laquelle il pouvait envisager de construire une famille.

Et surtout, il ne l'imaginait pas porter plainte contre lui et l'accuser de viol. L'abstinence sexuelle commençait à lui peser maintenant qu'il entrevoyait la liberté au bout du chemin. Jusqu'à présent, il s'y était conformé, connaissant trop bien les risques qu'encouraient les soldats afro-américains qui nouaient une aventure avec des Françaises. Après un jugement sommaire, le verdict tombait implacable : la mort par pendaison. Ce qui n'arrivait jamais à un GI blanc !

Dans leur liaison, les sentiments ne furent pas au rendez-vous ; elle leur apportait la satisfaction de leurs pulsions et cela suffisait à chacun des partenaires. Depuis ces derniers mois, à observer les personnes de son entourage direct qui avaient de l'importance pour lui, il avait compris bien des choses. La première fut que l'apparence austère de son médecin-chef n'était en fait qu'une carapace. Dans cette profession où régnait la souffrance et l'emportait parfois la mort, il fallait apprendre à se protéger pour être efficace. Lui, il avait la chance d'avoir la musique pour l'aider à s'extérioriser, à exprimer ses peines, à s'évader. Pour sa maîtresse parisienne, c'étaient « les hommes », comme elle le lui avait déclaré, insistant sur un pluriel révélateur. Il n'avait pas cherché à en savoir davantage, d'ailleurs elle ne lui aurait rien dévoilé de plus. Il ignorait tout d'elle, de la plaie qu'elle portait au plus profond d'elle : celle d'aimer depuis toujours un homme qui ne consentait à lui ouvrir sa vie qu'épisodiquement, selon ses disponibilités, et qui n'avait jamais eu la moindre intention de remettre en question son foyer pour elle. Il l'en avait prévenue, elle avait accepté le marché.

Grâce à elle et à ses relations, il pénétrait ce monde fermé, une sorte d'aristocratie en vase clos, celui de la médecine et des grands professeurs.

— Intègre la faculté de médecine de Paris ! Ici, tu n'échapperas pas à l'étape probatoire de la première année qui t'ouvre la porte du cycle du doctorat.

— Ce n'est pas un problème !

L'essentiel n'était-il pas pour lui d'intégrer le milieu médical qui lui permettrait de vivre sa vocation ?

— Je suppose qu'à Duke tu as abordé la physique, la chimie et les sciences naturelles. Fais-toi établir une attestation avec ton parcours ! Attends-toi à passer un concours d'admission. Ne t'inquiète pas, je t'aiderai, je te ferai réviser…

XXXIX

LORS D'UNE DE SES ÉCHAPPÉES parisiennes, Louis avait cherché à retrouver Emy, la cousine de sa mère restée dans la capitale. Il ne se souvenait plus de l'adresse précise du magasin d'Oranne avec laquelle elle travaillait et partageait également sa vie. À vrai dire, il n'y avait que très rarement accompagné sa mère. Il n'avait rien trouvé dans l'annuaire de l'Administration des postes. Car même s'il connaissait le nom de famille d'Emy, la boutique était au nom de sa compagne.

Dans une lettre à sa mère, il lui demanda de la lui communiquer. Lucile et Emy avaient correspondu jusqu'à la fin de 1942. À partir de cette date, les courriers de Lucile étaient restés sans réponse. Elle n'avait pas osé interroger Benji de peur de l'affoler, se disant que si quelque chose de mauvais était arrivé à sa cousine, la famille en aurait été avertie. Elle lui retourna la seule adresse qu'elle connaissait.

Il avançait d'un pas alerte le long de la rue du Faubourg-Saint-Honoré bordée d'hôtels particuliers dont la beauté témoignait de la richesse de ses propriétaires. L'endroit n'avait rien perdu de sa majesté d'antan. Le luxe y était revenu malgré les pénuries qui persistaient. Une bourgeoisie plus modeste, mais toujours aisée occupait sa partie supérieure, une fois passée l'avenue de Friedland.

La devanture de la boutique était plus petite que dans ses souvenirs. Planté sur le trottoir, il observait les deux femmes. Oranne était assise tandis qu'Emy se penchait sur un mannequin en buste qu'elle enveloppait d'un tissu pailleté de strass. Elle redressa la tête et recula pour juger de l'effet et, dans son mouvement pour se tourner vers son amie, elle le remarqua. Interloquée, elle resta quelques secondes sans réaction. Puis elle laissa échapper un cri et plaqua ses mains sur ses joues. Il lui sourit et poussa la porte.

— Non, ce n'est pas possible ! répétait-elle. Oranne, tu le reconnais ?

— Bien sûr !

Il retrouvait en elle la tendresse au fond de ses yeux, son ton enjoué et chaleureux. La réminiscence des si lointains moments partagés lui apportait une douceur grisante. Il se souvenait de cette époque où tout était possible. Pourtant, à bien y regarder, elle avait changé. Elle avait perdu de ses rondeurs, tout dans son attitude trahissait une maturité qu'il ne lui avait jamais connue.

— Nous t'avons quitté enfant, tu nous reviens homme !

Emy ne pouvait s'empêcher de le toucher, comme pour s'assurer qu'il était bien réel. Elle lui avança une chaise proche de son amie qui, se levant péniblement, tendit son visage vers lui pour l'embrasser. Ses mains étaient gantées. Il eut l'impression que quelque chose lui échappait.

Emy l'assaillit de questions. Il s'y plia volontiers avant de les interroger à son tour. L'anneau que cette cousine portait à son doigt l'intriguait ; il connaissait la nature des relations qu'entretenaient les deux femmes. Lisant sur son visage, elle lui précisa :

— Oui, je suis mariée avec un homme. C'est une longue histoire…

Il ne demandait pas mieux que de les écouter. Alors, sans se faire prier, elle entama le récit de ces dernières années de guerre.

Elles avaient toujours vécu discrètement leur amour répréhensible. Avec l'arrivée des envahisseurs, elles savaient que leur relation les mettait en danger. La délation encouragée par le régime de Vichy devenait monnaie courante. Elles ne pouvaient pas risquer d'être en butte à une sinistre homophobie qui ne voyait en elles que déviance mentale et vice condamnable. Mais également, elles redoutaient avant tout d'être dénoncées pour actes de résistance par des esprits trop puritains. Les conséquences auraient été alors très graves autant pour elles-mêmes que pour leur entourage.

Devant l'étonnement de Louis, ce fut Oranne qui prit la parole :

— Ma famille est de Cholet. Mes parents étaient des tisseurs de toile depuis plusieurs générations. J'ai grandi dans une petite maison de pierre et de brique, dans l'une de ces ruelles qui menaient au parc, la rue de la Tête-Noire. Dans la cave semi-enterrée, on y installait le métier à tisser. Mais avec la défaite, les Allemands réquisitionnèrent les tissus.

Elle évoqua brièvement la création, dès octobre 1940, d'un Comité d'organisation du vêtement, du décret obligeant de procéder à une déclaration des stocks des matières premières textiles, des mesures restrictives qui s'ensuivirent. Rapidement, les maîtres mots furent : « pratique, utilitaire, sobriété ».

— Plus de paillettes ni de plume. Encore moins de soie ou de velours. Jusqu'aux martingales au dos des manteaux qui étaient interdites par mesure d'économie ! Nous avons dû nous adapter. Il fallait faire du neuf avec du vieux. Alors nous avons eu une idée. Nous avons rédigé des conseils de couture pour des magazines. *Le Petit Écho de la mode*, *Marie Claire*, ils payaient bien pour somme toute peu de travail. Nous avons aussi ouvert un atelier de couture.

Les deux femmes avaient envisagé un réseau de récupération de vêtements usagés et d'échantillons que les tisserands gardaient au fond de leur cave. Pour cela, on devait se rendre à Cholet sans attirer l'attention. Après plusieurs prétextes de visites aux parents, il fallait trouver autre chose, surtout que ces allées et venues mercantiles se doublaient de messages à destination des résistants.

Alors qu'il était trop âgé pour être appelé au STO, le service du travail obligatoire, et qu'il présentait un important handicap dans la marche, un cousin d'Oranne proposa un mariage blanc à Emy. D'autant plus que ses manières un peu efféminées faisaient s'interroger sur ses penchants sexuels. Ainsi, elle comme lui pourraient se déplacer l'esprit plus tranquille. Autrefois employé dans une échoppe de couturier, sa présence à Paris auprès des deux femmes s'avérait justifiée.

Louis l'interrompit et interrogea Emy :

— Comment t'y es-tu prise ? Une Noire ne peut épouser un Blanc. Il te fallait des papiers.

— N'oublie pas que je vous ai suivis, ta mère et toi, en France en 1932. Une fois mon permis de séjour échu, j'ai demandé la nationalité française.

Le jeune homme sourit en lui-même : décidément, dans la famille, la notion de liberté l'emportait sur les racines...

— Nous partageons l'appartement avec celui qui est mon mari. Il occupe une chambre au deuxième étage. J'y avais laissé des affaires pour qu'on puisse penser que nous vivions ensemble. Oranne et moi sommes installées au premier.

Tout avait basculé à la veille de la libération de Paris, en juillet 1944. Les Allemands étaient exacerbés par la progression des troupes alliées, et plus que jamais sévissaient férocement. Elles avaient été dénoncées. Oranne avait été arrêtée en l'absence d'Emy et de son époux qui s'étaient rendus à Cholet. Aussitôt, des résistants les avaient récupérés et les avaient cachés. Après intimidations et coups à la prison de Fresnes, alors que le général Leclerc recevait du général von Choltitz la capitulation des troupes d'occupation de la capitale le 25 août 1944, Oranne se trouvait détenue au camp de Flossenburg, en Bavière. En avril 1945, elle avait échappé aux marches de la mort en se dissimulant dans un trou creusé dans le sous-sol d'un baraquement où elle était restée plus de deux jours. Lorsque, le 23 avril, les Américains libérèrent le camp, elle faisait partie des rescapés dont l'état était inimaginable. Sous les horions, elle avait eu des côtes cassées, mais surtout on s'était acharné à lui briser les doigts. À Paris, un chirurgien avait réussi à donner une certaine mobilité à sa main droite et, à force de volonté, elle parvenait à maîtriser deux doigts de la gauche. À la demande de Louis, elle accepta d'ôter ses gants, les déformations et les cicatrices n'étaient pas belles à voir.

— Un jour, nous trouverons un bon chirurgien qui te remettra tout ça en place, clama Emy, toujours optimiste. En attendant, nous avons la vie devant nous !

Ces mutilations confortèrent Louis dans sa vocation première, celle de devenir chirurgien.

XL

Après bien des tergiversations, le ministère américain des Armées commençait à procéder à la démobilisation des soldats stationnés sur le sol européen. Janvier 1946 vit le retour à Metz de Dave Brubeck et de son Wolf Pack Band. Leur période militaire terminée, les musiciens se dispersèrent, chacun regagnant sa région d'origine. C'était également le cas de Dave que son épouse attendait en Californie. Mais la veille de sa libération, avant de boucler son bagage alourdi des partitions qu'il avait écrites sur de simples feuilles de papier, il proposa une ultime « virée » à Louis.

— Je ne peux quitter le régiment que demain. Par contre, aujourd'hui j'ai quartier libre. Tu m'avais parlé d'un facteur de pianos du côté de Bruxelles, le plus grand de toute la Belgique m'avais-tu dit. Je dispose de la Jeep. Si nous y allions ?

Tandis que Louis conduisait, Dave lui évoquait la Bavière où il venait de passer les dernières semaines. Puis les projets arrivèrent.

— Je n'ai pas l'intention de reprendre des études de vétérinaire. Je me lance dans la musique. Je vais créer mon groupe et j'organiserai des tournées.

Peut-être dans les campus universitaires pour démarrer...

— Pour moi, la musique restera un dérivatif. La scène, ce n'est pas pour moi. J'ai bien connu cette vie avec ma mère. Mon objectif est ailleurs.

La Belgique soignait ses plaies et se replongeait dans la normalité d'une paix si fortement espérée. L'hiver était rude. La campagne était figée sous les gels nocturnes que, dans la journée, un soleil trop pâle ne parvenait pas à réchauffer. À cette heure avancée de la matinée, par endroits les champs étincelaient d'une fine couche de givre sur une neige persistante. Au loin, bosquets et forêts n'étaient plus que de grands fantômes revêtus de noir et de blanc, tandis que les ramilles des arbres bordant la route prenaient des airs de dentelle de cristal.

Ils avaient doublé Namur et bifurquèrent en direction de Vilvorde, dès les premiers faubourgs de Bruxelles. Ils croisèrent la gare et franchirent un canal.

La chaussée de Malines s'étirait à proximité de l'aéroport de Melsbroek, construit par l'armée allemande, et qui après avoir servi de base à la RAF se destinait désormais au transport commercial. Hangars et usines se succédaient. Chacun tendait la tête de son côté lorsque enfin se détacha en capitales dorées sur fond noir *PIANOS HANLET*, sous-titré d'un slogan : *Le piano Hanlet qui chante et enchante.*

Un peu tremblants comme des enfants qui découvrent leur nouvelle école, ils poussèrent la porte de ce qu'ils croyaient être le bureau. En fait, il s'agissait d'un atelier d'assemblage, une vaste pièce tout en longueur où étaient alignés des pianos droits en cours de finition. Des odeurs de bois, de vernis, de colle régnaient.

Ils n'eurent guère le temps de s'étonner qu'un homme en blouse grise se plantait devant eux. Un léger sourire aux lèvres, il les aborda aussitôt. Au fond de son regard luisait cette petite flamme propre aux passionnés.

— Je peux vous aider ?

Ils se présentèrent, ne dissimulant pas leur intérêt aiguisé par autant d'instruments.

— Je suis le directeur, André Hanlet.

Il avait d'emblée compris que les deux musiciens n'étaient pas venus en acquéreurs, mais simplement par amour de la belle ouvrage qui leur offrait le meilleur pour leur permettre d'exprimer leur virtuosité. Il l'admettait d'autant plus aisément qu'il était animé des mêmes sentiments. Certes, son but était de faire des affaires, mais il ne fermait jamais sa porte à un visiteur qui ne pouvait être qu'un passionné, qu'il fût débutant ou artiste confirmé. Et cette ferveur se transmettait dans sa famille de génération en génération depuis que son grand-père Alexandre avait réussi à force d'ingéniosité et de volonté à réaliser son rêve, celui de posséder un piano.

— Si vous voulez admirer quelques exemplaires des plus prestigieux instruments au monde, nous avons une salle d'exposition et de vente en plein cœur de ville. Vous y trouverez des Bechstein, des Steinway, des Gaveau, quart-de-queue, demi-queue, et même des Aeolian, des américains que vous devez certainement connaître.

Louis sourit : l'un des orgues de cette maison trônait justement dans la chapelle de l'université de Duke ! Ils parvinrent à l'autre extrémité de l'atelier, au milieu de structures en cours d'assemblage.

— Si ça vous intéresse, je vous emmène dans notre atelier de restauration. Nous avons bien sûr notre propre accordeur, un véritable artiste à l'oreille parfaite.

Accorder un piano, un art d'une précision absolue, requérait d'avoir en tête les deux cent quarante cordes de l'instrument. Les deux amis entraient dans le monde de la perfection. Tandis qu'André Hanlet expliquait, le regard de Louis se porta sur le mur du fond, en retrait des belles pièces qui n'attendaient que les mains expertes des techniciens. Comme aimanté, il se dirigea vers les pianos qui y étaient relégués. Il en compta trois dont un en très mauvais état. Il crut avoir une hallucination. Une sorte de chaleur l'envahit tout en entier, comme s'il retrouvait un vieil ami.

— Ah, ceux-là ? Vous les avez certainement connus. Ce sont des Victory. En piteux état, mais la municipalité nous a demandé de les récupérer. Ils étaient au milieu du matériel que votre armée nous a laissé quand elle a quitté Bruxelles.

L'un d'eux surtout captait l'attention de Louis : d'un vert olive défraîchi, marqué sur le côté gauche d'une brûlure de cigarette. Face à ce stigmate, le jeune homme revivait la scène où, tandis qu'il jouait, un GI avait écrasé par mégarde son mégot sur le bois, entraînant une vive réaction de sa part. Il avait d'ailleurs fallu les séparer avant qu'arrive un supérieur. Les conséquences auraient pu être des plus graves : il avait osé lever la main sur un Blanc !

« Et si c'était mon piano ? » se prit-il à espérer. Il releva le capot, frappa instinctivement sur une touche précise : la répétition ne se fit pas, le ressort étant trop mou, le marteau se remettait mal en place. Il n'entendait pas les commentaires, il était seul face à ce piano. Il s'essaya à un accord qu'il avait souvent pratiqué.

— La quinte du loup !

Ce dernier élément de l'accord, dissonant, rendait difficile la transposition. Il l'aborda comme il l'avait toujours fait. Le résultat fut identique à celui qu'il obtenait lors de ses derniers concerts, vraisemblablement dû à une corde défectueuse, ce qui n'avait rien d'étonnant au vu des tribulations de celui qu'il considérait comme son piano. Alors, pour en avoir le cœur net, il souleva le couvercle. Et sur la paroi interne, il retrouva le *merci* qu'il y avait écrit à la fin de son ultime prestation. Il resta un instant figé, le temps venait de s'arrêter, il scrutait ce simple mot si évocateur ! Il sursauta : on s'adressait à lui. Il referma le couvercle et du plat de la main, comme il l'avait si souvent fait, il le caressa. Une idée le traversa ; fulgurante, elle s'imposait à lui. Non, cette fois-ci il n'y aurait plus d'adieu, ils ne pouvaient plus être séparés, le destin les avait remis en présence !

— Celui-ci, vous le vendriez ? interrogea-t-il.

Surpris par sa demande, son interlocuteur lui répondit :

— En l'état ?

— Oui !

Pour lui, c'était une évidence. Il expliqua en quelques brèves phrases les heures penchées sur le clavier, le bonheur qu'il en avait tiré, et celui qu'il avait également apporté à tant d'autres.

— Il n'y a pas de problème, vous pouvez l'emporter ! Même, je vais vous dire mieux : je vous le donne. Il est là depuis peu et il ne m'a rien coûté.

C'était encore plus que ce à quoi s'attendait Louis. Cependant, il ne voyait guère où l'entreposer à Metz, et de toute façon ce n'était pas ce qu'il envisageait. Il se confondit en remerciements et enchaîna :

— Je vais vous demander autre chose. Je vous paye le transport. Je le fais de suite, je dispose d'un compte en banque à Paris. Seulement, il faudrait que vous vous chargiez de l'expédier à La Nouvelle-Orléans. Ce n'est pas une mince affaire, et je ne peux pas m'en occuper.

— Si c'est ce que vous souhaitez, ça peut toujours se faire. Par contre, vous dire quand il sera livré, là je ne peux rien vous promettre… ni vous donner un ordre de grandeur des frais.

— Ça n'a pas d'importance, le rassura-t-il.

L'affaire conclue, l'adresse bien enregistrée, Louis était tout aussi excité qu'un enfant découvrant un nouveau jouet. Avant de prendre congé d'André Hanlet, il ne put s'empêcher de formuler une demande :

— Vous me permettez de jouer juste un air ?

Le maître des lieux accepta volontiers. Les notes s'envolèrent prestement sous les doigts de Louis interprétant à sa manière ce *Vivre* que Lucile avait immortalisé.

Sur le chemin du retour, il imaginait sa mère se penchant sur le piano. Il savait la tendresse qu'elle en éprouverait. Ainsi se rapprocheraient-ils. Il cogitait également ce qu'il lui dirait la prochaine fois qu'il lui téléphonerait, ce qu'il ne manquait jamais de faire à chacune de ses permissions. Cette fois-ci, il avait tant à lui raconter.

Toutefois, il ne tenait pas à parler de ses projets d'installation en France, d'autant plus qu'il ignorait encore la date de son départ de l'armée. À chacune de leurs retrouvailles, Pierre insistait pour le voir rester en France :

— Tu pourras accomplir ce que tu souhaites. Les étudiants méritants ont toujours été reconnus. Surtout que le jour où tu recevras ton ordre d'embarquement, tu ne pourras plus choisir.

Il se gardait bien de lui rappeler le sectarisme auquel il serait de nouveau confronté s'il rentrait aux États-Unis. Ce n'était plus nécessaire. Finalement, Louis accepta de constituer un dossier de demande de naturalisation que son cousin se chargea de remettre, avec force recommandations, aux autorités compétentes. En réalité, Louis l'envisageait depuis déjà pas mal de temps, mais il avait été long à se décider. Entre y penser et franchir le pas, le fossé était profond !

Lucile piaffait de l'impatience d'apprendre que son fils était enfin libéré de ses obligations militaires. La guerre était terminée, et le maintien des forces américaines en territoire étranger ne paraissait pas justifié. Elle avait besoin de le savoir réintégré dans une vie normale. Elle était consciente qu'il reprendrait ses études loin d'elle, à l'université de Duke, mais elle n'envisageait pas qu'il puisse les poursuivre en France.

En cette fin d'année 1945, même si les conflits avaient cessé tant en Europe que dans le Pacifique, quinze millions d'hommes et de femmes enrôlés dans les rangs de l'armée, aussi bien à l'étranger que sur le sol américain, attendaient une démobilisation qui tardait à venir. La grogne des GI avait eu pour conséquence la création du mouvement *Bring us home !* qui gagna toutes les troupes, y compris celles situées hors des États-Unis. Un bras de fer s'instaurait entre les autorités militaires et les GI, soutenus par leurs familles.

Alors que le gouvernement annonçait une très importante réduction du niveau des démobilisations entraînant des reports dont on ignorait la durée, en janvier 1946, des milliers de soldats manifestèrent à Manille, clamant : « Service oui, servage jamais ! » À cette même époque, à Reims, à Paris et dans différents camps américains, meetings, marches de protestation se multipliaient pour obtenir des explications sur la lenteur de la démobilisation, allant jusqu'à demander la démission du secrétaire à la Guerre Robert P. Patterson.

Face à cette incertitude, Louis avait accepté de prendre les devants. À la limite, une inscription en université avant la fin de son incorporation lui permettrait de rester sur le sol français, un temps suffisant pour obtenir la régularisation de ses papiers.

XLI

LORSQUE LE PIANO fut livré rue Kerlerec, il reçut l'accueil d'un invité attendu depuis longtemps. Louis avait conté son histoire à sa mère avec des intonations dans la voix qui trahissaient son émotion. À l'idée de savoir que les mains de son fils l'avaient si souvent caressé, de leur complicité et du soutien que sa musique lui avait apporté, l'instrument lui était infiniment précieux.

Certes, elle menait une vie agréable au milieu des siens, dans un foyer aimant, à l'abri du besoin, évoluant dans un monde musical qui lui offrait de nombreuses satisfactions. Seulement, lui manquait ce fils avec lequel elle avait vécu en osmose pendant ses années d'enfance et d'adolescence. Ils avaient été si longtemps complémentaires… Elle avait assumé le rôle conjoint des deux parents.

Elle réalisait bien qu'elle ne le garderait pas auprès d'elle, un enfant était appelé à s'éloigner de ses parents ; c'était la logique de la vie : elle en savait quelque chose ! Elle l'admettait même si elle avait connu le déchirement quand il avait quitté la maison pour ses études. Mais là-bas, outre-Atlantique, il était trop loin d'elle. Elle avait besoin de retrouver ce lien de confidence, ces instants d'intimité que la distance lui refusait.

Les mois défilaient et Louis n'avait toujours pas été démobilisé. Cependant, grâce aux relations de son cousin et de sa maîtresse, il ne rencontra pas de problème pour son inscription au concours d'entrée en médecine qu'il réussit brillamment. Le certificat établi par l'université de Duke et celui que lui avait rédigé spontanément son médecin-chef lui permirent son admission directement en deuxième année.

— Je crois solide votre vocation et je sais que vous ferez honneur à notre profession ! lui avait déclaré ce professeur tant redouté de ses subalternes, en lui tendant le document.

Les cours devaient commencer en septembre. Il obtint de pouvoir quitter à temps le 34e American Hospital de Metz pour entamer ses études à Paris. Bien entendu, on ignorait tout de sa demande de naturalisation qui aurait pu être interprétée comme une désertion, surtout venant d'un homme de couleur.

Les premiers jours, son cousin l'abrita : une situation provisoire qui lui permit de rechercher tranquillement un logement dans le Sud parisien. En effet, il était inscrit à l'hôpital Broussais, cet ancien hôpital des Mariniers, érigé allée Henry-Dunant, dans le 14e arrondissement. Dans la période de l'entre-deux-guerres, l'établissement qui disposait déjà de près d'un millier de lits s'était attaché au développement de son enseignement auprès d'étudiants en médecine.

Il emménagea dans un petit appartement de deux pièces, sous les toits d'un immeuble rue Pernety, un quartier réputé pour son calme qui lui valait le qualificatif de « village Pernety ». Une dizaine de minutes à pied lui suffisait pour gagner l'hôpital Broussais. Assailli par les images de son passé parisien, il se sentit aussitôt au diapason dans ce quartier : son animation familiale, les interpellations bon enfant, les odeurs qui exhalaient par les portes entrouvertes des cafés…

Les heures de cours n'étaient pas nombreuses, mais le travail personnel qui en découlait était conséquent. Il ne tarda pas à se lier d'amitié avec d'autres étudiants. Dès qu'il le pouvait, il s'échappait dans des flâneries aux saveurs de ses jeunes années. Paris ne lui était pas inconnue. Souvent, le dimanche midi, il déjeunait rue du Faubourg-Saint-Honoré où les deux femmes faisaient là encore preuve d'imagination pour garnir la table alors que les restrictions alimentaires étaient toujours en vigueur.

Un jour, il avait poussé jusqu'à Port-Royal. Il reconnaissait les lieux. La plaque de cuivre était bien là : Arnaud n'avait pas dû déménager. La curiosité qui l'avait conduit là se transforma en désir de le retrouver. Après tout, ils avaient partagé plusieurs années ensemble. Il hésita puis se décida à sonner. Une voix de femme lui répondit et soudainement il eut envie de fuir. Les années s'étaient écoulées et il était normal qu'il ait rencontré une compagne. Le passé était révolu.

— Le bureau de M. Daubonne est au troisième, sur la gauche.

Comme un automate, il escalada les marches. Là, rien n'avait changé : le même beige un peu fade et écaillé par endroits en haut des murs, l'escalier de bois foncé dont les grincements étaient étouffés par la moquette aux couleurs usées, la rampe en fer forgé et cette odeur d'encaustique aux parfums envoûtants de ses réminiscences. Il toqua à la porte, elle était entrouverte.

— Entrez ! lui intima-t-on.

Elle se tenait face à lui, lui indiquant d'un signe de la main la porte du bureau. Arnaud avait fait modifier l'agencement de manière à isoler le reste de l'appartement. Le bureau n'avait plus grand-chose du salon qu'il avait connu.

— Asseyez-vous !

Il obtempéra machinalement, un peu mal à l'aise à pénétrer dans des lieux où il ne retrouvait pas les marques qu'il était venu y chercher. Son interlocutrice devait avoir à près le même âge que lui. Il ne savait pas définir si elle était jolie, en tout cas elle était agréable à regarder, et elle dégageait un charme particulier.

— M. Daubonne ne devrait pas tarder. En général, il arrive vers les 4 heures les jours où je viens tenir son secrétariat et ses comptes. Il sait que je n'aime pas rentrer tard.

Il ne connaissait rien d'elle et ignorait donc qu'en tant que juive elle avait appris à se méfier de tout le monde et qu'elle continuait à vivre avec la peur nichée en elle. Elle lui proposa un café pour combler son attente.

— Enfin, ce qui ressemble à un café, mais c'est buvable.

Elle se hasarda à lui demander s'il était chanteur ou musicien. Sa voix était à la fois paradoxalement ferme et douce. Il sourit et lui répondit qu'il venait à titre amical. Elle s'excusa en lui déclarant qu'elle ne voulait pas se montrer indiscrète.

Elle lui plaisait bien et il se dit qu'il apprécierait de mieux la connaître. Il se surprit à penser que, depuis qu'il avait arrêté sa décision de rester en France, il abordait les choses différemment. Ses rapports aux autres étaient redevenus naturels et spontanés.

Des pas résonnèrent. La porte s'ouvrit. Arnaud se retrouva face au bureau de son assistante.

— Vous avez une visite !

Il la salua et se tourna vers le fauteuil où était installé Louis. Arnaud s'arrêta net. Sous l'effet de la surprise, ses sourcils s'étaient relevés, dessinant comme un accent circonflexe. La bouche entrouverte, il ne parvenait pas à prononcer le moindre mot. De son côté, Louis aussi l'observait. Il avait finalement peu changé depuis cette dizaine d'années où ils s'étaient quittés. Ses cheveux grisonnants ajoutaient à son charme. Toujours vêtu de manière impeccable, il restait égal à lui-même.

Puis le rouge lui monta aux joues, le sourire lui vint et ses yeux se mirent à pétiller.

— C'est toi, Louis !

Dans sa relation avec Lucile, dont il gardait un souvenir attendri, pour Arnaud qui avait souffert de la rare présence de son père, Louis avait tenu une place importante. Il l'avait vu grandir, passer de l'enfance à l'adolescence. Et voilà qu'il retrouvait un homme qui le dépassait presque d'une tête, un homme auquel il ne pourrait plus s'adresser comme il le faisait à l'enfant qu'il avait été.

— Bon, je crois que ce soir nous ne regarderons pas les comptes. Ce sera pour une autre fois. Si vous voulez rentrer chez vous, Arielle, profitez-en ! lança-t-il à la jeune femme.

Une proposition qui figurait en fait un ordre. Elle ne se fit pas prier, rangea prestement le bureau et partit avec un sourire ponctuant son au revoir. Il était évident que les deux hommes devaient avoir bien des choses à se raconter.

Avec la période d'occupation, Arnaud avait dû faire évoluer son rôle d'agent. Il s'était tourné vers le cinéma, les revues, et surtout le théâtre qui connaissait une embellie avec Jean Anouilh, Henry de Montherlant, ou encore Jean Giraudoux qui avait disparu tandis que sa pièce *Sodome et Gomorrhe* rencontrait le succès au théâtre Hébertot. Il s'était efforcé de rester dans l'ombre, souhaitant collaborer le moins possible aux distractions de l'ennemi.

Maintenant que les choses étaient rentrées dans l'ordre, il pouvait sortir de son quasi-anonymat. Les gens avaient besoin de retrouver leur gaieté d'antan. Bourvil revenait sur la scène, Tino Rossi faisait sa rentrée, le *Casino Montparnasse* donnait une opérette dont le chanteur, Luis Mariano, séduisait les foules. Les clubs de musique et de danse se multipliaient. Arnaud se replongeait dans l'univers qui avait été le sien.

— Ainsi, tu me dis que Lucile ne se produit plus du tout sur scène ?

— Non ! Juste à l'occasion. Elle gère notre cabaret, et de ce fait elle reste dans le monde du jazz.

Lorsqu'ils en vinrent à aborder des sujets plus intimes, Arnaud avoua, un peu nostalgique :

— En fait, ma plus longue histoire d'amour, je l'ai vécue avec ta mère. Peut-être aussi parce que tu étais là, déjà grand, posant peu de problèmes. Tu étais facile à vivre. Dans mon métier, pour qu'un couple réussisse, il faut que les deux soient des noctambules. Difficile pour une femme d'attendre le retour de son compagnon alors qu'il passe la plupart de ses soirées dans des salles de spectacle. Je comprends mieux mon père, maintenant. Alors, comme il l'a toujours fait, je butine ! conclut-il dans un éclat de rire.

XLII

Louis et Arnaud se revoyaient de temps à autre. Arnaud, qui avait remarqué l'intérêt que Louis portait à Arielle, lui donnait généralement rendez-vous à son bureau les jours où la jeune femme était présente. Un bonjour, un sourire, puis quelques mots, quelques phrases jusqu'à ce que finalement Louis lui propose de l'accompagner sur son chemin du retour. Ils s'étaient arrêtés dans un café pas très loin de chez elle et avaient fait plus ample connaissance.

En fait, Louis ne cherchait pas l'aventure. Il appréciait la compagnie de la jeune femme dont la parole se libérait peu à peu. Elle n'avait pas ce côté désabusé qu'affichait sa maîtresse. Sous une certaine frilosité, il émanait d'elle la fraîcheur de ceux qui regardaient devant eux. Sa famille avait réussi à se réfugier en Suisse au début novembre 1942, peu de jours avant le débarquement allié en Afrique du Nord auquel les Allemands ripostèrent par l'invasion de la zone libre. À leur retour à Paris, ses parents avaient trouvé leur appartement pillé. Le bureau de son père, éditeur, avait été saccagé. Depuis, il travaillait en tant que pigiste pour le compte d'éditeurs toujours en place.

— Nous avons eu la chance d'en sortir vivants... soupira-t-elle.

Un samedi en soirée, Arnaud avait emmené Louis dans un club de jazz situé dans le quartier de la Sorbonne qu'affectionnait tout particulièrement le jeune homme. Auparavant, il lui avait conseillé de prendre avec lui sa clarinette.

— La scène est ouverte à tous les artistes, professionnels comme amateurs. Le *Caveau des Lorientais*, c'est la réunion d'amis. Pur style Nouvelle-Orléans, je suis certain que ça va te rappeler beaucoup de choses.

— Drôle de nom pour un club de jazz. On fait du jazz à Lorient ? demanda Louis un peu ironiquement.

— Et pourquoi pas ? Ce club a été fondé par des Bretons de Lorient, justement. Ils reversent les bénéfices à leur ville, détruite entièrement par les bombardements, pour sa reconstruction. Les tarifs sont réduits, donc on y croise bon nombre d'intellectuels aux poches vides.

Avant même de franchir l'entrée de l'*Hôtel des Carmes*, la musique éclatait. Ils descendirent dans des caves voûtées. Les claques tapaient sur les épaules. Arnaud lui indiquait les plus célèbres des présents : Raymond Queneau, Jean-Paul Sartre, Jacques Becker, Boris Vian... Louis les connaissait de réputation, mais le seul qu'il avait déjà eu l'occasion de rencontrer était Tyree Glenn, un tromboniste originaire du Texas.

Tout au fond, sur une étroite scène, une petite formation se déchaînait, visiblement menée par le clarinettiste, un bel homme blanc au physique de sportif. Les improvisations se succédaient dans un style festif et populaire, entrecoupées d'airs immortalisés par Sidney Bechet. Louis se sentait transporté aux côtés de sa mère : cette musique sur laquelle elle avait si souvent chanté...

La pause arriva. Arnaud l'entraîna vers le clarinettiste.

— Claude, je te présente le fils de la chanteuse Lucile du Plaissant. Tu as dû connaître !

Claude Luter entama aussitôt la conversation :

— J'ai effectivement entendu quelques disques de votre mère. Elle a disparu de la scène. C'est dommage.

Après un échange assez bref, le musicien posa la question fatidique :

— Et vous ? Vous jouez d'un instrument ?

— J'ai d'abord appris le piano puis j'ai opté pour la clarinette, mais je n'ai rien d'un professionnel.

— C'est drôle, nous avons reçu la même formation. Mon père exerce comme pianiste. Il m'a mis au piano très jeune, mais j'ai aussi bifurqué. Je suppose qu'Arnaud vous a fait prendre votre clarinette avec vous, il connaît l'esprit des lieux... Alors n'hésitez pas, allez-y, et donnez-nous un aperçu de votre talent ! Ici, nous ne jugeons pas, nous participons et partageons. D'ailleurs, l'un des plus déchaînés est notre ami Boris Vian... Pendant ce temps-là, je vais en profiter pour me reposer avec un bon verre.

Louis s'attendait à une demande semblable. Il s'imaginait plutôt avoir à prendre part à une jam, mais pas à effectuer un solo. Alors, devant une foule de jeunes artistes et penseurs, il entama la berceuse de *Porgy and Bess, Summertime.* Du style blues et gospel, il enchaîna avec un standard de Duke Ellington, *It don't mean a thing.* Après ces deux interprétations, il s'interrompit malgré les encouragements de l'auditoire. Il rangea la clarinette dans son étui. D'un signe de la main, il demanda le calme et s'installa au piano. Un infime instant, il se sentit déstabilisé par la taille plus haute que celle de son Victory. Il se ressaisit, respira profondément, plaça ses mains au-dessus des touches et se lança dans l'exécution de *Caravan*, un autre classique de Duke Ellington. Les paupières mi-closes, il ne voyait plus que le clavier. Son imagination s'envolait, il s'en revenait dans le monde clos du campement, entouré de soldats auxquels la musique exprimée par « son » piano rendait leur humanité. Claude Luter l'avait rejoint, puis un à un les musiciens reprirent leur place, l'accompagnant. Il termina par cette chanson qui lui était incontournable, *Vivre.* Les applaudissements crépitèrent.

Lorsque, à minuit, l'établissement ferma ses portes et qu'il se retrouva sur le trottoir en compagnie d'Arnaud, la tête lui tournait, saoulé des rythmes d'une musique à laquelle il appartenait intrinsèquement et de ses rencontres, surtout celle de Jean-Paul Sartre dont il connaissait ses prises de position suite à ses voyages outre-Atlantique : *En cette terre d'égalité et de liberté vivent treize millions d'intouchables. La situation de la population noire aux États-Unis est tragique... Il existe des forces importantes qui militent contre l'amélioration du sort des nègres...*

Le problème noir est uniquement passionnel. C'est ce qui le rend insoluble. Bien sûr, il compatissait, mais il avait dépassé ce combat, le sien était désormais universel et, dans les prochaines années, il ne pourrait le mener qu'en France qui lui offrait sans restriction l'apprentissage de la science nécessaire.

On en arrivait au mois de décembre, ce mois de toutes les festivités. Louis ne ressentait pas la solitude. Il n'en avait pas le loisir, car entre ses études auxquelles il apportait le plus grand sérieux, sa parentèle, ses amis, sa maîtresse occasionnelle et maintenant Arielle, il menait une existence bien remplie. Il avait dorénavant son monde à lui. Il se sentait enfin libéré, autonome. Certes, il l'était quand il se promenait dans Metz, mais il savait alors que sa liberté s'évanouissait dès qu'il franchissait le seuil de l'hôpital. Il n'y subissait pas une ségrégation aussi brutale que dans les rangs de l'armée. Elle était plus insidieuse et se glissait dans une remarque, un regard méprisant, une carafe dont on essuyait l'anse parce qu'il l'avait touchée…

La nostalgie s'invitait parfois. Sa mère surtout lui manquait. Heureusement, le téléphone leur offrait un contact régulier. Depuis longtemps, il avait rejeté cette sentence : « choisir c'est renoncer », En décidant, il se libérait, il grandissait, conscient qu'on ne pouvait pas tout avoir et qu'il fallait opter pour le meilleur.

Au tout début de juillet 1946, Air France avait inauguré sa ligne du « Ruban étoilé » avec son premier vol commercial franchissant l'océan. Améliorant ses performances, la compagnie française reliait à présent l'aéroport parisien du Bourget à celui new-yorkais de La Guardia, en moins de vingt heures. De leur côté, la Pan American et la TWA exploitaient également des vols commerciaux réguliers desservant les mêmes lignes.

Aux États-Unis, les liaisons aériennes intérieures se multipliaient. Dès 1946, à La Nouvelle-Orléans avait vu le jour l'aéroport John-Moisant, du nom d'un célèbre aviateur mort accidentellement lors d'une démonstration sur le site. Il reliait les principales villes américaines, permettant ainsi de réduire considérablement les temps de déplacement. Il n'était plus question de semaine de voyage pour gagner le Vieux Continent, mais d'un jour, voire deux.

L'idée d'un tel voyage séduisait le jeune carabin. Seulement, cela impliquait une dépense élevée. Sa mère approvisionnait son compte bancaire parisien pour qu'il puisse suivre l'esprit tranquille ses études dont le coût était beaucoup moins important qu'à Duke. Toutefois, il n'était pas dépensier, même s'il savait que cette situation ne posait pas de problème à Lucile. En ne gaspillant pas, il lui exprimait ainsi une sorte de respect.

XLIII

Louis et Pierre s'étaient rendus à Brest pour y passer la Noël. Là, dans la chaleur familiale, on se laissait aller aux projets. Antoine fêterait au printemps ses cinquante ans. L'occasion était trop belle : on réunirait la famille pour le voir souffler ses bougies d'anniversaire. Restait à convaincre Lucile d'entraîner avec elle dans cette aventure Aby, Fleur et bien entendu Rosa-Lynn.

En réalité, l'idée de ce voyage en avion titillait Rosa-Lynn qui suivait les évolutions des compagnies aériennes. Alors qu'elle avait vécu dans une semi-léthargie les premiers mois de son deuil, elle s'était reprise. Elle le devait pour la mémoire de Philippe qui, par-delà l'éternité, demeurait présent à ses côtés, invisible aux autres, mais l'accompagnant dans le moindre de ses actes. Quand elle se retrouvait éloignée de son entourage, elle lui parlait sans prononcer une seule parole. Son langage venait du cœur.

Bien que vêtue du noir des veuves, elle entretenait son apparence, agrémentant ses tenues de bijoux sobres, d'écharpes, d'accessoires à la mode. Toujours bien coiffée, elle sortait gantée, d'un pas encore léger. Elle ne cherchait pas à attirer les regards masculins par une quelconque coquetterie, elle voulait simplement se montrer digne de la position sociale à laquelle l'avait hissée Philippe, aussi bien parmi les gens de couleur ainsi que les Blancs à l'esprit ouvert.

À soixante-dix ans, le port bien droit, elle avait la chance de très peu souffrir de douleurs articulaires. Ses rendez-vous au cimetière avec son cher défunt lui fournissaient une indispensable activité physique. Elle en était arrivée à l'été indien de sa vie et avait repassé le flambeau à Lucile dans la direction du *Spotted Cat*. Aussi s'accordait-elle des libertés en compagnie d'amies que l'âge avait, tout comme elle, esseulées : bridge, cinéma, goûter égayaient leur quotidien.

Or, depuis quelque temps, les publicités pour inciter aux voyages étaient pléthore. Et ce sujet, ces dames l'abordaient fréquemment, insistant pour que Rosa-Lynn leur relate ses différents déplacements en France. La question revenait comme une litanie :

— Tu n'aurais pas envie d'y retourner ?

Elle étouffait un oui qui n'était plus qu'un soupir, la paupière humide. Aussi, l'anniversaire de son fils, elle y songeait. Et lorsque Lucile le lui évoqua, elle ne souleva aucune objection, bien au contraire. Le plus difficile à convaincre fut Aby. S'absenter au minimum pendant deux semaines lui posait problème.

— Tes associés doivent pouvoir gérer tes dossiers. Et puis, tant pis, tu consacreras davantage de temps à ton travail à ton retour.

— C'est bien gentil, mais si je dois assister un client lors de son procès, ce ne sont pas mes collaborateurs qui pourront me remplacer au pied levé.

La discussion perdurait, il jouait sur ses disponibilités. En fait, si dans sa profession il s'impliquait, ne redoutant pas la confrontation parfois extrême, il appréhendait de plonger dans un monde aux mœurs inconnues.

— Un mois, ce n'est pas envisageable, prétexta-t-il tout en réalisant qu'il était en train de céder.

Malgré tout, la perspective d'un tel périple le séduisait.

— Ce sera notre voyage de noces, insistait son épouse.

Elle savait que son argument le ferait fléchir et surtout qu'il accédait à toutes ses demandes. Alors, l'enlaçant, il finit par lui déclarer :

— Je suis d'accord, mais je n'ai pas le temps de m'en occuper. Tu t'en charges !

Plus on approchait de la date du départ, plus l'excitation montait. Fleur était aux anges : elle allait enfin découvrir toute cette famille qu'elle ne connaissait que par téléphone interposé et photos glissées dans les lettres. Lucile avait bourré les valises une bonne semaine auparavant. Après réflexion, chaque jour, elle retirait ce qui lui paraissait superflu. Après tout, à Paris fleurissaient aussi de belles boutiques… Quant à Rosa-Lynn, son bagage était surtout alourdi de cadeaux.

Le grand jour était arrivé. Les recommandations pleuvaient. Martha rassurait les voyageurs et Mathieu se joignait à elle.

— Les programmes sont établis. Partez tranquille ! Il n'y aura pas de problème.

— On se téléphone régulièrement...

À titre professionnel, Aby avait déjà pris l'avion sur des lignes intérieures. Il se fit fort de donner quelques consignes. Le vol jusqu'à New York veillait à isoler les gens de couleur des passagers blancs. Ils occupaient les sièges du fond de la cabine. Un rideau les séparait, les rendant invisibles. En moins de quatre heures, ils seraient rendus à New York et plongeraient dans un autre monde.

Pour la traversée de l'Atlantique, Lucile avait réservé des billets auprès de la compagnie Air France. En revanche, jusque dans la salle d'enregistrement, ils subirent le sectarisme américain. Il leur fallut attendre d'être parvenus à bord pour qu'elle retrouve l'ambiance qu'elle avait connue lors de ses voyages en bateau. Les différences s'étaient estompées aussitôt. Le personnel volant leur souriait, une hôtesse veillait à leur installation et à leur bien-être.

Tout comme l'avaient été autrefois Peter, puis plus tard Emy, Aby était suffoqué. Pourtant, il était averti de ces différences de traitement. Mais entre les vivre et les supposer, le fossé était grand ! Il s'efforça de dissimuler son étonnement et de réagir comme s'il était habitué à une telle considération. Lucile faisait celle qui ne remarquait pas son trouble et ne releva pas ses hésitations.

Subjugué, Aby observait et réfléchissait. Plus que jamais, il était persuadé que si la fraternité existait dans d'autres pays, elle pouvait se transposer aux États-Unis. Les hommes de bonne volonté ne manquaient pas, il fallait faire l'éducation de ceux que l'on maintenait dans l'ignorance. Les choses bougeaient malgré tout. Le procès des émeutiers de Columbia, dans le Tennessee, l'avait conforté dans ses espoirs et sa volonté. À la suite de violentes échauffourées, fin février 1946, vingt-cinq Noirs et quatre Blancs avaient été inculpés de tentative de meurtre sur quatre policiers. L'avocat noir Thurgood Marshall et son équipe avaient obtenu leur acquittement d'un jury entièrement composé de Blancs. Bien entendu, la NAACP, soutenue par de nombreux médias, s'était emparée de l'affaire pour attirer l'attention sur la question des droits civils des Afro-Américains. Aussi, plus que jamais, Aby se sentait concerné et était décidé à apporter sa pierre à l'édifice de peuples « égaux, mais pas séparés ».

Immobilisés dans cette carlingue, au-dessus d'une mer de nuages, ils remontaient le temps. Les premiers moments d'excitation passés, Fleur ne comprenait pas bien les explications et commençait à languir. Elle aurait aimé que l'on puisse ouvrir les hublots et avait réitéré sa demande, bien entendu, en vain ! Heureusement, sa grand-mère assise à ses côtés avait prévu un jeu de cartes et des lectures.

Le sommeil avait fini par avoir raison de la famille malgré un certain inconfort des sièges. Lucile paraissait radieuse : les retrouvailles avec Louis étaient si proches ! Elle en souriait tout en dormant.

Les gestes engourdis, les traits tirés et les yeux brûlants d'épuisement, ils s'étaient efforcés de remettre de l'ordre dans leur tenue. Enfin, les portes de l'avion immobilisé sur le tarmac s'ouvrirent, et ils foulèrent presque intimidés le sol français. Louis les attendait dans l'aérogare. Dès qu'ils l'aperçurent, les cris de joie retentirent et la fatigue s'évanouit.

Tandis que le taxi les conduisait à destination d'un hôtel proche du logement de Louis, Lucile était étourdie. Les souvenirs l'assaillaient, se bousculaient presque avec violence. Son cœur battait la chamade, comme exacerbé par l'intensité d'un rendez-vous manqué, celui de toutes ces années séparée de son fils, et le bonheur suffocant de l'avoir retrouvé.

Ils avaient prévu de passer une semaine auprès de Louis à Paris avant de gagner Brest avec une voiture de location. Mais il apparut rapidement que Rosa-Lynn bouillait de l'impatience de revoir Antoine. Fleur n'appréciait guère d'être embarquée dans toutes les visites qu'avait programmées sa mère pour leur faire découvrir la capitale tandis que Louis se penchait sur ses livres ou se rendait à l'hôpital Broussais.

Trois jours plus tard, la grand-mère et sa petite-fille grimpaient dans le train qui quittait la gare Montparnasse pour la Bretagne.

— Là-bas, elle va faire la connaissance de ses cousines. Surtout la plus jeune, elles ont peu d'écart. C'est un peu normal, elle s'ennuie avec des adultes.

La Table de Ronan n'était guère éloignée de la gare pour des jambes alertes. La vue déficiente d'Antoine freinait sa marche. Son beau-père s'était proposé pour l'accompagner, mais n'avait pas insisté, comprenant son désir d'intimité pour leurs retrouvailles. En revanche, il n'avait pas pu se soustraire à la condition *sine qua non* de s'équiper de sa canne blanche. Il le faisait à chaque fois qu'il se rendait en ville et en avait pris l'habitude. Elle lui était d'une grande aide. Pourtant, cette fois-ci, il rechignait à s'en servir.

— Ta mère aussi te désapprouverait. Alors prends-la !

Maugréant, il avait obtempéré. La raison devait l'emporter sur la fierté.

Alors que le train entrait à peine en gare, Rosa-Lynn et Fleur se tenaient déjà derrière la portière. Elles n'avaient bouclé qu'un bagage léger, le reste viendrait avec Lucile et Aby. Les freins poussèrent une longue plainte animale. Dans un dernier sursaut, l'imposante machine s'arrêta. Bien que parvenus au terminus de la ligne, les gens se pressaient. Rosa-Lynn cherchait son fils des yeux. Lorsqu'elle le découvrit enfin, un peu en retrait, une boule noua son estomac. Depuis plus de dix ans qu'elle ne l'avait pas revu, il lui parut encore plus beau.

Elle s'abandonnait à son étreinte, disparaissant entre ses bras. Dans la famille, tous les hommes étaient de bonne taille alors que ce n'était pas le cas des femmes. Blottie contre lui, elle libérait toute cette tendresse refoulée qui jaillissait jusque dans son souffle. Il la maintenait contre lui.

— Maman, maman, répétait-il, la voix enrouée par l'émotion.

Elle finit par se détacher de lui. Fleur était plantée à ses côtés, ne sachant pas quelle attitude adopter. Il se pencha vers elle pour l'embrasser et, s'emparant des sacs, les entraîna vers la file de taxis. Rosa-Lynn ne pouvait s'empêcher de garder la main sur le bras de son fils. Elle avait besoin de le toucher comme pour s'assurer qu'ils étaient bien réellement réunis.

Parvenue au restaurant, elle fut reçue avec la même chaleur qu'elle avait connue à chacune de ses visites. Si loin de chez elle, elle retrouvait une famille certes différente, mais qui faisait partie intégrante de sa vie : celle de son enfant.

Ils avaient beaucoup parlé, réveillé tant de souvenirs même s'ils avaient essayé d'éluder la disparition de Philippe. Mais il transparaissait sous chaque évocation, que ce soit à Deodat, dans la plantation, ou encore à La Nouvelle-Orléans, au *Spotted Cat*.

Cette nuit-là, Rosa-Lynn rêva de Deodat. Elle s'y revoyait enfant, avançant dans la grande allée aux impressionnants arbres moussus, ensuite adolescente rentrant de l'école, l'esprit libéré de sa journée studieuse. Les silhouettes de ses parents se détachaient en ombres chinoises et leurs voix résonnaient, celle de sa mère un peu sèche que compensaient les accents profonds et graves de celle de son père. Une musique s'envolait du salon, Chopin ressuscitait sous ses doigts guidés par Mme Amélie, dont elle ne discernait pas le visage évanescent. Et cet amour qui avait fait d'elle la compagne de Philippe et la mère de leurs enfants. Elle réunissait dans son rêve tous ses chers disparus qui l'avaient aidée à construire sa vie, une vie heureuse. Ils échappaient à l'usure du temps, revenant sans cesse sur un bonheur auquel le cœur donnait l'immortalité.

Le lendemain matin, un vague à l'âme un peu douloureux l'envahit. Après elle, seul Antoine garderait encore quelques souvenirs de Deodat, de leur passé, des images dont Lucile ne conservait que des lambeaux de mémoire. Après elle, Deodat n'existerait plus pour les jeunes générations, juste une fable, un conte des temps révolus.

Remerciements

Dans ce voyage que propose le livre, nous faisant franchir océan et temps, comme toujours je m'attache à respecter au plus près l'histoire.

Je tiens donc à remercier M. Franck Hanlet pour m'avoir entrouvert la porte du monde prestigieux du piano et m'avoir évoqué ces pianos de la victoire, dont la maison Hanlet qu'il dirige détient encore quelques exemplaires.

Dans la même collection

Dans la même collection

www.deboree.com
livres@centrefrance.com

Imprimé en France par CPI
en août 2022
N° d'impression : 2066603
Dépôt légal : octobre 2022
ISBN : 978-2-8129-2955-7
ISSN : 1627-6779